Butze Verlag

Celia Martin

Lesbisch für Anfängerinnen 3

Roman

Butze Verlag

Bibliografische Information der Deutschen Nationalbibliothek
Die Deutsche Nationalbibliothek verzeichnet diese Publikation in der Deutschen Nationalbibliografie; detaillierte bibliografische Daten sind im Internet über http://dnb.d-nb.de abrufbar.

Impressum

Lerchenweg 11, 25436 Uetersen
info@butze-verlag.de
www.butze-verlag.de

Umschlaggestaltung: Butze Verlag

Frontcover & Foto:
luxmedia | Agentur für Medien & Design | http://www.luxmedia.at

Druck & Bindung: Bookpress, Olsztyn, Polen

1. Auflage
ISBN 978-3-940611-39-0

Prolog

»Du Sau!«

Die Stimme klang rau und irgendwie ... lockend.

Ich fuhr heftig zusammen, brachte selbst aber keinen Ton heraus. Eine solch vulgäre Wortwahl verschlug mir nämlich meistens die Sprache. Da half es auch nichts, dass es sich dabei um ein Kompliment zu handeln schien.

»Du kleines, scharfes Stück. Ich will dich. Sofort!«

Lautes Atmen drang an mein Ohr. Eindeutig erregt. Hochgradig. Mir fehlten die Worte, in meiner Brust brannte es. Dabei dachte ich nur an eines – weg hier! Schnell! Bevor noch mehr passierte, das ich nicht wollte. Das war nicht meine Welt. Aber für eine Flucht war es zu spät. Brünstige Laute drückten mich buchstäblich zu Boden, hielten mich fest. Ich schaffte es gerade noch, tief Luft zu holen, bevor es richtig losging.

»Bist du heiß!«

Gemessen an der Hitzewelle, die bei diesem Satz durch meinen Körper flutete, meine Wangen und Ohren zum Glühen brachten, war heiß gar kein Ausdruck.

»Weg mit dem Höschen!«

Nein! Bitte nicht! Ein genießerisches Zungenschnalzen war die Antwort auf meine stillen Gebete. Himmel! Wie war ich bloß in diese Situation geraten! Schuld daran war eindeutig Käthe. Alles begann vor ungefähr zwei Wochen ...

Kapitel 1

Käthe saß in der Küche und heulte Rotz und Wasser.

Die Niagarafälle waren ein Dreck dagegen.

»Das geht schon eine ganze Weile so«, flüsterte mir Lilli zu. Sie und Martha wechselten einen besorgten Blick. Ich zog automatisch ein Taschentuch aus meiner Jacke und reichte es der Weinenden, die sich lautstark schnäuzte, um dann wieder von Neuem in Tränen auszubrechen. Das Taschentuch sah aus, als könne man es auswringen. Was war los mit Käthe? Ich rätselte im Stillen über den Auslöser dieser Tränenflut. Hatte sie Ärger im Job? War jemand gestorben und ich wusste es noch nicht? War das hier ein Fall für Wodka? Oder Valium?

Mir war nicht wohl, noch nie hatte ich Käthe in einem solchen Zustand erlebt. Sie sah zerdrückt und zerflossen aus, wie ein rotes Gummibärchen, das zu lange in der Sonne gelegen hatte.

»Sorry Schwestern, ich habe meine Bachblüten verlegt«, knurrte Martha in der ihr eigenen, trockenen Art. »Aber gleich kommt Susanne, vielleicht erfahren wir dann, was los ist.«

Der heutige Abend war unser Jour fixe. Susanne, meine beste lesbische Freundin, und ich hatten bis vor einigen Monaten hier in der Wohngemeinschaft mit Lilli und Martha gelebt. Inzwischen waren wir ausgezogen, beide der Liebe wegen. Suse hatte die erste Zeit nach ihrem Auszug in Graz gelebt, der Heimatstadt ihrer Liebsten Anne.

Inzwischen waren beide zurück in der Stadt, hatten geheiratet und ein eigenes Nest bezogen, während ich in meiner eigenen Wohnung lebte und glücklich mit Astrid liiert war.

Lilli, die schon immer unaufgeregt und pragmatisch zusammenhielt, was eben so in einer Frauen-WG zusammengehalten werden musste, hatte vor kurzem das Monatstreffen eingeführt, damit wir uns nicht alle aus den Augen verloren.

Den ersten Donnerstag im Monat verbrachten wir vier seither mit Spaghetti und Rotwein in der WG-Küche, wie in alten Zeiten.

Als es klingelte, wollte ich bereits aufspringen, um zu öffnen. „Lass mal, Tina, ich gehe schon“, sagte Martha. Mir schien, sie atmete erleichtert auf und beeilte sich, zur Tür zu kommen. Martha war bei Weitem die Unsentimentalste von uns allen. Gleichzeitig war sie am wenigsten eng mit Käthe befreundet. Die warf sich beim Anblick von Susanne, die gleich darauf in der Küche erschien, heulend in deren Arme. Suse blickte verstört auf das Häuflein Elend.

»Hey, Süße, was ist denn mit dir los?«, wollte sie wissen. Ihre Augen huschten zu uns Dreien, aber wir konnten nur mit den Schultern zucken. Wenigstens redete Käthe jetzt. Na ja, wenn man ihre bruchstückhaften Satzfetzen so bezeichnen konnte.

»Gemeinheit ...«, schniefte sie, »... Gauner ... muss raus ... und dann noch ... unmöglich ... Seiten gewechselt ... wie konnte ich bloß ... Gelder gestrichen ... erledigt«.

Ihr Gestammel war nicht zu entschlüsseln. Während sie sich in Suses weiche Rundungen schmiegte, kam mir in den Sinn, dass Käthe, seit ich sie kannte, immer unbeweibt gewesen war. Und noch nie hatte ich die dünne Frau mit dem hennarot gefärbten Haar und dem Mausgesicht mit einer Frau flirten oder gar kuscheln sehen.

»Das lasse ich mir nicht gefallen!«, schrie sie plötzlich in meine Gedanken hinein. Käthe setzte sich in Susannes Armen auf und schob ihre eckige Brille zurecht.

»Was ist denn Käthe? Seit du vor einer halben Stunde hier aufgetaucht bist, heulst du, und wir wissen nicht, warum. Geht es um eine Frau? Um zu wenig Zuwendung oder, womöglich noch schlimmer, schlechten Sex?« Martha zog einen Stuhl heran und setzte sich rittlings darauf, ihre langen Beine in den engen Lederhosen wippten nervös.

»Blödsinn!«, schnaufte Käthe und drückte eine letzte Träne aus dem Augenwinkel. »Was du immer denkst. Du hast ja wohl nichts anderes im Kopf.«

»Schon gut«, ging Lilli verbal zwischen die ewigen Streithennen. Wäre sie nicht gewesen, hätte in der Vergangenheit sicher mehr als eine der an der Tagesordnung stehenden Meinungsverschiedenheiten zwischen den Beiden im Streit geendet. »Sag uns einfach endlich, was los ist.«

»Es ist ... weil ... alles kommt zusammen«, wimmerte Käthe nun schon wieder. Ein erneuter Sturzbach an Tränen lief über ihr blasses Gesicht, aus dem die Nase tiefrot und verschwollen hervorstach.

»Was kommt wozu?« Susanne rückte etwas von ihrer Freundin ab. Auf ihrem T-Shirt hatte sich ein großer, feuchter Fleck gebildet. Sie versuchte vergeblich, ihn trockenzuwedeln.

»Die Wohnung ist weg«, verkündete Käthe mit Grabesstimme. »Unser ganzes Haus. Abriss. Bau von Luxuswohnungen.«

»Du musst aus deiner Wohnung ausziehen?«

Wir alle wussten, dass Käthe sich mit ihrem Gehalt als Sozialpädagogin keine großen Sprünge leisten konnte und verdammtes Glück hatte, in einem schönen, aber wenig komfortablen Altbau eine kleine, bezahlbare Wohnung zu haben, in der sie seit Urzeiten zur Miete wohnte.

»Okay, das ist hart, aber nicht das Ende der Welt. Du musst sicher nicht von heute auf morgen da raus. Es wird sich schon was finden. Zur Not ziehst du eben eine Weile bei uns ein. Zwei Zimmer stehen ja leer.« Lillis stets ruhige Stimme schien mühelos alle Schicksalsfäden zu entwirren.

Martha warf ihrer großen, dunkelhaarigen Wohngenossin einen unwilligen Blick zu. Ich konnte mir schon denken, warum. Die Vorstellung Käthe als Mitbewohnerin ertragen zu müssen, strapazierte ihre

Nerven. Käthe war eigenwillig, manchmal regelrecht dogmatisch und ging zum Lachen meistens in den Keller. Zwischen Martha, die mit ihrer leichtlebigen Art und ihren häufig wechselnden Damenbekanntschaften das Leben und die Geliebten nahm, wie sie kamen, und der problemorientierten Käthe lagen Welten.

»Das ist ja noch nicht alles!«, heulte die nun lauthals auf. »Ihr wisst ja gar nicht, wer dieses Projekt politisch unterstützt.«

Jetzt funkelten ihre Augen wie Diamanten. Sie trompetete noch einmal in das Taschentuch, bevor endlich ihre Tränen versiegten, und sie zum Weitersprechen ansetzte: »Marion!«

»Marion? Um Himmels willen«, entfuhr es Susanne.

»DIE Marion?« Martha beugte sich interessiert nach vorn.

»Doch nicht Marion Steiner?«, fragte Lilli.

»Welche Marion?«, fragte ich verständnislos.

Viele Frauen waren in dieser WG zu meiner Zeit ein- und ausgegangen, diesen Namen hatte ich jedoch noch nie gehört. Er schien bei den Frauen wie eine Bombe einzuschlagen.

»Marion. Früher Steiner, jetzt Borgwald«, verkündete Käthe.

Danach herrschte in der Küche Totenstille.

»Klärt ihr mich jetzt mal bitte auf?«, verlangte ich.

Käthe machte eine hilflose Handbewegung, als ginge es über ihre Kräfte, mir mehr zu verraten.

»Marion, gute Göttin«, murmelte Martha und Lilli gab ein Geräusch von sich, das an einen defekten Fahrradschlauch erinnerte.

»Wie ... was ... warum trägt sie jetzt einen anderen Namen?« Suse starrte Käthe mit großen Augen an.

»Sie ist in die Politik gegangen. Kandidiert bei der nächsten Kommunalwahl. Und jetzt ratet mal, für welche Partei? Da kommt ihr nie drauf. Sie ist bei der *Neuen Konservativen* Liste Spitzenkandidatin für das Sozialdezernat der Stadt. Und diese Partei steht voll hinter dem

Bauprojekt. Wenn die *Konservative* ins Stadtparlament kommt, und das gilt als sicher, wird sie als kleiner Partner ihrer Wunschkoalition das Ding durchziehen wollen. Das ist aber längst nicht alles.«

Sie starrte so düster um sich, dass ich vorsichtshalber ein Stückchen von ihr abrückte.

»Marion hat auch noch lauthals verkündet, den lesbischen Kulturverein und damit auch das Frauenkulturhaus schließen zu wollen. Ach ja, und das Allerschlimmste wisst ihr noch gar nicht.«

Ich fragte mich im Stillen, was das sein sollte, das diese Katastrophenmeldungen noch toppen könnte.

»Sie hat geheiratet. Einen Mann!« Käthes Stimme schwoll bei diesen Worten an, schraubte sich schrill bis unter die Decke der WG-Küche und hinterließ bei allen Anwesenden den Ausdruck des Entsetzens auf den Gesichtern. Außer bei mir, ich verstand nur Bahnhof. Zwar war Käthes Abneigung gegen sämtliche Männer dieser Welt legendär, aber was hatte das alles mit ihr zu tun? Warum war sie so schrecklich mitgenommen wegen der Heirat einer kandidierenden Kommunalpolitikerin?

»Ach du liebes Lieschen.« Lilli blies die Backen auf. Martha gluckste vor freudlosem Lachen, Susanne stieg jetzt mit ein in Käthes Lamento und zerdrückte ein paar Tränen im Augenwinkel. Mitfühlende Tränen, wie mir gleich klar wurde.

»Wer ist diese Marion?«, fragte ich noch einmal.

Vier Augenpaare wandten sich mir zu. »Eine ehemalige Schwester, Mitbegründerin des lesbischen Kulturvereins.«

Was konnte ich da Tröstendes sagen? Tut mir leid für den Verlust einer aus unseren Reihen? War das alles wirklich so schlimm? Käthe war noch nicht fertig. Den Clou hatte sie sich bis zum Schluss aufgehoben. »Und sie ist meine Ex!«

Das ging an meine Adresse. Dann fing sie wieder an zu heulen.

Käthe und Marion waren einst das Powerpaar der Lesbenszene gewesen. Gemeinsam hatten sie vor etlichen Jahren, also zu einer Zeit, da ich das Wort Lesbe noch nicht einmal buchstabieren konnte, für den lesbischen Kulturverein gekämpft, hatten Demos organisiert und Gelder gesammelt. Als die Beziehung auseinanderging, war Käthe als ein Häuflein Elend zurückgeblieben. Marion hatte sich entschieden, ein spätes Jurastudium zu beginnen, war dazu in eine andere Stadt gezogen und zwischendurch für einige Austauschsemester im Ausland gewesen. Die Verbindung zwischen ihr und Käthe riss irgendwann komplett ab. Marion verschwand von der Bildfläche und Käthe, die nie halbherzige Beziehungen eingegangen wäre, war überzeugt, ihre einzige große Liebe verloren zu haben und blieb alleine.

»Jetzt ist sie wieder da. Trägt einen braven Haarschnitt, Businesskostüme und einen Ehering am Finger. Und opfert alles, wofür sie früher mal gekämpft hatte, ihrer politischen Karriere.« Käthe schnaubte empört und griff dankbar zu dem Glas Rotwein, das Lilli ihr fürsorglich zugeschoben hatte.

»Hast du mit ihr geredet?«, wollte Susanne wissen. »Habt ihr euch gesehen?«

Käthe trank einen großen Schluck Wein, dann schüttelte sie den Kopf. »Ich weiß schon eine ganze Weile, dass es Bestrebungen gibt, dem Frauenkulturhaus die Mittel zu kürzen und hielt es für das übliche Hin und Her der Politik, das wir seit Jahren gewohnt sind. Vor zwei Tagen habe ich meine Wohnungskündigung erhalten. Das war alles schon schlimm genug. Aber dass Marion mit ihrer konservativen Truppe in beides verwickelt ist, weiß ich erst seit heute. Das setzt dem Ganzen die Krone auf.«

Die *Konservative Liste*. Das war eine ganz frisch gegründete und aus dem Stand heraus erfolgreiche kleine Partei, die sich kommunalpolitisch bereits einen Namen gemacht hatte.

»Ein Sprungbrett für Leute, die spät in die Politik eingestiegen sind«, schniefte Käthe.

»Wenn sie rhetorisch alle so gut drauf sind wie Marion, kein Wunder«, murmelte Martha.

»Was willst du jetzt machen?«

»Auf uns kannst du zählen.«

»Komm erst einmal zur Ruhe.«

Alle redeten durcheinander. Beinahe hätten wir die Türklingel überhört. Lilli ging und machte auf. Sie kam mit einer Frau zurück, die ich noch nie gesehen hatte. Sie war mittelgroß, trug die schwarzen Haare lang und offen und wirkte ungeheuer energisch.

»Das ist Ayshe Topcuk, meine Anwältin. Sie vertritt uns auch in der Sache des Kulturzentrums«, verkündete Käthe nach einem erneuten Einsatz des Taschentuches.

»Hallo«, sagte Ayshe Topcuk lässig in die Runde.

Martha saß immer noch rittlings auf ihrem Stuhl. Scheinbar unverändert, wenn man nicht genau hinsah. Doch beim Auftauchen der Fremden fuhr sie sich mit einer langsamen Bewegung durch ihren blonden Schopf, der glatt und glänzend ihre Ohren umspielte. Dabei starrte sie die schöne Anwältin auf eine Art und Weise an, die ich in Anbetracht der Situation fast schon unanständig fand. Als sich die Blicke der beiden Frauen trafen, fing die Luft im Raum vor meinen Augen an zu brennen. Martha, die Jägerin der Nacht, hatte ein neues Opfer ins Visier genommen! Außer mir schien nur Lilli etwas zu bemerken, sie zog die Augenbrauen amüsiert nach oben und grinste in sich hinein.

Lilli selbst lebte seit Jahren monogam in einer Art Fernbeziehung mit Claire, einer französischen Stewardess. Dennoch verstanden sich Lilli und Martha, der feste Beziehungen eher suspekt waren, großartig. Susanne war nach wie vor ganz auf Käthe konzentriert und wurstelte sich vor lauter Mitgefühl für ihre unglückliche Freundin wild in den rotbraunen Haaren herum, bis diese wie üblich kreuz und quer auf ihrem Kopf standen.

»Käthe und ich dachten daran, eine groß angelegte Aktion zu starten. Zum einen, um in der Öffentlichkeit die Aufmerksamkeit auf die geplanten Kürzungen im lesbischen Kulturverein zu lenken, zum anderen, um die rüde und unsoziale Entmietung ganzer Häuserblocks publik zu machen.« Ayshe hielt sich nicht mit langen Vorreden auf. Sie deutete fragend auf einen Stuhl und setzte sich dann. »Ich habe mal alles zusammengetragen, was bisher darüber bekannt ist.« Aus ihrer Handtasche holte sie ein großes, zusammengerolltes Blatt Papier und zog es auf dem Tisch glatt. »Betroffen sind diese fünf Mietshäuser.«

Martha zog ihre begehrlichen Blicke von der Anwältin ab, wandte sich dem Blatt Papier zu und pfiff durch die Zähne. »Die stehen ja über Eck, wenn man zu den Wohnungen die dazu gehörigen Hinterhöfe nimmt, ergibt sich eine ziemlich große Fläche.«

»Genau! Vor allem, wenn nicht mehr sechsgeschossig gebaut wird, wie bisher. Es ist von zwölf bis fünfzehn Etagen die Rede.« Ayshe Topcuk nickte zu ihren Worten und warf uns allen einen intensiven Blick zu, bevor sie fortfuhr. »Das ist ein Grund, warum diese Ecke so begehrt ist. Der zweite ist die relativ zentrale Lage. Nur wenige Gehminuten von einer beliebten Einkaufsstraße entfernt soll hier ein Komplex entstehen. Serviced Appartements für die, ich zitiere, *modernen Arbeitsnomaden*, ein Büro- und Geschäftshaus mit Einkaufspassage, Gastronomie sowie einer Erlebnislandschaft über sämtliche Gebäude hinweg auf dem Dach. Da kommen eine Freiluft Lounge Bar hin, ein Schwimmbad, dazu Dachbegrünung, eine Voliere, Fitnessgeräte. Dort können dann die Büromenschen schnell mal vom Arbeitsplatz hinauf huschen und sich einbilden, die radelten durch den Odenwald. Alles, was der gestresste Großstädter so braucht, um sich nach seiner anstrengenden Arbeit zu erholen. Eine wahre Goldgrube, die Investoren stehen Schlange und die vermeintlich nächste Stadtregierung suhlt sich bereits in einem Ruhm, der erst noch verdient werden will. Im wahrsten Sinne des Wortes.«

Ich sah vor meinem inneren Auge überarbeitete Menschen in zu enger und zu bunter Sportbekleidung auf Elektrorädern herumhampeln. Kein schöner Anblick. Ayshe sah uns erneut alle nacheinander eindringlich mit ihren klaren, espressofarbenen Augen an. Martha blickte verträumt zurück, der Glanz in ihren Augen zeigte mir, dass in ihrem Kopf eindeutig ein anderer Film ablief, als bei uns anderen. Vielleicht turnte sie in Gedanken bereits unter dem anfeuernden Gekreisch von regenbogenfarbenen Papageien mit Ayshe an der Voliere herum.

»Käthe dachte, dass ihr sie und unser gemeinsames Anliegen unterstützen könntet. Jede von euch hat Verbindungen, wenn wir die alle nutzen, erreichen wir eine große Anzahl von Frauen, denen zumindest das Frauenkulturhaus nicht egal sein dürfte. Viele davon werden ganz sicher auch die rüde Entmietung dieser Wohnhäuser«, sie schlug einmal kräftig auf den Plan, der vor ihr lag, »nicht ohne Protest hinnehmen.«

»Wir sind dabei«, sagten Lilli, Susanne und ich wie aus einem Mund. »Wir arbeiten mit euch zusammen.«

Ja. Genau. Ganz eng, schien Marthas hungriger Blick auf Ayshe zu sagen. Aber das fiel womöglich wieder bloß mir auf. Während Käthe sich schniefend bei uns bedankte, lud Lilli kurzerhand sie und Ayshe zum Essen ein. »Es ist genügend da«, fand sie. Und so kam es, dass an diesem Abend in der Küche meiner ehemaligen WG eine Menge revolutionärer Pläne geschmiedet wurden.

»Du warst aber lange weg«, murmelte meine Freundin Astrid, als ich kurz vor Mitternacht zu ihr ins Bett kroch. Blonde, kurze Haarsträhnen lugten vorwitzig unter der Decke hervor und ich roch den Duft von Astrids Apfelshampoo.

»Es gibt viel zu erzählen«, berichtete ich, noch ganz aufgeregt von dem, was wir den ganzen Abend über besprochen hatten.

»Bin müde«, kam die wenig enthusiastische Antwort. Astrid war den ganzen Abend Taxi gefahren und hatte vermutlich noch gar keine Ahnung von den dunklen Wolken, die über dem Kulturhaus schwebten. Zwar war sie eine der Vorstandsfrauen des lesbischen Kulturvereins, der als Träger für das Frauenkulturhaus fungierte, aber Käthe hatte die schlimme Nachricht dort noch gar nicht verbreitet. Ich war zwar hellwach, wollte sie aber nicht um den Schlaf bringen. Jedenfalls nicht mit irgendwelchen Hiobsbotschaften. Mir schwirrten ganz andere Gedanken durch den Kopf. Vorsichtig krabbelten meine Finger unter der Decke zu ihr hinüber.

»Mmmmh«, machte Astrid, als meine Hand die feste Rundung ihres Hinterns erreicht hatte. Langsam schob ich mich näher an sie heran. »Knackig«, lobte ich den Zustand ihres Hinterteils und zwickte spielerisch hinein, was sie zum Kichern brachte.

»Das kommt vom Sport«, murmelte sie mit einem Grinsen in der Stimme und zog sich die Decke etwas aus dem Gesicht. »Das ist das, was du nicht so gerne machst, liebe Tina.«

Sport? Ne, musste nicht sein. Mir fielen da wesentlich angenehmere Arten der körperlichen Ertüchtigung ein. »Wenn du nicht so müde wärst, würde ich dir schon zeigen, wie fit ich trotzdem bin«, murmelte ich in ihr Ohr.

»Ach wirklich?« Jetzt war sie eindeutig interessiert und zog mich unter ihre Decke. Als sie viel später einschlief, lag ein Lächeln auf ihren Lippen und auch ich dachte nur noch an angenehme Dinge.

Kapitel 2

Henriette von Lojewski, Inhaberin einer Cateringagentur und eines kleinen Delikatessenladens, darüber hinaus Verlegerin und Chefredakteurin der Hochglanzzeitschrift *Mangiare*, hielt, wie jeden Freitag, die Redaktionskonferenz ab.

Seit sie und ich eine gemeinsame kulinarische Reise nach Italien unternommen hatten, und ich im Anschluss einen Artikel für sie verfasste, war ich feste freie Mitarbeiterin und schrieb nun über alles, was das Herz von Feinschmeckern und solchen, die es werden wollten, höher schlagen ließ.

Henriette sah wie immer tipptopp und wie aus dem Ei gepellt aus. Das kleine Redaktionsteam, außer mir waren noch fünf Frauen und zwei Männer mit dabei, diskutierte wie jede Woche eifrig über den Stand der für das aktuelle Heft geplanten Artikel und suchte nach guten Ideen für die nächste Ausgabe.

»Ein neuer, ganz heißer Trend ist die vegane Küche«, sagte einer der Mitarbeiter.

»Ich würde gerne etwas über regionale, ländliche Rezepte passend zu Slow Food machen«, bemerkte eine Autorin neben mir.

»Wie wäre es mal wieder mit modernen Suppenrezepten?«, fragte eine andere.

Wir diskutierten und verwarfen die Suppenidee vorerst, weil sie Henriettes Meinung nach besser in den Herbst passte. Eine Kollegin bekam die Aufgabe, einen Beitrag über ein leichtes Sommermenü zu verfassen. Und dann nannte mir Henriette ihre Stichworte zu dem, was ich ihrer Meinung nach tun sollte.

»Tina, ich möchte, dass du was über aphrodisierende Nahrungsmittel schreibst, mit passenden Rezepten.«

Ach du liebes Lieschen!

Davon hatte ich so gar keine Ahnung. Trotzdem nickte ich und schrieb groß die Worte »Aphrodisiaka aus Küche und Garten« auf meinen Block. Mir würde schon etwas einfallen.

»Kannst du gerne alles vorher testen und uns einen Erfahrungsbericht geben«, grinste eine Kollegin über den Tisch.

Henriette lächelte fein. Sie kannte mein Privatleben und wusste, wie verliebt ich in meine Freundin war. Als alle aufbrachen, um die letzten Texte für diesen Tag zu schreiben, ihre Schreibtische aufzuräumen oder sich bereits für die kommende Arbeitswoche zu inspirieren, hielt Henriette mich kurz zurück. »Tina, wie geht es dir bei uns? Alles okay?«

Ich nickte heftig. Henriette hatte mir im Büro einen Schreibtisch mit einem superduper Computer inklusive aller benötigten Programme eingerichtet. Darüber hinaus verfügte ich jetzt über ein neues Laptop, sodass ich auch zu Hause oder unterwegs arbeiten konnte. Aber das war es nicht, was mich begeisterte. Es waren die Themen, bei denen ich gar nicht den Eindruck hatte zu arbeiten. Ich ging eher einem meiner Hobbys nach; alles, was mit Kochen und Backen zusammenhing, bedeutete Spaß und ging mir leicht von der Hand.

»Henriette, ich bin dir dankbar, dass du mir das Angebot gemacht hast, und habe es nicht bereut, zu dir gewechselt zu haben. Ich fühle mich pudelwohl!«

Das stimmte. Mein vorheriger Job bei einer Versicherung hatte sich nach etlichen Jahren definitiv totgelaufen. Meine neue Chefin lächelte, drückte fest meinen Arm und lobte meine bisherige Arbeit. So gestärkt konnte ich frohen Mutes ins Wochenende aufbrechen. Meine Arbeit war fertig. Ich hatte einen Text über alte Sorten von Frühlingsgemüse, die in der modernen Küche gerade wieder entdeckt wurden, verfasst und das passende Bildmaterial über eine Agentur geordert. Nun konnte ich mich der neuen Herausforderung stellen. So verknallt, wie Astrid und ich waren, hatte mein Liebesleben zwar nicht unbedingt einen Schubs nötig, trotzdem freute ich mich schon darauf, sinnlich-anregende Rezeptideen auszuprobieren und auch meine Freundinnen damit zu überraschen.

Die Idee hatte sich bereits in meinem Kopf festgesetzt, die ersten gedanklichen Assoziationen tauchten in meinem Kopf auf, als ich auf dem Nachhauseweg an einem Gemüseladen vorbeikam. Appetitlich angerichtet lockten dort glänzende Auberginen, saftige Trauben und duftende Erdbeeren.

»Grüner Spargel, ganz günstig«, radebrechte jemand von schräg hinten.

Ja, warum eigentlich nicht, die Spargelzeit war fast schon vorbei.

»Okay, ich nehme ein Bündel«, sagte ich, ohne mich umzudrehen. Meine Blicke huschten begehrlich über die anderen Obst- und Gemüsesorten, die in allen Regenbogenfarben leuchteten.

»Wie viele Personen?«

»Zwei.« Meine Hände griffen bereits nach Pfirsichen, die aromatische Duftwogen verbreiteten. Die karamellisiert, dazu eine Vanillecreme … Schon allein die Vorstellung ließ mir das Wasser im Mund zusammenlaufen.

»Menü für zwei? Nehmen Sie noch Litschis. Die sind gut.«

»Gut wofür?« Jetzt drehte ich mich um, die Pfirsiche in der Hand und sah in das breite Grinsen eines südländischen Gemüseverkäufers.

»Für die Liebe«, meinte er lächelnd und verdrehte die Augen vielsagend.

»Ach wirklich? Erzählen Sie mir mehr!«, verlangte ich eifrig und legte die Pfirsiche bei ihm ab, um nach den von ihm angepriesenen kleinen Früchten zu greifen.

»Spargel, ja?«, rief er begeistert aus. »Nimmst du bisschen Sellerie vorher und Litschis nachher …«

Sein Gesicht strahlte jetzt und er kam mir bedrohlich nahe. »Machst du gutes Essen für deinen Mann, ja?«

»Ich habe keinen Mann«, antwortete ich unvorsichtigerweise. »Ich recherchiere nur.«

Leider verstand er mich falsch oder verwechselte etwas. »Keinen Mann? Macht nichts. Komme ich zu dir, machen wir schönes Essen und hinterher …« Er schnalzte mit der Zunge, sah mich auf eine klebrige Art von oben bis unten an und fuchtelte mit den Pfirsichen in den Händen herum.

Ach du liebes Lieschen! Dachte er wirklich, ich sei auf der Suche, gerade nach ihm? »Unverschämtheit! Ich hab's mir anders überlegt. Behalten Sie ihr Zeug!« Empört drehte ich mich um.

»Brauchst du Chili, Fräulein!«, rief er mir lachend hinterher. Ohne mich umzudrehen, zeigte ich ihm den Stinkefinger. Beidseitig.

Als ich in meine Wohnung zurückkehrte, klebte ein Notizzettel an meiner Tür. »Komm hoch!«, stand in Julias klarer Handschrift darauf. Julia wohnte seit einiger Zeit über mir. Sie war die Tochter von Herrn Dr. Spengler, der früher in der Wohnung oben lebte. Inzwischen bewohnte er mit meiner Mutter ein Haus am Stadtrand. Die beiden verlebten ihren zweiten Frühling.

So sehr ich mich für meine Mutter freute, die Scheidung von meinem Vater, die für dieses neue Arrangement unabdingbar gewesen war, hatte mir dennoch wehgetan.

Mein Trost war es, auch meinen Vater nicht allein zu wissen, er hatte seinem Leben eine entscheidende Wende verpasst und lebte mit seiner neuen Flamme seit Kurzem auf einer Baleareninsel. Nun war Julia so etwas wie meine Stiefschwester.

Nicht nur deshalb verbrachten wir viel Zeit miteinander. Ich hatte sie schon seit unserem Kennenlernen ins Herz geschlossen.

»Was liegt an?«, fragte ich, als sie mir die Tür öffnete. Julia winkte mich mit einer Hand in die Küche, in der anderen hielt sie einen angebissenen Apfel.

»Du weißt schon Bescheid wegen der Sache mit dem Kulturzentrum«, sagte sie kauend, schluckte ihren Bissen hinunter und warf den säuberlich abgenagten Apfelbutzen gut gezielt in den Mülleimer. »Käthes Anwältin, eine Ayshe Topcuk, hat mich heute früh angerufen. Sie will mich engagieren. Den Auftrag habe ich sicherlich auch ein bisschen dir zu verdanken.« Julia zwinkerte mir verschwörerisch zu.

Sie spielte dabei auf die Tatsache an, dass ich sie, die als Privatdetektivin arbeitete, in meinem Freundinnenkreis eingeführt hatte. Weil sie mir aus freundschaftlicher Verbundenheit in einer sehr wichtigen Sache zur Seite gestanden hatte, konnte ich ruhig ein wenig für sie die Werbetrommel rühren.

»Was sollst du denn machen?«, wollte ich wissen. Mir war nicht klar, wozu Ayshe und Käthe eine Detektivin anheuerten.

»Es geht um die schmierigen Verbindungen zwischen der Politik, der Verwaltung und diesen Bauherren. Außerdem«, Julia zögerte kurz und sah unsicher zu mir herüber, bevor sie doch fortfuhr, »hat Käthe durchblicken lassen, sie verstehe nicht ganz, was diese Marion Borgwald für ein Spiel spielt. Kennst du die Dame?«

Ich schüttelte den Kopf. »Sie ist Käthes Ex und jetzt mit einem Mann verheiratet.«

»Oh Göttin, und das passiert ausgerechnet unserer Käthe.« Julia schüttelte wild ihr Haupt, sodass die dunkelbraunen Locken flogen. »Hat sie ihre Männerallergie davor oder danach entwickelt?«

Wider Willen musste ich kurz lachen. »Die hatte sie schon, bevor sie das von Marion erfuhr.«

»Ist schon merkwürdig. Nach allem, was Käthe mir erzählt hat, war diese Marion doch flott an allem beteiligt, was lesbische Kultur in unserer Stadt bedeutet. Jetzt taucht sie nach Jahren aus der Versenkung wieder auf und will das zerstören? Kannst du das verstehen?«

Ich schüttelte den Kopf.

»Na ja, das gibt es ja, dass Leute ihre eigene Vergangenheit am liebsten ausradieren würden.« Julia hatte nach einer Mandarine gegriffen und schälte sie langsam. Der fruchtige Duft verbreitete sich in der Küche.

»Muss doch nicht sein. Ich als langjährige Hetera zum Beispiel war einigen der Frauen in meinem lesbischen Kosmos am Anfang mehr als suspekt. Inzwischen wissen eh alle über meine fragwürdige Vergangenheit Bescheid, niemand regt sich mehr darüber auf.« Ich nahm dankbar einige Mandarinenschnitze an, die Julia mir hinhielt.

»Du spielst jetzt auf die Tatsache an, dass du nicht lesbisch auf die Welt gekommen bist?« Julia schmatzte leicht beim Kauen. »Bei dieser Marion scheint das andersrum gewesen zu sein. Vermutlich will sie es jetzt nicht mehr an die große Glocke hängen, dass sie früher mit einer Frau zusammen war, fürchtet um ihre konservative Wählerschaft. Was wäre besser geeignet, das eigene frühere Tun ad absurdum zu führen, als die radikale und öffentlichkeitswirksame Zerstörung desselben?« Sie wischte sich die Hände an einer Serviette ab und beugte sich zu mir herüber. »Hilfst du mir, ein bisschen Licht in die Sache zu bringen?«

»Wie jetzt? Ich sagte dir doch, dass ich Marion nicht kenne.«

»Noch nicht. Aber ich habe einen Plan, wie wir ohne großes Aufsehen Kontakt zu ihr aufnehmen können. Und darüber hinaus noch Insiderinformationen zu dem geplanten Bauprojekt bekommen.«

Da war ich aber mal gespannt.

»Ich dachte an deine Freundin Vera, deren Mann ist doch ein bekannter Immobilienmakler und ...«

»Oh nein, Julia. Lass Vera aus dem Spiel. Sie ist eine enge Freundin, aber ich will sie für so etwas nicht ausnutzen.«

»Ausnutzen? Aber Tina, davon ist doch gar keine Rede. Sie könnte uns helfen, indem sie uns eine Einladung besorgt oder uns einfach mitnimmt. Der konservative Klüngel trifft sich nämlich morgen Abend auf Einladung der Investorengruppe im Orchideensaal des Botanischen Gartens. Eine Veranstaltung nur für handverlesene, geladene Gäste übrigens. Alles Leute, die man hofft, demnächst mit im Boot zu haben. Dort wird im kleinen Kreis ausführlich über das Bauprojekt informiert.« Sie lehnte sich zurück und sah mich mit blitzenden Augen an.

»Woher weißt du denn, dass Vera und ihr Mann auf der Gästeliste stehen?«

»Weiß ich nicht, vermute ich aber. Die Investoren brauchen die Fachkenntnis hier vor Ort, um ihre Objekte schnell und vor allen Dingen an solvente Interessenten vermieten zu können. Veras Mann ist einer der bekanntesten und seriösesten Makler der Stadt, wie du sehr wohl weißt!«

Wusste ich, denn auch meine Wohnung hier im Haus, hatte mir Hans-Dietrichs Büro vermittelt. Auf strenges Anraten seiner Frau Vera, mit der ich seit einer denkwürdigen Begegnung in der zu einem Varieté gehörenden Tiger-Bar befreundet war.

»Also gut, ich rufe Vera an und frag sie.«

»Und du musst mit, Tina. Ich brauche dich bei dieser Sache. Das wird größer, als wir jetzt ahnen, da bin ich mir sicher.«

»Wo warst du? Ich habe schon ein paar Mal angerufen«, muffelte Astrid ins Telefon. Es war später geworden bei Julia und meine Liebste klang etwas angesäuert.

»Hatte mein Handy nicht an«, entschuldigte ich mich. Vermutlich verdrehte Astrid am anderen Ende jetzt die Augen. Meine Abneigung gegen technischen Firlefanz war ihr bekannt. Erst seit mir Julia eines ihrer abgelegten Mobiltelefone geschenkt hatte, war ich auch unterwegs zu erreichen. Theoretisch jedenfalls, denn meistens hatte ich das Ding ausgestellt.

»Käthe hat mir schon berichtet, worum es gestern Abend ging«, fuhr Astrid fort. »Warum hast du mir denn nichts erzählt?«

»Wir hatten Besseres zu tun, schon vergessen?«

Astrid gluckste kurz auf. »Ich muss morgen ins Kulturhaus zu einer Sondersitzung des Vereinsvorstandes. Wir beraten, wie es weitergehen soll.«

Kein Wort über Julia. Es schien, als habe Käthe auch den anderen Frauen noch nichts davon erzählt, dass sie eine Privatdetektivin engagiert hatte.

»Aber darüber will ich jetzt gar nicht weiter sprechen. Ist alles so unerquicklich.«

»Dann komm gleich vorbei. Ich habe zwei schöne DVDs und eine Flasche Wein für uns besorgt«, lockte ich sie. Dann legten wir auf.

Während ich auf Astrid wartete, rief ich bei Vera an.

»Tina, Schätzchen, wie geht es dir?« Wie immer freute sie sich, von mir zu hören. Vera war eine der Frauen, auf die ich mich stets hatte verlassen können. Seit ich sie kannte, hatte sie mir in vielen Situationen meines Lebens beigestanden, ohne Wenn und Aber. Auch wenn es jetzt nicht um mich persönlich ging, war es mir unangenehm, sie schon wieder um etwas zu bitten. Aber Julia hatte mir die Wichtigkeit meiner Mission so heftig eingebläut, dass ich mir einen Ruck gab.

»Vera, seid ihr, also du und dein Mann, morgen Abend zu der Veranstaltung im Orchideensaal des Botanischen Gartens eingeladen? Da, wo über das neue Bauvorhaben gesprochen wird?«

Einen Moment lang blieb es still in der Leitung.

»Hans-Dietrich hat etwas davon erwähnt, aber ich kann ihn nicht begleiten«, erwiderte sie dann. Ihr Tonfall klang derart vorsichtig und zurückhaltend, dass ich schlucken musste. Die Veranstaltung schien nicht gerade an der großen Glocke zu hängen, schloss ich aus Veras Reaktion.

»Julia, du weißt, die Tochter des Mannes, den meine Mutter demnächst zu heiraten gedenkt, und ich selbst, wir würden beide gerne dabei sein. Siehst du da eine Möglichkeit?«

Wieder blieb es lange unheimlich still im Hörer.

»Diese langweilige Veranstaltung interessiert euch? Ich war froh, eine Ausrede zu haben, um Hans-Dietrich nicht begleiten zu müssen.« Vera klang jetzt eher verblüfft als ablehnend.

»Es geht immerhin um einige Leute, die bei diesem Deal ihre Wohnung verlieren. Eine davon ist Käthe, eine Freundin von mir, du hast sie letztes Jahr auf dem Fest im Frauenkulturhaus kennengelernt.« Es war vielleicht nicht sehr diplomatisch, unser Anliegen so direkt anzusprechen, aber ich wollte bei Vera keine Nebelkerzen werfen, das hätte ich mir selbst nicht verzeihen können.

»Ach, daher weht der Wind. Tina, falls ihr euch Hoffnungen macht, das Projekt stoppen zu können – vergesst es. Egal, wie die Kommunalwahl ausgeht, sämtliche Parteien stehen mehr oder weniger offen zu dem Vorhaben. Die Kassen sind klamm, egal, in welcher Farbe man sie anstreichen wird. Jeder Investor, der daran etwas ändern könnte, wird mit offenen Armen empfangen. Da geht nichts mehr.«

Das war ja sehr deutlich! »Wir wollen uns nur informieren«, antwortete ich besänftigend.

»Hans-Dietrich wird mit einigen Leuten aus seinem Büro dort sein. Ich werde ihn bitten, euch beide auf die Liste setzen zu lassen. Ihr müsst aber unbedingt so tun, als wärt ihr freie Mitarbeiterinnen von ihm. Und kein Stunk! Das musst du mir versprechen, sonst gerate ich in eine Ehekrise. Mein Mann kann übrigens sehr ungemütlich werden, wenn man ihn in Schwierigkeiten bringt, besonders wenn das in der Öffentlichkeit geschieht.«

Ich versprach Vera hoch und heilig, dass Julia und ich uns nicht danebenbenehmen, sondern uns an diese Vereinbarung halten würden.

»Was ich mich frage«, fuhr Vera dann gedankenverloren fort, »warum hast du dich mit deiner Bitte nicht an Henriette gewandt?«

Henriette? Was wusste die von dem Projekt?

»Sie ist ebenfalls eingeladen worden und, soweit ich weiß, morgen Abend dabei. Man erhofft sich eine Zusammenarbeit mit ihrem Cateringunternehmen.«

»Das wusste ich nicht«, murmelte ich. Woher auch, über solche Dinge sprach meine neue Chefin nicht mit mir und auch ich wäre nicht auf die Idee gekommen, sie mit diesem Projekt in Verbindung zu bringen.

»Na ja, macht ja nichts«, meinte Vera leichthin. Wir plauderten danach noch ein wenig und verabredeten uns für die kommende Woche in einem ganz neuen Lokal, das Vera unbedingt mit mir zusammen ausprobieren wollte.

Kaum hatte ich aufgelegt, klingelte auch schon Astrid an der Tür.

»Du hast doch einen Schlüssel«, erinnerte ich sie.

Meine Liebste zuckte mit den Achseln und küsste mich auf die Nasenspitze. »Ich mag es eben, zu klingeln und von dir eingelassen zu werden. Übrigens habe ich noch nichts gegessen und uns was mitgebracht.« Sie zeigte auf eine Thermotasche, aus der zwei Pizzaschachteln lugten.

Eine Pizza und ein Glas Rotwein später befanden wir uns in einer hitzigen Debatte. Ich hatte ihr von Julias Auftrag erzählt und auch davon, dass ich sie unterstützen sollte. Astrid war ganz und gar nicht der Meinung, ich solle mich als Privatdetektivinnen-Assistentin in die

Angelegenheiten des lesbischen Kulturzentrums einmischen. »Lass das Julia alleine machen«, lautete ihr Ratschlag an mich.

»Sie zu unterstützen, ist die einzige Möglichkeit, die ich habe. Die anderen Frauen gehen über ihre sozialen Netzwerke, ihr Vereinsfrauen könnt eure Mitglieder einberufen und wieder andere haben einen guten Draht zur Presse. Mir behagt es nicht, andere machen zu lassen und selbst nichts tun zu können«, erwiderte ich.

So ging es hin und her, bis wir zu müde waren, um unsere DVDs zu gucken.

»Ich gehe morgen Abend erst einmal mit Julia zu diesem Treffen der Investoren und möglichen Kooperationspartner. Dann sehen wir weiter«, lauteten meine letzten Worte.

Kapitel 3

Der Botanische Garten, der sowieso schon eine echte Sehenswürdigkeit und ein Prunkstück unserer Stadt war, erstrahlte an diesem Abend im Glanz vieler Lichter. Lampions hingen in den Bäumen und Gartenfackeln zeichneten den Weg zum Orchideensaal, der immer für besonders exklusive Veranstaltungen gebucht wurde. Bereits am Eingang wurden die Namen abgefragt.

»Julia Spengler und Tina Herzfeld«, sagte ich so nonchalant wir möglich und nannte dazu noch den Namen von Hans-Dietrichs Büro.

Erleichtert atmete ich auf, als man uns mit einem »Herzlich Willkommen« eintreten ließ. Still bedankte ich mich bei Vera, die auch dieses Ding mal wieder so ganz nebenbei geschaukelt hatte.

Hans-Dietrich stand mit einem Mitglied des Magistrats zusammen, um die beiden herum hatten sich ein paar junge Leute geschart. Sektgläser in der Hand haltend, lauschten sie dem Gespräch und sahen so aus, als saugten sie jedes Wort der beiden Männer förmlich auf. Das waren also die Praktikanten und Freelancer, mit denen Veras Mann tatsächlich zusammenarbeitete.

Verstohlen musterte ich die Outfits der jungen Frauen, die allesamt aussahen, als kämen sie aus teuren Boutiquen mit hochtrabenden Namen über der Tür. Julia und ich hingegen waren eher leger gekleidet. Zwar hatten wir beide unsere besten Jeans, modische Blusen und dazu passende Blazer an. Aber irgendwie war schon klar, dass wir nicht wirklich zu dieser Gesellschaft hier passten.

Als Hans-Dietrich den Kopf hob, winkte ich ihm kurz und herzlich zu. Er nickte knapp zu mir herüber und führte sein Gespräch weiter. Eine klare Ansage, die ich so verstand: Ich habe meiner Frau einen Wunsch erfüllt, aber bitte belästige mich nicht. Julia war bereits in Richtung des kalten Buffets abgeschwenkt und musste enttäuscht feststellen, dass es noch nicht eröffnet war. Sie kam mit zwei Gläsern zurück. Kirschsaft für sie, Sekt für mich. »Sonst kann ich dir leider noch nichts bieten heute Abend«, grinste sie und prostete mir zu.

Wir sahen uns unauffällig um. Ein Teil des kleinen Saals war durch mehrere Paravents abgeteilt, ein junger Mann, der schwer nach einer edlen Securityfirma aussah, stand mit lässig ineinander verschränkten Händen davor. Somit war klar, dass niemand einen Blick auf das werfen würde, was sich dahinter verbarg, bevor die Veranstaltung offiziell eröffnet war.

Noch hielt sich der Andrang in Grenzen. Circa zwei Dutzend Menschen waren im Raum, standen in lockeren Grüppchen beisammen und plauderten. Da sich bisher weder der Oberbürgermeister noch seine Stellvertreterin eingefunden hatten, war die politische High Society eindeutig noch nicht vollständig versammelt.

»Wo ist diese Marion?«, quetschte ich an Julia gewandt hervor.

»Ich kann sie noch nicht sehen. Kenne sie nur von einem Foto auf der Webseite ihrer Partei, da sehen die Leute ja immer besser aus als in natura.«

Am Eingang entstand jetzt Bewegung. Zwei Herren mittleren Alters stürmten mit fliegenden Rockschößen dorthin, wo gerade einige Magistratsmitglieder und anderes Spitzenpersonal der Kommunalpolitik erschienen.

»Herr Oberbürgermeister!«, rief jemand. Hände wurden geschüttelt, Schultern beklopft. Eine Serviermaid eilte mit einem Silbertablett auf die Neuankömmlinge zu. Sie trug tatsächlich ein schwarzes, enges Kleid und darüber ein weißes Schürzchen.

»Du liebes Lieschen, wo sind wir denn hier hingeraten«, murmelte Julia. Gleich darauf packte sie mich fest am Arm.

»Da ist sie!«, sagte sie halblaut. »Marion Borgwald.«

Die Frau, die den Raum betrat und nun ebenso hofiert wurde wie die

Gruppe der drei Herren vor ihr, war nicht besonders groß. Trotz der ziemlich hohen Schuhe, die sie trug, reichte sie ihrem Begleiter nur bis zur Schulter. Ihr eng anliegendes, elegantes Kleid glänzte einen Ton dunkler als ihr rehbraunes Haar. Die Herren Investoren hatten sich bereits an ihrer Rechten festgesaugt und warfen offensichtlich mit Komplimenten nur so um sich, während Marion sie mit einem Lächeln bedachte. Ihre Augen huschten derweil durch den Saal, bevor sie zu ihrem Gegenüber zurückkehrten.

Ich sah, wie sie abwehrend die Hand hob, als die Kellnerin sich auch ihr mit dem Tablett näherte. Dann stakste sie mit kleinen, schwungvollen Schritten auf eine kleine Gruppe von Gästen zu, wo sich die Begrüßungszeremonie wiederholte. Die Herren Investoren ihrerseits wandten sich einem anderen Neuankömmling zu.

Wenn ich es nicht von Käthe persönlich gehört hätte, ich hätte es nie im Leben geglaubt, dass diese Marion ihre Ex war! Selten hatte ich zwei derartig unterschiedliche Frauen gesehen. Ich dachte an das modisch desinteressierte, schmale, rothaarige Wesen, das am Donnerstagabend wie ein gerupftes Huhn heulend in unserer Küche gesessen hatte. Dann sah ich zu Frau Borgwald hinüber, die gut gekleidet, perfekt frisiert und, unendlich selbstbewusst wirkend, höflich Smalltalk machte. Während ihre braunen Augen alles im Raum gleichzeitig aufzusaugen schienen, schob sich ihr energisches Kinn in den Gesprächspausen immer wieder nach vorne. Ja, diese Frau war sicher in der Lage gewesen, das Frauenkulturhaus mit aufzubauen und sich gegen alle Widerstände zu behaupten. Nur, warum wollte sie ihrem eigenen Baby jetzt den Todesstoß versetzen?

»Puh, das wird wahrlich kein amüsanter Abend.« Julia trommelte ungeduldig an ihr Glas. »Aber was tut man nicht alles in meinem Beruf. Vor allem werde ich mich jetzt näher an diese Marion ranpirschen.«

»Geh ruhig. Ich schau mich mal ein bisschen um, bevor es losgeht«, erwiderte ich. Der Orchideensaal trug seinen Namen zu Recht. An den Wänden des achteckigen Raums waren zwischen hohen, vanillefarbenen Marmorsäulen tiefe Fenster eingelassen, die den Blick zu schön gestalteten Mini-Gewächshäusern erlaubten. Hinter Glas blühte es da drin, dezent angestrahlt, dass es eine Augenweide war. Ich schlenderte auf eines der Fenster zu und betrachtete fasziniert eine große, blau geäderte Blume.

»Wunderschön, nicht wahr?«

Überrascht drehte ich mich um. Den Mann, der neben mir stand, hatte ich nicht kommen hören. Er mochte Anfang bis Mitte Dreißig und somit ungefähr in meinem Alter oder etwas drüber gewesen sein und trug zu seinem dunkelgrauen, seidenglänzenden Anzug ein Hemd in einem Blau, das dem der Orchidee vor uns glich. Wenn der Anzug nicht so modisch gewesen wäre, hätte er mit seinem akkuraten Seitenscheitel und der Brille, die an ein Kassengestell aus den 1950er-Jahren erinnerte, nicht extravagant, sondern ziemlich altmodisch gewirkt.

»Eine Vanda coerulea. Für mich eine der Schönsten ihrer Gattung. Wächst an den Hängen des Himalaya«, erklärte er.

»Wirklich eine bemerkenswerte Farbe«, erwiderte ich und wandte mich wieder dem Glashaus zu.

»Die Farbe ist eine Züchtung«, gab er zurück. »Wie überhaupt viele Orchideen hier Züchtungen sind. Die Liebhaber und Sammler werden nicht müde, neue Sorten zu kreieren.« Dann wandte er sich zu mir um und stellte sich vor. »Ken-Ole Schmidt.«

Ich nannte ihm ebenfalls meinen Namen und wir schüttelten uns ein wenig steif die Hände, was in diesem Moment wie eine völlig antiquierte Geste wirkte.

»In welcher Eigenschaft sind Sie hier?«, wollte Ken-Ole dann wissen.

»Ich? Äh ...«, lautete meine wenig geistreiche Antwort.

»Also, mit ...«, herrjeh, jetzt kam mir einfach der Name von Veras Gatten nicht über die Lippen.

»Tina!«, rief in diesem Moment jemand. Es war Henriette! Sie kam genau auf uns zu.

Mit den Worten: »Da kommt meine Chefin«, gelang mir dann doch noch ein ganzer Satz.

»Ah, ich sehe schon. Frau von Lojewski!« Ken-Ole wandte sich Henriette zu, neigte grüßend den Kopf und verschwand dann so leise, wie er gekommen war.

»Was machst du denn hier?«, fragte mich Henriette, kaum dass sie vor mir stand.

»Vera hat mir ihre Einladung abgetreten.« Das war nicht falsch und doch auch nicht ganz richtig. Henriette hob kurz ihre Brauen und nickte dann so, als müsse sie das verstehen.

»Und du?«, rutschte es mir heraus.

»Na hör mal.« Die Frau, die mir vor Kurzem noch deutliche Avancen gemacht und mich mit ihrem Angebot, für sie zu arbeiten hinter meinem Schreibtisch bei einer Versicherung hervorgelockt hatte, wofür ich ihr unendlich dankbar war, sah mich mit ihren schönen braungrünen Augen jetzt ziemlich skeptisch an. »Wofür hältst du das hier? Für ein Teekränzchen? Es geht um ein rasend lukratives neues Projekt. Man hat mir für mein Cateringunternehmen ein tolles Angebot gemacht. Wenn alles so kommt wie geplant ...«

In diesem Moment ertönte ein Gong und unterbrach unsere Konversation. Sofort erstarben sämtliche Gespräche im Raum. Alles scharte sich um einen extrem dynamisch wirkenden Mittdreißiger mit teuren Schuhen, teurer Uhr und zu viel Gel im Haar. Der Marketingleiter des geplanten Projektes, wie er sich sogleich vorstellte. Nach einem für meinen Geschmack viel zu hochtrabenden Gefasel über *neue Stadt,*

Ansprache solventer Käuferschichten und neue Lebens- und Wohngewohnheiten der Leistungsträger dieser Gesellschaft, schoben auf sein Geheiß hin mehrere Servicemitarbeiter die Paravents beiseite. Begleitet von ergriffenen *Ohs* und *Ahs* traten wir alle näher an die Tische und Wandtafeln heran, die sich uns nun präsentierten. Auf dem Tisch erhob sich ein Modell. Es stellte fünf hoch in die Luft ragende Edel-Wohnblocks mit allem Drum und Dran dar. Julia stand plötzlich wieder neben mir, während Henriette in der Menge verschwunden schien. Schweigend lauschten wir den Ausführungen des gegelten Mitarbeiters der *Demant City Development GmbH & Co KG*.

Staunend erfuhr das interessierte Publikum, was genau alles an jener Ecke geplant war, an der jetzt noch mehrere Altbauten standen. Häuser, in denen es teilweise zwar keine Aufzüge und Balkone, dafür aber begrünte Hinterhöfe und bezahlbaren Wohnraum für Studenten, Rentner und andere nicht ganz so gut Verdienende gab. Es war alles so, wie Ayshe Topcuk es uns geschildert hatte.

»Serviced Appartements«, rief der Gegelte uns gerade zu, »sind die Antwort auf die Zukunft unserer Arbeitswelt. Gestaltet für Menschen, die sich nicht auf Jahre und Jahrzehnte hinaus an einen Ort oder einen Arbeitgeber binden wollen. Die ihren Focus auf den Beruf ausrichten, gut verdienen und einen exklusiven Full Service schätzen.«

Das alles böten in absehbarer Zukunft voll möblierte Appartements mit individuell zubuchbaren Serviceleistungen, erläuterte er mit wachsender Begeisterung. Nicht nur Tiefgaragenplätze, Wäsche-, Reinigungs- oder Fahrservice waren damit gemeint, sondern auch Verpflegung. Jetzt dämmerte es mir, was Henriette da so interessant fand.

»Neben zwei allgemein zugänglichen Restaurants im Erdgeschoss«, sein Laserpointer zeigte auf die entsprechenden Punkte am Modell, »wird es einen Cateringservice geben, der sowohl Snacks à la carte liefert, als auch Veranstaltungen ausrichtet. Wir hoffen, im Sinne unserer qualitativ verwöhnten Klientel dafür ein renommiertes ortsansässiges Unternehmen gewinnen zu können.« Irgendwo in der kleinen Menge stand Henriette, ich hätte gern gesehen, wie sie auf diese Vorschusslorbeeren reagierte, denn ganz sicher war sie Diejenige, die sich den Zuschlag dafür erhoffte. Auch die Vermietung der Appartements sollte ganz exklusiv als Auftrag an einen Dienstleister vergeben werden. Hans-Dietrich war eben nicht umsonst heute Abend hier.

Nach all den Erklärungen und hochtrabenden Plänen inklusive eines mir äußerst zeitnah erscheinenden Termins für Baubeginn und – ende, schloss der sichtlich enthusiasmierte Marketingleiter seine Einführung. Er zeigte mit einer einladenden Handbewegung auf das Buffet, als sich aus der Menge eine Hand hob und eine Stimme laut und vernehmlich fragte: »Die Häuser sind ja noch vermietet. Was geschieht denn mit den Leuten, die dort wohnen?«

Mir rutschte vor Schreck das Herz in die Hose. Doch nein, es war nicht Julia gewesen, die diese Frage gestellt hatte. Die stand immer noch neben mir und hob nur neugierig ihr Kinn. Es war, als habe jemand das Licht angeknipst. Auf einigen Gesichtern malte sich die Erkenntnis ab, dass diese überaus wichtige Frage anscheinend im Eifer der Vorfreude auf kommende, gute Geschäfte völlig vergessen worden war. Doch der Mann mit dem Gel im Haar verlor nur für ein paar Sekunden sein strahlendes Lächeln. Schnell kehrte es wieder. »Das ist alles schon geregelt. Man hat die Hausbewohner über den Verkauf der Grundstücke an unsere Investoren informiert und besonders langjährigen Mietern werden selbstverständlich Ersatzwohnungen angeboten.«

Erleichtert über die anscheinend sozial unbedenkliche Regelung dieses nicht unwesentlichen Teils der ganzen Chose, atmeten die Gäste auf und wandten sich dem kulinarischen Teil der Veranstaltung zu.

»Ersatzwohnungen. Jott We De, irgendwo in der Pampa in hellhörigen Neubausiedlungen. Keiner von denen, die da wohnen, bekommt eine Behausung, die auch nur annähernd dem entspricht, was sie im Moment haben.«

Julia schnippte sich einen nicht vorhandenen Fussel vom Blazer und sah mit zusammengekniffenen Augen zu der Stelle hinüber, von der die Stimme gekommen war. Eine junge Frau stand dort mit nachdenklichem Blick. Das hellblonde Haar fiel ihr in dichten Wellen bis zum Po.

»Wer ist denn dieser Rauschgoldengel?« Julias Augen saugten sich an der Unbekannten förmlich fest. Just in dem Moment, in dem Julia ansetzte, zu der Frau hinüberzugehen, trat ein Mann neben diese. Es war der Orchideenexperte Ken-Ole Schmidt. Lächelnd griff er nach dem Arm der Blonden und zog sie mit sich. Seufzend drehten wir uns um. »Auf an die Futterstelle«, grinste Julia und wenig später hielt sie einen Teller in der Hand, der randvoll beladen war mit allem, was das Angebot hergab. In der nächsten Viertelstunde mampfte sie schweigend und mit seligem Grinsen restlos alles in sich hinein.

Kapitel 4

»Endlich ausschlafen«, murmelte eine sanfte Stimme in mein Ohr. Schwerfällig hoben sich meine Lider. Der Wecker stand genau in meinem Blickfeld und zeigte 09.23 Uhr an. Keine Uhrzeit zum Aufstehen an einem Sonntag, da hatte Astrid recht. Aber das, was sie gerade mit ihrer Hand unter meinem Nachtshirt anstellte, hatte überhaupt gar nichts mit schlafen zu tun.

Wohlig schnurrend rekelte ich mich unter der Decke und den Liebkosungen meiner Freundin, die zu allem auch noch in meine Schulter biss und sanft an meiner Haut saugte. Sie hatte genau die Stelle erwischt, bei der mir immer ganz schnell ganz heiß und kalt wurde. Dabei tanzten ihre Fingerspitzen über die sanfte Kurve unter meinem Bauchnabel und nahmen Kurs auf tiefere Gefilde, in denen sich bereits jetzt eine spontane Erwärmung einstellte.

»Oh ja«, spornte ich sie an und war gerade zu allem bereit, als unser zärtliches Techtelmechtel rüde unterbrochen wurde.

An Astrids Wohnungstür klingelte doch tatsächlich jemand Sturm!

»Was ist denn jetzt los?«, schnaubte sie.

Ich hoffte sehr egoistisch im Sinne meiner körperlichen Gelüste, dass, wer immer dort auch stand, sofort verschwinden würde. Doch nach einer winzigkleinen Pause ging das Gebimmel wieder von vorne los.

»Verdammt!«, fluchte Astrid und sprang aus dem Bett, zog ihre dunkelblaue Lieblingsunterhose zurecht und streifte sich ein auf dem Boden herumliegendes Shirt über ihren hinreißenden Körper. »Du rührst dich nicht hier weg. Bin gleich wieder da.«

Leise und sehr deutlich ungehalten weiter vor sich hinmurmelnd, stampfte sie zur Tür. »Käthe!«, hörte ich meine Liebste überrascht ausrufen. »Was willst du denn hier!«

Das wollte ich auch gerne wissen, aber die Antwort klang so hektisch, ich verstand kein einziges Wort.

»Um diese Uhrzeit? Wir liegen noch im Bett!« Jede Besucherin mit einem halbwegs vorhandenen Feingefühl hätte auf diesen eisigen Tonfall mit sofortigem Rückzug reagiert. Nicht so Käthe.

»... alles noch viel schlimmer«, hörte ich. Inzwischen hatte ich mich aufgesetzt, das bisschen Textil, das ich noch trug, auf meiner Haut zurechtgerückt und horchte angestrengt auf die heftige Diskussion, die sich gerade in Astrids Flur entspann.

»Julia hat mir erzählt, dass ...«, erregtes Murmeln verlagerte sich vom Flur in Astrids kleine Küche, ich musste aufstehen und mein Ohr dem kleinen Spalt der offen stehenden Schlafzimmertür nähern.

»Tina war auch dort«, hörte ich Astrid sagen.

Aufgeregt erwiderte Käthe etwas, das sich auch ohne verständliche Worte beunruhigend genug anhörte.

»... erst einmal einen Kaffee«, sagte Astrid. Dem folgten Stühlerücken und Wasserrauschen.

Adieu erotisches Intermezzo am Sonntagmorgen! Seufzend stand ich auf, angelte mir meine ordentlich über einem Stuhl hängende Jeans, blickte kopfschüttelnd auf das Durcheinander der Kleidungsstücke, die Astrid am Vorabend getragen hatte, und die nun auf dem Boden ein buntes Häuflein bildeten. Weil ich noch unschlüssig war, ob ich den beiden in der Küche Gesellschaft leisten wollte, hob ich eines nach dem anderen auf, legte es zusammen und drapierte den ordentlichen kleinen Stapel dann auf dem Stuhl.

Astrid und ich waren nicht nur optisch gegensätzliche Typen. Während meine Liebste, kurzhaarig blond, dunkelblauäugig und sportlich schlank daherkommt, werde ich mit meinem langen, dunklen Haar und der kurvigeren Figur eher als femininer Typ beschrieben. Irgendwie setzten sich die Unterschiede auch im Zusammenleben fort. Zum

Thema Ordnung, zum Beispiel, hatten Astrid und ich grundsätzlich unterschiedliche Vorstellungen. Wir nahmen es schulterzuckend hin, weil wir in fast allen anderen Bereichen des Lebens hervorragend harmonierten. Auch da, wo wir gerade unterbrochen worden waren. Was Käthe wohl wollte?

Ich warf mir Jeans und Bluse über und ging in die Küche.

»Morgen«, grüßte ich unseren ungebetenen Besuch und erschrak bei ihrem Anblick sofort. Falls das möglich war, hatte sie in den letzten Tagen rapide abgenommen, ihre eingefallenen Wangen wirkten mitleiderregend. Das hennarot gefärbte, raspelkurze Haar lag platt an und mir schien, als müffele es etwas, aber das konnte auf die Entfernung auch Einbildung sein. Noch immer waren ihre Augen rot, verweint, schauten in die Welt, die sie nicht mehr verstand.

»Tina«, schluchzte sie auf. »Julia hat mir alles erzählt. Es ist furchtbar.«

Astrid stellte stumm eine dritte Tasse auf den Tisch und wandte sich wieder dem Herd zu. Während Kaffee in die Kanne blubberte, erhitzte sie in einem Töpfchen auf kleiner Flamme etwas Milch.

»Ja, schon. Aber wir haben nichts erfahren, was uns nicht auch schon deine Anwältin, diese Ayshe Topcuk, am Donnerstagabend erzählt hat.

Käthes geschwollene Nase zuckte kurz. »Julia hat gestern Abend ein Gespräch belauscht. Dabei hat Marions persönlicher Assistent einem der Investoren hoch und heilig versprochen, dass die Häuser sofort nach der Wahl umgebaut würden.«

»Ach Käthe, das geht doch gar nicht. Niemand ist bisher ausgezogen. Den jetzigen Mietern müssen Ersatzwohnungen gestellt werden. Das dauert alles seine Zeit.«

Mein Kopf war müde und mein Körper war immer noch sehr entflammt und scharf auf meine Freundin, die vor meinen lüsternen Augen halb nackt in der Küche herumwandelte. Als sie Käthe Kaffee einschenkte, fiel ihr weites T-Shirt am Hals nach vorne und präsentierte mir einen Anblick, der mich gierig schlucken ließ. Schrecklich, ich kam mir vor wie ein sabbernder Hund, der die Wurst vor der Nase hatte, sie aber nicht anbeißen konnte.

»Eben nicht!«, trompetete Käthe laut, bevor sie den Kopf einzog und ganz leise wurde. Innerlich seufzend konzentrierte ich mich wieder auf das, was unseren Gast beschäftigte.

»Seit heute früh um sechs ziehen neue Mieter in eine der Wohnungen, die schon seit Ende letzten Monats leerstehen. Die liegt im Erdgeschoss. Und wisst ihr, was das für Leute sind?«

Astrid und ich schauten uns fragend an. »Nein, wissen wir nicht. Können wir uns auch nicht vorstellen. Wer zieht denn in ein Haus, das demnächst abgerissen werden soll?« Astrid pustete sich eine vorwitzige Strähne aus der Stirn und setzte sich neben mich. Ach, was hätte ich in diesem Moment darum gegeben, meine Hände durch ihr weiches Blondhaar gleiten zu lassen, das so kurz geschnitten war, dass es sich unter meinen Fingern immer gleich wieder aufrichtete. Sie roch nach Schlaf und nach sich selbst und in diesem Moment hätte ich Käthe am liebsten den Hals umgedreht. Was fiel ihr eigentlich ein, uns an einem Sonntag so früh derartig dreist zu überfallen?

Bei Käthes nächsten Worten allerdings musste ich noch einmal heftig schlucken. Aber nicht aus reiner Wollust, sondern vor Schreck.

»Das ist so eine Art Rockergang. Muskulöse, tätowierte Kerle. Mit Hunden!« Ihre Stimme erklomm schon wieder die schrille Tonlage, die ich seit einigen Tagen häufiger bei ihr gehört hatte.

Astrid und ich sahen uns an. In ihren blauen Augen las ich denselben Verdacht, den ich auch gerade hatte.

»Sie wollen die Mieter hinausekeln. Das steckt dahinter«, sprach ich unsere Vermutung tonlos aus. Käthe nippte hektisch an ihrem Kaffee.

»Punkt sechs fing der Krach an. Fünf Kerle, so groß und breit wie die Schränke, die sie hin- und hertransportierten, laufen seit Stunden rein und raus.« Käthe beugte sich zu uns herüber, als befürchtete sie, es könne sie in Astrids Wohnung jemand hören. »Eigentlich ist es seit Urzeiten verboten, an Sonntagen umzuziehen. Bei der Hausverwaltung läuft aber nur ein Band, man kann sich nicht einmal beschweren. Und diese sogenannten Mieter tragen seit Stunden dieselben Möbel immer wieder rein und raus.

Es geht nur darum, Krach zu machen. Inzwischen weiß das ganze Haus Bescheid, was da passiert. Der alte Herr Unkelhäuser aus der Wohnung über mir ging runter und hat ganz freundlich darum gebeten, ein bisschen leiser zu sein. Wisst ihr, was dann geschehen ist?« Sie sah uns mit aufgerissenen Augen an.

Astrid und ich schüttelten synchron unsere Köpfe.

»Die haben als Antwort einen ihrer Hunde auf den Mann gehetzt. So eine dieser Kampfmaschinen auf vier krummen Beinen mit Unterkiefern wie Schubladen, die schon aus ästhetischen Gründen verboten gehören. Der arme Herr Unkelhäuser wusste nicht, wie ihm geschieht. Der Hundebesitzer hatte das Vieh zwar an der Leine, ließ ihm jedoch so viel Spielraum, dass mein Nachbar sich nicht bewegen konnte, ohne gebissen zu werden.«

Käthe ließ sich erschöpft zurückfallen. »Als er endlich wieder nach oben gehen durfte, hat der Mann am ganzen Leib gezittert. Vermutlich trauen weder er noch seine Frau sich jetzt aus ihrer Wohnung. Wenn ich ehrlich bin, habe selbst ich gezögert. Bin dann aber einfach zwischen denen durchgehuscht.«

Deshalb hatte sie sich nicht abweisen lassen. Käthe würde vermutlich ihren ganzen Mut aufbringen müssen, um wieder nach Hause zu gehen.

»Wie soll das bloß morgen werden, ich muss doch arbeiten.«

»Jeder Hausbewohner muss also an dieser Wohnung vorbei?«, vergewisserte ich mich, alles richtig verstanden zu haben.

Käthe nickte matt. »Nicht auszudenken, was da morgen früh los sein wird.«

»Ihr könnt die Polizei holen«, schlug Astrid vor.

»Pah! Die können gar nichts tun. Ayshe hat mir bereits erklärt, dass es einen Unterschied zwischen einer tatsächlichen Bedrohung und einer gefühlten Bedrohung gibt.«

»Also das alte Lied, solange nichts passiert, können die Hüter des Gesetzes nicht tätig werden.« Ich blies die Backen auf und schüttelte ratlos den Kopf. Dann fiel mir etwas ein. »Ihr könntet die Presse verständigen. Unsere werten Damen und Herren Politiker können es sich doch gar nicht leisten, in einen solchen Skandal verwickelt zu werden.«

Bei diesen Worten hob Käthe traurig die Augen. »Hast du sie gesehen?«, fragte sie mich leise.

Ich musste einen Moment überlegen, wie diese Frage gemeint war. Ihr waidwunder Blick ließ den Groschen fallen. »Du meinst Marion? Ja, sie war gestern Abend da. Mit ihrem Mann.«

Meine Worte sollten weich klingen, dennoch senkten sie sich sichtbar wie ein Messer in Käthes Herz. Sie verzog schmerzlich das Gesicht und schon liefen wieder zwei Tränen über ihre Wangen.

»Ruf sie an, Käthe«, schlug Astrid vor und erntete einen vernichtenden Blick von unserer Freundin.

»Nie und nimmer!«, schrie Käthe. »Was glaubt sie eigentlich, wer sie ist? Alles umzuwerfen, was auch ihr einst einmal so wichtig war, auf den Gefühlen anderer Menschen herumzutrampeln, die Frau, der sie mal in Liebe verbunden war, einfach fallen zu lassen wie eine heiße Kartoffel, weil sie nicht mehr in ihr Leben passt! Die soll ich anrufen? Vergiss es!«

Ihre Reaktion war so heftig, dass mich ein mulmiges Gefühl beschlich. Was war denn mit Käthe los? Sie war diejenige, die in der Lesbenberatungsstelle, die ebenfalls im Frauenkulturhaus ihren Sitz hatte, eine Trennungsgruppe leitete. Das machte sie gut, ich wusste es, denn ich hatte diese Gruppe aus damals gegebenem Anlass eine Zeit lang besucht.

»Sag mal, Käthe, das mit dir und dieser Marion, das ist doch schon so lange her«, begann ich im Versuch, meine vagen Vermutungen in verständliche Worte zu fassen. »Selbst wenn es die große Liebe war, müsstest du das Ende der Beziehung doch inzwischen verdaut haben. Schließlich bist du es doch, die eine Trennungsgruppe ...« Weiter kam ich nicht.

Käthe sprang auf, so heftig, dass sie ihre inzwischen leere Kaffeetasse umschmiss. »Das verstehst du nicht«, kreischte sie. »Das versteht niemand. Nichts ist vorbei, nicht so lange, wie ihr alle denkt. Es ist ganz anders.« Sie brach ab und schaute um sich, als sei sie sich nicht sicher, wo sie sich befand. Dann plumpste sie auf den Stuhl zurück.

Astrid stellte die Kaffeetasse vorsichtig wieder auf und sah Käthe mit hochgezogenen Brauen an. »Findest du nicht, du solltest jetzt mal mit der ganzen Wahrheit rausrücken?«

In diesem Moment schien Käthe auf ihrem Stuhl zusammenzuschrumpfen wie ein Ballon, aus dem die Luft abgelassen wurde. Sie ließ ihren Kopf auf die Brust sinken und wirkte wie ein junger Vogel, der aus dem Nest gefallen war. »Habt ihr einen Schnaps im Haus?«, ertönte dann eine Grabesstimme.

Erschrocken sah ich sie an. War es so schlimm, was sie uns berichten musste, dass ihr auf praktisch nüchternen Magen nach Hochprozentigem der Sinn stand?

Astrid schlurfte schweigend ins Wohnzimmer und kam mit einer ziemlich verstaubt aussehenden Flasche Ouzo zurück. »Das ist alles, was ich im Haus habe. Hält sich ja, Göttin sei Dank, ewig. Geht das?«

»Mir ist alles recht«, antwortete Käthe und stürzte Sekunden später das streng nach Anis riechende Getränk hinunter. Sie fuhr sich mit dem Handrücken über die Lippen, ich kam mir vor wie auf dem Bau. Was würde sie uns jetzt zumuten?

»Astrid, was ich euch jetzt sage, darf auf keinen Fall diese vier Wände verlassen. Versprecht es mir! Niemand, vor allen Dingen nicht die Mitweiber vom lesbischen Kulturverein, dürfen erfahren, was ich getan habe.«

Astrid nickte stumm. Unter dem Tisch griff ich nach ihrer Hand, sie fühlte sich kalt an. »Schieß los!«, forderte sie Käthe auf.

Und die fing an zu beichten.

»Marion und ich, wir hatten nach ihrem Wegzug nach und nach den Kontakt verloren. Genauer gesagt war es so, dass sie sich immer seltener und irgendwann gar nicht mehr meldete, mir damit zu verstehen gab, dass sie für uns keine gemeinsame Zukunft sah«, begann Käthe.

»Das war eine harte Zeit für mich, ich dachte, ich könne nie wieder Vertrauen zu jemandem haben. Marion hatte die Stadt verlassen, ab einem bestimmten Zeitpunkt wusste ich nicht einmal mehr, wo sie sich aufhielt. Dann, vor ungefähr zwei Jahren, habe ich sie wiedergefunden.«

»Sicher nicht ganz zufällig«, warf Astrid ein.

»Nein, das nicht«, gab Käthe widerstrebend zu. »Ich habe im Internet nach ihr gesucht und sie tatsächlich gefunden und kontaktiert.« Sie machte eine kurze Pause und knabberte nervös an ihrer Unterlippe herum.

»Wir haben uns getroffen.« Ihre Stimme nahm eine andere Tonlage an, wurde weicher. »Es war wie früher«, erklärte sie und ihr Blick hatte etwas Flehendes bei diesem Satz. »Ich dachte, wir könnten neu anfangen. Sie hat mich wieder in ihren Bann gezogen, es war ein unbeschreibliches Gefühl, ihr wieder nahe zu sein.« Käthes Blick verlor sich kurz in romantischen Erinnerungen, die ihre Wangen zum Glühen brachten.

Ich musste an die Käthe denken, die ich als Leiterin einer Trennungsgruppe kannte. Hatte sie uns genau vor dieser romantischen Verklärung der Vergangenheit nicht immer streng gewarnt? In Anbetracht ihres Zustandes schwieg ich dazu.

»Warum hast du nie etwas gesagt?« Astrid hörte sich misstrauisch an.

»Sie wollte es nicht. Sie sagte, es gäbe so viele Frauen, die dann Einfluss auf mich nehmen würden.«

»Sie hatte wohl recht. Wir hätten dich sicherlich vor ihr gewarnt oder zumindest darauf hingewiesen, wie kühl sie dich damals abserviert hat.« Astrid verschränkte ihre Arme vor der Brust und lehnte sich zurück.

»Ja, ja, ich weiß. Hinterher ist man immer schlauer. Aber ich schwebte im siebten Himmel, dachte, alles wird wieder gut.« Käthe fuhr sich mit beiden Händen durchs Haar und übers Gesicht. »Aber leider stand auch dieser Neustart unter keinem guten Stern. Ich musste jedes Mal die weite Strecke nach Berlin fahren, um sie zu sehen. Immer, wenn ich sie fragte, ob sie nicht umgekehrt auch einmal zu mir kommen wolle, lehnte sie ab. Aber sie interessierte sich brennend für das Frauenkulturhaus, den lesbischen Kulturverein, die Beratungsstelle und alles, was wir beide damals sonst noch so auf die Beine gestellt hatten. Ganz besonders hat sie dann auf einmal die finanzielle Situation interessiert.« Käthe verstummte und ich spürte neben mir, wie sich Astrids Körper versteifte.

»Warum das denn, wollte sie dem Verein etwas spenden?«

Käthe räusperte sich mehrmals hintereinander. »Das nicht, nein. Obwohl ich sie fast schon darum gebeten habe. Ihr müsst wissen, Marion war zu dem Zeitpunkt als Referentin eines Politikers tätig. Sie muss schon während ihres Studiums in den Job eingestiegen sein, hatte eine ziemlich schicke Wohnung und offensichtlich die finanziell klamme Zeit weit hinter sich gelassen.«

»Kein Wort davon, dass sie hierher zurückkommen wollte«, vermutete ich laut.

Käthe schüttelte den zerzausten Schopf. »Nein, davon nicht. Sonst hätte ich ihr vielleicht doch nicht alles erzählt.« Wieder verstummte sie, wirkte unschlüssig, ob sie fortfahren sollte.

»Was genau heißt denn *doch nicht alles*? Was hast du ihr denn gesagt?«, bohrte Astrid nach.

Käthes Seufzer war laut und tief. »Alles, dummerweise. Wir sind ja damals schon seit zwei Jahren finanziell auf dem Zahnfleisch gegangen.«

In diesem Moment erkannte ich, dass ich viel zu wenig über die ganzen Zusammenhänge wusste. Mein Wissen beschränkte sich darauf, dass es den lesbischen Kulturverein gab, den Träger, der unter anderem die Lesbenberatungsstelle und das Frauenkulturhaus unter seinem Dach vereinte. Gleichzeitig wurde mir klar, dass ich mich nicht vor einen Karren spannen lassen wollte, in dessen Fracht sich womöglich etwas hoch Explosives verbarg.

»Bitte kläre mich einmal darüber auf, was es mit dem Kulturhaus und dem ganzen Finanziellen dort auf sich hat«, forderte ich Käthe daher auf.

Astrid seufzte leise und glitt von ihrem Platz, um erneut Kaffee zu kochen. Da ich meine Freundin inzwischen gut genug kannte, wusste ich sofort, dass jetzt etwas auf den Tisch kommen würde, was sie selbst wusste, mir aber bisher nicht so ohne Weiteres anvertraut hätte.

Die *Familiengeheimnisse der Schwestern des Frauenkulturhauses* hatte es Susanne einmal genannt, die ebenfalls nicht im Vorstand war. Und das, obwohl Käthe eine von Suses besten Freundinnen und Dauergast in unserer damaligen WG war. Nicht immer zu meiner Freude, aber das war ein anderes Thema.

Käthe warf Astrid einen fragenden Blick zu, so, als wolle sie ihr Okay, mich einweihen zu dürfen, was mich ein wenig ärgerte. Schließlich hatte ich mir den Vorabend im Botanischen Garten um die Ohren geschlagen und nicht meine Liebste. Astrid seufzte fast unhörbar und nickte Käthe zu, die sich danach wieder mir widmete.

»Marion und ich haben vor vielen Jahren den lesbischen Kulturverein gegründet und brauchten dafür Räume. Wir haben mit der Stadt verhandelt, die uns seither für das Vereinshaus einen Zuschuss in Höhe der Kaltmiete gibt. Dafür mussten wir uns verpflichten, neben der Lesbenberatungsstelle zusätzlich ein umfassendes Kulturprogramm aufzulegen, das auch allen nicht-lesbischen Frauen zugänglich ist.

Marion, ich und ein paar andere Frauen haben daraufhin das Konzept für das Frauenkulturhaus erstellt, das alles so vorsieht. Für die laufenden Aufwendungen sowie das, was die Veranstaltungen und die Beratungsstelle kosten, müssen wir selbst aufkommen. Wir haben dafür von Beginn an verschiedene Fördermittel eingeworben, weil die Vermietung eines Raums an die Schwulengruppe *Pink Guys*, die Eintrittsgelder aus den Veranstaltungen und die Beiträge der Mitweiber des Vereins nur ein Tropfen auf den heißen Stein waren.

Es gab und gibt bei der EU, dem Bund, dem Land und der Kommune immer mal wieder kleine Töpfe, die angezapft werden können. Das ist nicht so einfach, weil man seine eigenen Vorhaben entlang der Förderrichtlinien stricken und jeden einzelnen Cent, den man ausgibt, mit furchtbarem Verwaltungsaufwand belegen muss.

Marion war sehr geschickt darin. Sie konnte in Nullkommanichts die schönsten Projekte aufs Papier werfen und die Mittel flossen uns am Anfang nur so zu.«

Astrid stand am Herd, sie hatte uns den Rücken zugewandt, als ginge sie das alles gar nichts an.

»Wir hatten also eine Heimat für unseren Verein. Was wir nicht hatten, waren all die kulturellen Veranstaltungen, die der breiten weiblichen Öffentlichkeit zugutekommen sollten.«

Ich verstand in diesem Moment nur Bahnhof. »Verstehe ich nicht. Wer kontrolliert denn, ob eine Frau, die zu euch kommt lesbisch ist oder nicht?«, wollte ich wissen. Schließlich war auch ich bereits zu einer Zeit zu Gast im Kulturhaus gewesen, als ich noch gar nicht ahnte, dass ich mein Herz einmal an eine Frau verlieren sollte.

»Niemand, natürlich nicht. Aber es gab von Anfang an ein ungeschriebenes Gesetz.«

»Keine Männer bei den Frauenveranstaltungen«, sagte ich dumpf und mir fielen auf einmal all diese Situationen ein, in denen Käthe diesen Grundsatz bis aufs Blut verteidigt hatte, bis hinein in meine ehemalige WG. Susanne und ich konnten ein lautes Lied davon singen.

»Genau. Niemand von uns wollte, dass da die ganzen Frauen mit einem Kerl an der Hand reinkommen. Das hätte unsere wichtigste Zielgruppe, also alle Lesben, doch eher verschreckt.«

»Ihr habt zwei Räume an die Schwulengruppe *Pink Guys* vermietet. Das sind ja auch Männer«, erinnerte ich Käthe. Für die machte das keinen großen Unterschied, sie mochte eben auch schwule Männer nicht besonders.

»Das ist was anderes«, erklang es vom Herd her. Ich schaute stumm auf den angespannten Rücken meiner Liebsten und ahnte, dass sie wohl noch das eine oder andere Geheimnis vor mir hatte.

»Marion war es, die auf die Idee kam, das Ganze ein wenig zu verstecken. Sie sorgte dafür, dass auf den Plakaten zu allen öffentlichen Veranstaltungen der Zusatz »for Ladies only« stand und sich im Text irgendwo das Wort »lesbisch« fand. Außerdem«, Käthe machte eine kleine Kunstpause, bevor sie fortfuhr, »erfand Marion das System der Vorbestellung.«

Ich konnte mir schon denken, was nun kam.

»Wenn also an einem der Abende sich doch eine Hetera mit ihrem Kerl an der Hand zu uns verirrte, wurde sie als Erstes nach einer Reservierung gefragt. Hatte sie keine, war es kein Problem, sie mit der Bemerkung, die Veranstaltung sei ausgebucht, wegzuschicken. Hatte sie eine, war man untröstlich. Dann gab man einfach an, der zuständigen Mitarbeiterin sei ein Fehler unterlaufen.«

»Was, wenn das rausgekommen wäre?«, wollte ich wissen.

»Das ist doch klar, Tina. Wer die Förderrichtlinien nicht einhält, der kriegt kein Geld mehr oder muss sogar zurückzahlen.« Das war wieder Astrid.

»Es kam selten vor, dass wir jemanden wegschicken mussten«, erklärte Käthe. »Beschwert hat sich jedenfalls nie jemand.«

»Was macht euch dann jetzt Sorgen?«

»Ach, Tina. Trotz der ganzen Tricks und Kniffe standen wir mit dem Geld immer Spitz auf Knopf. Als Marion uns dann verließ, hatten wir ausgerechnet die Frau verloren, die das mit den Fördermitteln immer so gut hingekriegt hat. Das hat unsere Situation nicht gerade verbessert.« Käthe starrte dumpf vor sich hin.

»Sag ihr alles«, verlangte Astrid.

»Ja, ja.« Käthe warf angefressen den Kopf in den Nacken, atmete laut aus und fuhr fort.

»Es gab von Anfang an im Projekt zwei volle Stellen. Eine davon erhielt Marion. Sie war ja sozusagen die Geschäftsführerin. Ich, als ihre Stellvertreterin und Leiterin einer Gruppe, bekam eine halbe Stelle, die andere Hälfte hat Petra.«

Ich kannte Petra, war im Vorjahr bei ihr in der Coming-out Gruppe gewesen. Seither konnte ich den Satz »Ich bin lesbisch« nicht nur fehlerfrei, sondern höchst selbstbewusst aufsagen, und hatte dazu noch ein ganz neues Lebensgefühl gewonnen.

»Als Marion dann ging, lief alles erst einmal weiter wie bisher. Das Geld für ihre Stelle hatten wir schon erhalten und erst am Ende des Jahres wurde mir klar, dass wir entweder einen Batzen zurückzahlen mussten, und das, nebenbei bemerkt, nicht gekonnt hätten. Oder ob wir stillschweigend einfach so tun, als sei alles beim Alten und das Geld behalten.«

»Aha«, sagte ich, und begann langsam zu verstehen.

Astrid kam zum Tisch und goss uns frischen Kaffee ein.

»Ja. Genau. So ging es mir zu dem Zeitpunkt auch. Aha, dachte ich mir. Wenn wir das einfach stehen lassen, können wir weitermachen. Und seither gibt es bei uns auf dem Papier immer noch eine Marion Steiner. Und die Mittel für ihr Gehalt fließen pünktlich und ohne Nachfrage auf unser Konto.«

»Puh!« Ich schüttelte den Kopf. »Warum habt ihr die Stelle nicht einfach mit jemand anderem besetzt? Dann wäre das doch völlig in Ordnung?«

»Das schon, aber dann müssten wir das Geld ja auch jemandem auszahlen. Petra und ich haben uns stattdessen darauf geeinigt, beide unentgeltlich etwas mehr zu machen und das Geschäftsführerinnengehalt für Dinge zu verwenden, die wir sonst nicht finanzieren könnten.« Käthe blies über ihren Kaffee und nippte dann vorsichtig. »Der Auftritt der *Poppy Sisters* beispielsweise hätte unser normales Budget gesprengt. Oder die beliebte Walpurgisnacht-Fete, die auch immer teurer wird als geplant.«

Astrid stand am Herd und schaute stirnrunzelnd zu Boden.

»Was hast du damit zu tun?«, fragte ich sie. Astrid arbeitete als dritte Vorstandsfrau ehrenamtlich, war in das Tagesgeschäft des Kulturhauses nicht eingebunden. Käthe antwortete. »Petra und ich haben das Ganze zu verantworten. Aber als Astrid in den Vorstand gewählt wurde, haben wir sie natürlich eingeweiht.«

Aha. Und kein Wort zu mir. »Marion weiß also genau Bescheid über eure, sagen wir mal kreative, Buchführung?«

»Ja, Tina. Sie weiß alles. Alles, was uns vernichten kann, sollte ich wohl sagen.«

Das war ja ein schöner Mist. Da hatten drei Frauen, die ich kannte und schätzte, ein Ding gedreht, das ganz und gar nicht astrein war. Dabei waren sie doch anständig und keineswegs kriminell. Es war alles dem Umstand geschuldet, dass so ein Projekt wie der lesbische Kulturverein nie und nimmer auf eigenen Beinen stehen konnte.

»Also – um es kurz zu machen, ich selbst habe Marion das Messer geliefert, mit dem sie uns jetzt die Kehle durchschneiden will!« Mit diesen Worten sackte Käthe erneut im Stuhl zusammen, bevor sie erschöpft verstummte.

Gefühlte Stunden später, nachdem Käthe uns verlassen hatte, war unsere Stimmung gründlich vermiest. Astrid knibbelte an ihrer Unterlippe und schaute nachdenklich aus dem Fenster. »Wir müssen etwas tun, aber ich weiß beim besten Willen nicht, was.«

Meine Freundin würde das Kulturhaus genauso wenig aufgeben wollen wie Käthe. Wenn ich an all die Frauen dachte, die sich dort trafen, an meine eigene Geschichte, die auch eng mit diesem Haus zusammenhing, wäre ich am liebsten sofort rettend zur Tat geschritten. Aber mir ging es wie Astrid – ich hatte keine Ahnung, was genau wir jetzt tun konnten.

Als ich am Abend in meine eigene Wohnung zurückkehrte, ging ich von dort aus zuerst eine Etage höher und klingelte bei Julia, die mich gleich in ihr Wohnzimmer lotste. Auf dem Tisch stand ein Laptop, daneben lagen mehrere Ordner, sie arbeitete wohl an einem Bericht. Ich fragte nach dem Gespräch, das Käthe erwähnt hatte. »Marions persönlicher Assistent hat also den Investoren fest zugesagt, den Bau gleich nach der Wahl zu beginnen?«

Julia nickte mit düsterer Miene. »Der Kerl war sich seiner Sache so sicher, da muss es bereits Absprachen geben, obwohl offiziell noch nicht einmal alle Koalitionsaussagen stehen. Aber das ist praktisch egal: Mit welcher anderen Partei auch immer die *Neue Konservative Liste* ins Rathaus einzieht, die stehen alle voll hinter dem Projekt.«

»Und was sagt man zum Frauenkulturhaus?«

»Ach das«, winkte Julia ab. »Das ist so ein kleiner Fisch, da redet niemand drüber. Es steht lediglich eine Aussage im Wahlprogramm, dass bei einigen sozialen Projekten der *Anteil der selbst erwirtschafteten Mittel* gesteigert werden muss. Zahlenmäßig sieht das dann so aus, dass die gesamte Kulturförderung runtergeschraubt wird. Beim lesbischen Kulturverein wurde allerdings gar kein Betrag mehr eingetragen, sodass davon auszugehen ist, dass Marion und ihre Truppe dort den Hahn ganz zudrehen wollen.«

Julia klappte ihren Laptop zu und kam zu mir herüber auf die Couch. »Kannst du dich an den Rauschgoldengel erinnern? Die Frau, die die Frage gestellt hat, was mit den Mietern passiert?«

Ich konnte. »Ich habe herausgefunden, wer sie ist.« Julia grinste verschwörerisch. »Sie arbeitet als Journalistin für die *Alternative Wochenzeitung*.«

»Ist das nicht so ein Krawallblatt?« Henriette hatte die Zeitung mal mit dieser Bezeichnung tituliert.

»Ne, Tina, so kann man das wirklich nicht nennen. Sie greifen vor allem sozial brennende Themen auf, sind natürlich nicht immer so unvoreingenommen, wie man sich das von unabhängigen Journalisten wünschen würde, aber das sind die Kollegen der konservativen Fraktionen ja auch nicht.« Sie gluckste kurz amüsiert. »Versprich mir, dass du nicht vom Sofa fällst, wenn ich dir jetzt den Namen verrate.« Sie zog die Augenbrauen nach oben und sah mich mit spannungsgeladenem Blick an.

»Wie heißt sie denn?«

»Charlotte Borghs!«

»Borghs? Wie der Oberbürgermeister?«

»Yepp. Sie ist seine Tochter.«

Jetzt kam ich ins Grübeln.

»Dann schreibt sie also in ihrer Zeitung gegen all das an, wofür ihr Vater steht?«

»Ganz so schlimm ist es nicht. Friedhelm Borghs ist durchaus vielen sozialen Projekten gegenüber aufgeschlossen. Man kann aber sicherlich vermuten, dass seine Tochter da noch ein paar Schippen drauflegen könnte.«

»Wenn wir sie für unsere Zwecke gewinnen könnten ...«, begann ich meine Überlegungen zu formulieren.

»... wäre das ein gelungener Coup, auch in puncto Öffentlichkeitsarbeit«, setzte Julia die Überlegung fort.

Der Glanz in ihren Augen verriet mir, dass das nicht alles war, was sie an der schönen Tochter unseres Oberbürgermeisters interessierte. Julia sah aus wie die Katze, die ein Sahneschälchen entdeckt hat.

Aber wenigstens war das endlich mal ein Ansatz. Julia würde gleich am nächsten Tag mit Ayshe zusammen in der Zeitungsredaktion bei Charlotte Borghs aufkreuzen und sie mit Futter für einen Artikel versorgen. Als ich am Abend in mein Bett stieg, war ich, zumindest was diesen Punkt anging, ein kleines bisschen beruhigt.

Kapitel 5

Der Montag begann für mich am Schreibtisch meiner Wohnung mit den Recherchen zu meinem neuen Artikel. Zunächst warf ich einen Blick in meine Sammlung von Kochbüchern. Zum Thema Aphrodisiaka gab es leider sehr wenig. Von den üblichen Empfehlungen wie Austern, Sellerie und Spargel einmal abgesehen.

Auch im Internet fand ich nichts, was sich wirklich so spektakulär anhörte, wie ich mir meinen Artikel vorstellte. Dafür stieß ich auf ein Forum für Orchideenliebhaber und setzte mir einen Marker in meine Notizen. Die Blüten konnte man zwar nicht essen, aber einige davon konnte ich mir sehr gut für die Tischdekoration eines Liebesmenüs vorstellen. Über diese Idee kam ich dann auf rote Rosen, die Blumen, mit denen ganz allgemein immer die Liebe verbunden war. *Getrocknete Rosenblütenblätter* notierte ich mir als Zweites. Weil ich dann nicht so richtig weiterkam, fing ich schon einmal an, den einleitenden Text zu skizzieren.

So verging der Vormittag wie im Flug. Gegen Mittag plauderte ich am Telefon ein wenig mit Astrid, die wie üblich Taxi fuhr und an dem Tag auch ganz zufrieden mit ihrer Auslastung war.

»Messe. Immer eine gute Zeit. Eigentlich könnte ich mir gar keine Mittagspause leisten.«

Wie sich bei dem Gespräch weiter herausstellte, war meine Liebste auch ein wenig müde. »Stundenlang sitzen – und zu allem Überfluss überkam mich der Heißhunger und ich habe mir ein Mettbrötchen reingehauen. Viel zu schwer.«, klagte die normalerweise sehr wendige Gefährtin meiner sündigen Nächte und kündigte an, am Abend noch ein paar Runden joggen zu wollen. Davor konnte ich mich gerade noch zurückhalten. Natürlich waren meine Hüften dafür auch wesentlich runder als Astrids, die tatsächlich unleidlich wurde, sobald sie nicht mindestens jeden zweiten Tag in der Gegend herumrannte, Geräte malträtierte oder hinter irgendeinem Ball herjagte. Trotzdem hatte sie mich auf eine Idee gebracht. Nachdem wir aufgelegt hatten, notierte ich mir als drittes Stichwort *Muntermacher*. War doch klar, dass ein Aphrodisiakum nicht müde machen durfte. Wer hätte schon Lust auf eine Kissenschlacht mit Schweinshaxe, Bratkartoffeln und Sauerkraut so schwer wie Wackersteine im Bauch?

Während ich mir fein säuberlich ein Mind Map anlegte, auf dem ich alles, was mir zu meinen bisherigen Stichworten einfiel, notierte, bekam ich Lust auf Musik und legte eine CD ein. Und schon hatte ich eine weitere Notiz auf meinem Zettel stehen, denn ein erotisch anregendes Menü verlangte nach einer passenden musikalischen Untermalung. So verging auch der Nachmittag, und als mein Telefon klingelte, hatte ich mir gerade eine frische Tasse Tee aufgebrüht und es dämmerte bereits.

»Wir brauchen ein paar Bodyguards für Käthe«, sagte Julia ohne Umschweife. »Die neuen Mieter haben heute den ganzen Tag gehämmert und gebohrt, die zwei Köter bellen zum Verrücktwerden und die Hausverwaltung ist nicht zu erreichen.«

Ich bin nicht gerade ein mutiger Mensch und in Anbetracht des Szenarios, das mir geschildert wurde, rutschte mein Herz vollends in die Hose. Lilli war superfit und betrieb Kampfsportarten. Sie konnte, wie ich sehr wohl wusste, damit jeden normal gebauten Kerl in die Flucht jagen, ohne auch nur aus der Puste zu kommen.

Und Olga war kräftig gebaut und muskulös, eine wahre Freude bei Umzügen aller Art, weil sie schon mal eine Kiste alleine balancierte, die sonst nur zu zweit getragen wurde.

Aber wir anderen? »Was sollen wir denn machen?«, fragte ich daher.

»Aufpassen, dass sie heil in ihre Wohnung kommt. Und morgen früh wieder heraus. Ich war gerade beim Einkaufen, als man mich anrief, und bin sofort hierher gekommen.«

Mag sein, dass Julias Optimismus dafür sorgte, dass die anderen Mädels aus unserer Freundinnenclique hoffnungsvoller waren, was Käthes Wohnung betraf. Ich für meinen Teil war es nicht. Das Gespräch mit Vera hatte ziemlich deutlich gemacht, dass die Sache praktisch entschieden war. Wie lange man den Auszug der Mieter auch auf juristisch einwandfreiem Weg würde hinauszögern können – die alten und neuen Eigentümer hatten inzwischen wohl beschlossen, es kurz und schmerzhaft über die Bühne gehen zu lassen. Harte Entmietung, ohne Rücksicht auf Verluste. Erhlicherweise hätte ich zugeben sollen, dass ich keine große Lust auf einen Auflauf, eine Demo oder – Göttin bewahre – ein Sit-in oder Ähnliches hatte.

»Beeil dich«, befahl Julia. Sie legte auf, bevor ich protestieren konnte. Also raffte ich mich auf, Käthe beizustehen und schüttete schnell noch meinen Tee hinunter. »Wie lange wird das gut gehen?«, murmelte ich, als ich wenig später meinen Trenchcoat überzog und die Treppen hinunterhastete. Vorsichtshalber hatte ich mich mit einem Pfefferspray bewaffnet, vor allem wegen der Hunde, aber in diesem besonderen Fall waren mir auch die Herrchen nicht geheuer!

Als ich mich dem Haus näherte, in dem Käthe wohnte, sah ich schon von Weitem den Menschenauflauf, der sich dort gebildet hatte. Olga, eine von Käthes engsten Freundinnen, stand doch tatsächlich mit einem Megaphon vor der Tür.

Die Frau mit dem Körperbau eines Sumoringers trug wie üblich ein kariertes Hemd, das bis zu ihrem imposanten Bizeps hochgekrempelt war. Deutlich sichtbar prangte dort ihr Markenzeichen, eine tätowierte Rose. Eine, die ganz schön stachelig sein konnte, wie ich wusste.

Mich begrüßte Olga freudig mit Ihrer rechten Hand winkend, während sie mit der Linken das Megaphon hielt, in das sie sprach.

»... niemand hier im Viertel wird vor solchen miesen Tricks sicher sein, wenn das hier unwidersprochen bleibt«, tönte es blechern durch die Luft. An sämtlichen Fenstern über ihr hingen Leute, ein junges Paar hatte ein Transparent ausgerollt. »Wir wollen hierbleiben!«, stand darauf zu lesen.

Ein älterer Herr hielt derweil am Hauseingang ein Schild hoch. »Wir sind die Mieter! Wir lassen uns nicht schikanieren«, hatte er mit zittriger Schrift geschrieben.

»Vertreibung von alteingesessenen Mietern, um Luxuswohnungen zu bauen!«, rief Olga den Vorübergehenden zu. Einige blieben stehen. Susanne, ihre Ehefrau Anne und Lilli verteilten Flugblätter. Käthe und Ayshe waren in eine Diskussion mit Passanten verwickelt. Einzig von den Krawallmietern war weit und breit nichts zu sehen. Genauso wenig wie von Martha, was mich nicht wunderte. Sie war für derlei nicht zu gewinnen.

»Tina, komm hier rüber!«, rief Julia und gestikulierte wild. Neben ihr stand der Rauschgoldengel.

»Hallo«, sagte der und musterte mich ernst.

Julia grinste kurz. »Charlotte will in der *Alternativen* über die Zustände hier berichten.«

Die Journalistin ließ den Blick nicht von mir. »Du arbeitest doch für Henriette von Lojewski?« Ihre Stimme klang irgendwie anklagend.

»Ja, schon«, erklärte ich hastig. »Aber ich hatte bis zum Samstag keine Ahnung, dass auch sie sich Hoffnungen auf eine Zusammenarbeit macht.«

Charlotte schien das nicht wirklich zu interessieren, sie wirkte sehr misstrauisch.

»Auf Tina ist Verlass«, rettete mich Julia aus der merkwürdigen Situation. »Ich lege für sie die Hand ins Feuer. Und nicht nur ich!«

»So, dann ist ja gut«, antwortete Charlotte und wandte sich jetzt der auf uns zuwankenden Olga zu.

»Sie haben also alle das Gefühl, die Mieter hier in diesem Haus unterstützen zu müssen?«, fragte sie in ihr kleines Diktiergerät und hielt es Olga gleich darauf unter die Nase, um ihre Antwort aufzunehmen. Während die eine heftige Schimpfkanonade auf die Verantwortlichen für diese Schweinerei abließ, zog mich Julia beiseite. »Charlotte ist eigentlich ganz in Ordnung«, flüsterte sie mir zu und warf einen Blick zu ihr zurück. »Sie ist nur selbst auch ein bisschen nervös, weil sie sich in der Sache ganz öffentlich gegen ihren Vater stellt.«

Mir war nicht ganz klar, warum das nur in dieser Sache sein sollte. Wer bei der *Alternativen Tageszeitung* arbeitete, musste doch ständig mit den kommunalen Spitzenpolitikern aneinandergeraten. Doch angesichts Julias strahlender Augen hatte ich keine Lust auf eine Diskussion. »Was habt ihr denn vor? Wir können ja schlecht die ganze Nacht hier stehen?«

»Wir bilden eine Art Schutzschild zu den Zeiten, zu denen Käthe das Haus verlässt oder betritt. Mit Megaphon und Handsirene, für den Fall, dass wir angegriffen werden. Und einer Handykamera, die alles filmt, was hier so vor sich geht.«

Im Moment ging gar nichts vor sich. Die Störenfriede hatten sich einfach in ihre Wohnung zurückgezogen und ließen sich nicht blicken.

»Käthe macht einen Plan, in den sich jede von uns eintragen kann. Falls die anderen Mieter im Haus ebenfalls Freunde und Bekannte mobilisieren können, dürfte es den Gesellen der Kampfhundestaffel *Mieterterror* schwerfallen, das zu tun, wofür sie augenscheinlich engagiert wurden.«

Seufzend trug ich meinen und Astrids Namen für einen der kommenden Tage in den Plan ein und hoffte nur, dass meine Liebste nicht sauer sein würde, weil ich einfach so über ihre freie Zeit bestimmte. Aber sie war nun mal besser mit Käthe befreundet als ich, so nahm ich nicht an, dass sie sich drücken wollen würde.

Doch zunächst wurde die kleine Versammlung rüde zerstreut. Zwei Polizeifahrzeuge kamen mit blinkendem Blaulicht die Straße herunter, bremsten laut quietschend ab. Heraus sprangen drei dynamisch wirkende Jungpolizisten und eine Polizistin. Auf einen Schlag herrschte Stille vor dem Haus. Ayshe Topcuk bahnte sich ihren Weg durch die kleine Menge und hob angriffslustig ihr Kinn. Schade, dass Martha das nicht sehen konnte, es hätte ihr sicher sehr gefallen, wie souverän ihr neuester Schwarm hier auftrat. Die Anwältin debattierte eine Weile mit der Polizei, die offensichtlich von den Jungs im Erdgeschoss alarmiert worden war. Sie wirkte am Ende des Gesprächs zufrieden. Als die vier wieder abzogen, bat sie uns, auf weitere laute Kundgebungen zu verzichten.

»Wir haben unser Ziel für heute erreicht. Hier im Viertel wissen jetzt alle Bescheid. Ich schlage vor, die drei Frauen, die sich als Guards für heute gemeldet haben, bleiben noch eine halbe Stunde. Morgen früh geht es dann um sieben Uhr weiter. Käthe wird um halb Acht das Haus verlassen, sollte es dabei zu irgendwelchen unangenehmen Situationen kommen, werden dieses Mal wir diejenigen sein, die die Bullen rufen.«

Julia stand etwas unschlüssig und ziemlich nervös neben mir, als die Versammlung sich aufzulösen begann. Irgendwo im Gewühl tauchte der hellblonde Haarschopf von Charlotte auf.

»Halt das mal«, brummte Julia und drückte mir ohne Vorwarnung die Jutetasche in die Hand, die sie die ganze Zeit bei sich getragen hatte. Sie verschwand in Richtung des verheißungsvoll im Abendwind wehenden Blondhaars. Während ich ein paar Worte mit einigen Frauenvereinsfrauen sprach, zerstreute sich die Versammlung nun zügig.

Lediglich Olga, ich und zwei weitere Frauen, die ich nur vom Sehen kannte, blieben noch da. Als ich Julia das letzte Mal sah, saß sie auf dem Rücksitz eines Motorrades und brauste mit dessen Fahrerin, Charlotte Borghs, davon.

»Und deine Tasche?«, murmelte ich. Die hatte sie vergessen oder war ihr egal geworden. Vorsichtshalber warf ich einen Blick hinein. Darin lag eine Papiertüte, deren Inhalt mich erschauern ließ. Einen Ring Fleischwurst hatte Julia gekauft. Fleischwurst! Als ob meine demnächst angeheiratete Stiefschwester nicht auch so schon den lieben langen Tag genügend Essen in sich reinfuttern würde!

Als sich mein Blick aus den Tiefen von Julias Jutetasche wieder erhob, stand ich mutterseelenallein vor Käthes Haus. Achselzuckend wollte ich mich schon auf den Weg zur U-Bahn-Station machen, als sich meine Blase meldete. So heftig, dass nicht daran zu denken war, unter solchem Druck nach Hause zu fahren. Aber wie sollte ich das Problem jetzt lösen? Vorsichtig blickte ich an der Hauswand empor. Soviel ich wusste, wohnte Käthe im dritten oder vierten Stock. In ihrer Wohnung war ein Klo und dorthin zog es mich nun mit Macht.

Bisher war keiner der Horrormieter aufgetaucht, vielleicht konnte ich mich ja ins Haus hinein, an deren Wohnungstür vorbei und hinauf zu Käthe schleichen.

Vorsichtig ging ich zur Haustür und probierte die Türklingel aus, auf der »K. Hornberger« stand. Nichts passierte. Ich drückte noch einmal, fester, mehrmals hintereinander. Nichts. Ich begriff. Man hatte den Mietern nicht nur unliebsame Nachbarn verpasst, sondern auch die Klingelanlage abgestellt! Was wäre das Nächste? Würde man ihnen Licht und Wasser abdrehen? Kakerlaken aussetzen?

Vorsichtig spähte ich durch die Haustür. Das Schloss war beschädigt, daher ließ sie sich nicht mehr ganz schließen. Dahinter war es dunkel, still und ruhig. Beherzt schob ich die Tür auf. Links ging eine Holztür ab, vermutlich in den Keller. Vor mir sah ich ein paar Steinstufen, die in den eigentlichen Hausflur hinaufführten.

Meine Strategie lautete, so leise wie möglich zu sein, um ja niemanden auf mich aufmerksam zu machen. Ich hatte Glück, im Erdgeschoss regte sich nichts und niemand. Mulmig war mir dennoch, unter Frauen hätte ich mich jetzt wohler gefühlt. Vorsichtig setzte ich einen Fuß vor den anderen, lauschte kurz, ging weiter.

Nichts rührte sich, ich eilte nun zielstrebig zur Treppe, die in die oberen Geschosse führte. Sie war alt und knarrte bereits bei meinem ersten Schritt so laut, dass es jeder im Haus gehört haben musste. Erschrocken blieb ich stehen, da flog auch schon die Tür einer Erdgeschosswohnung auf und ein über und über tätowierter Kerl, so groß wie breit, stand im Türrahmen und glotzte mich an.

Der Schock ließ mich erstarren. Regungslos blieb ich auf der untersten Stufe stehen. Nachdem die Schrecksekunde vorbei war, wandte ich mich um und wollte gerade die Treppe hinaufhasten, als mich ein bedrohliches, langgezogenes Knurren dort, wo ich stand, quasi festnagelte. Ein krummbeiniger Hund mit schmalen Augen und einem Unterkiefer von der Größenordnung einer Kommodenschublade stand wie aus dem Nichts direkt vor mir und sabberte meine Schuhe voll. Erschrocken presste ich Julias Jutetasche an mich und starrte das Vieh mit großen Augen an.

»Der tut nichts, der will nur spielen«, grinste der Tätowierte und kaute demonstrativ gelassen auf einem Zahnstocher herum. Dann zog er den Köter an seinem Stachelhalsband zu sich zurück. Der Hund knurrte wieder, dieses Mal hörte es sich verdammt ungeduldig an. Die Zunge hing ihm aus dem Maul und Speichel tropfte auf den Boden. »Satan, aus!« Jetzt knurrte zur Abwechslung mal das Herrchen. Dabei rutschte ihm der Zahnstocher zu tief in den Mund, er musste husten und griff sich automatisch an den Hals, wodurch er die Hundeleine reflexartig los lies. Der Hund namens Satan nutzte seine Chance und stürmte mit einem bösartigen Kläffen auf mich zu. Trotz seiner kurzen, krummen Beine schoss er wie ein Torpedo durch den Flur.

In diesem Moment funktionierte mein Gehirn schlagartig wieder. Das Pfefferspray! Ich warf Julias Tasche von mir, genau in Richtung des sich öffnenden, stinkenden Tiermauls und griff in meine Jackentasche. Der Jutebeutel flog in Richtung des Hundes, der instinktiv danach schnappte und abrupt stehen blieb.

Mit einem heftigen Kopfschütteln befreite er die Papiertüte mit der Fleischwurst aus ihrem Jutegefängnis und glotzte auf den Boden, wo nun der Wurstzipfel aus der Tüte hervorragte und direkt in Richtung seiner Nasenspitze zeigte. Dem Tier schien zu gefallen, was es sah, es zerrte die Wurst aus der Tüte. In diesem Moment hatte ich mein Pfefferspray gefunden und hob die Dose. Es war der Hund, den ich treffen wollte. Aber sein Herrchen hatte sich zu seinem Haustier gebeugt, vermutlich in der Absicht, ihm die Wurst wieder zu entreißen.

Ob aus pädagogischen Gründen oder, um sie womöglich selbst zu verspeisen, konnte ich nicht erkennen. Nun löste der Druck auf die Gaspatrone zweierlei aus: Das Pfefferspray traf beide, Herr und Hund. Der Tätowierte fluchte und stieß alle Verwünschungen aus, die man sich nur vorstellen konnte, während er, temporär blind, durch den Flur stolperte. Der Hund hatte ebenfalls eine Dosis abbekommen, war aber härter im Nehmen als sein Herrchen. Mit der Wurst zwischen den Zähnen versuchte er jaulend und winselnd das Weite zu suchen.

Als sich die Wege von Herr und Hund kreuzten, stolperte der Mann so unglücklich rücklings über sein Vieh und schlug der Länge nach auf dem Boden auf. Mir war schlecht, mir war schwindelig, die Blase drückte und ich sah mich schon in ein heilloses Durcheinander verwickelt, als Hilfe nahte. Leider nicht für mich.

Denn im selben Moment, als ich aus diesem Chaos fliehen wollte, eilte Verstärkung aus der Erdgeschosswohnung herbei. Ein Mann, der dem am Boden liegenden in puncto Tätowierungen, Frisur und Bikerklamotten sehr ähnlich war, stürmte aus der Haustür, hinter der jetzt ein zweiter Hund angefangen hatte, einen Heidenlärm zu veranstalten. »Was ist hier los!«, brüllte der Kerl, bevor ich instinktiv die Dose hochriss und ihm vorsichtshalber gleich auch noch eine Ladung Pfeffer verpasste.

Nun wäre endgültig der Zeitpunkt gekommen gewesen, die Treppe hinauf zu Käthes Wohnung zu laufen, endlich aufs Klo zu gehen und – nach mir die Sintflut. Aber es kam anders. Angelockt von Geschrei, Gekläff und Lärm kamen Olga, Käthe und die beiden anderen Frauen die Treppe herunter gerannt. Olga zuerst. Sie sprang über mehrere Stufen hinweg an mir vorbei mitten ins Geschehen.

Der am Boden liegende Mann, der unter ihm winselnde Hund mit der Wurst, der neu hinzugekommene Kerl, nichts schien sie aufzuhalten. Ja, sie wirkte fast glücklich, als sei sie in ihrem Element. Mit zwei heftigen Faustschlägen erledigte sie erst den schreienden Nachkömmling und wollte sich dann auf den am Boden liegenden mit seinem Hund stürzen, als draußen vor dem Haus erneut ein Martinshorn gellte. Jemand hatte schon wieder die Polizei gerufen, die nun in Person von zwei Beamten und einer Beamtin den Ort des Geschehens betraten. »Auseinander!«, rief einer der Ordnungshüter.

Der andere griff bereits hart durch und zerrte Olga von ihrem Opfer weg. Die Beamtin indessen wandte sich mir zu und fragte mich im Kasernenton, was hier los sei. Ich stotterte irgendetwas von »bin bedroht worden«, was der immer noch schreiende Tätowierte heftig bestritt. Sein Gesicht war so rot wie eine überreife Himbeere. Die Augen waren fast zugeschwollen. Er sah jetzt hässlicher aus als sein Hund, was eine Kunst war.

»Sie vier, mitkommen«, kommandierten die Hüter des Gesetzes. Vier? Ein vorsichtiger Blick über die Schulter zeigte mir, dass Käthe und die anderen beiden Frauen bereits klammheimlich wieder nach oben verschwunden waren. Ich konnte es ihnen nicht verdenken.

Jemand griff nach meinem Arm, ich fühlte etwas Kaltes, Metallenes um meine Handgelenke und begriff erst mit einigen Sekunden Verzögerung, dass man mir Handschellen angelegt hatte. Neben mit trottete Olga, ähnlich verschnürt.

»Denen hab ich's gezeigt«, quetschte sie zwischen den Zähnen hervor und blinzelte zu mir herüber.

Hinter uns wurden die beiden Männer versandfertig gemacht und ich hoffte inständig, dass man für ihren Transport einen anderen Wagen nutzen würde. Aber nun ging es zum Polizeirevier und ich spürte zum ersten Mal in meinem Leben, was es heißt, verhaftet worden zu sein.

Olga hockte neben mir auf der Holzbank in einer der Arrestzellen. Ich hatte eindringlich darum gebeten, eine Toilette aufsuchen zu dürfen und mir wurde es gestattet, sodass ein größeres Malheur vermieden worden war. Danach hatte man uns vernommen und anschließend hierher verfrachtet.

»Hinter Gittern«, frotzelte meine Sitznachbarin. »Das habe ich mir aber schon geiler vorgestellt.«

Stimmt, eine Type wie Walter war nirgendwo zu sehen.

»Hoffentlich behalten sie uns nicht über Nacht hier«, bangte ich.

»Keine Sorge, Süße, wir sind in Kürze wieder raus. Schneller jedenfalls als die Jungs mit den kläffenden Spielzeugen.«

»Woher weißt du das?«

»Gespür!« Olga tippte sich mit dem Zeigefinger auf die Nase und zwinkerte.

Fünf Minuten später sprang die Tür zum Vorraum auf. Ayshe Topcuk kam hereinmarschiert, gefolgt von Käthe und Astrid. Letztere war blass wie ein Laken.

»So, die Damen dürfen nach Hause«, verkündete der Polizist, der sie begleitete. Es war derselbe, der sich uns bei der Befragung als stellvertretender Dienststellenleiter vorgestellt hatte.

»Danke, Günther«, murmelte Astrid und drückte dem Mann kurz die Hand. Olga beließ es nicht bei derlei zarten Berührungen, sie schlug Günther kräftig auf die Schulter und grinste ihn breit an.

Während Käthe und Olga sich herzlich umarmten, mindestens so, als hätten sie sich wochenlang nicht gesehen, gaben sie ein merkwürdiges Bild ab. In den Armen der großen, massigen Olga schien die wesentlich kleinere und extrem dünne Käthe fast zu verschwinden. Auch Astrid umarmte mich, kurz und heftig.

»So, genug in den Armen gelegen. Los Mädels, wir gehen«, mahnte Ayshe und zog uns alle mit sich.

»Günther ist ein guter Bekannter, er ist Mitglied bei den *Pink Guys*. Das war euer Glück, die beiden Rabauken aus dem Erdgeschoss müssen jedenfalls noch länger bleiben«, informierte mich Astrid, bevor wir uns alle unter Missachtung sämtlicher Beförderungsregeln in ihr Taxi quetschten.

Selten war ich so froh gewesen, wieder in meinen eigenen vier Wänden zu sein, wie an diesem Abend.

»Danke, dass du gleich gekommen bist«, murmelte ich, bevor es mich mit Macht zu meinem Bett zog.

»Na hör mal! Käthe hat nach der Klopperei sofort Ayshe und mich angerufen. Du glaubst gar nicht, wie sehr ich in Sorge um dich war.«

»Glaube ich«, entgegnete ich, wobei ich mir den Pulli über den Kopf zog. Nur noch ins Bett. Doch dieser Plan wurde sogleich durchkreuzt. An meiner Tür klingelte es. Als ich öffnete, stand Julia davor. »Hey«, sagte sie mit einem entschuldigenden Blick. »Ich glaube, ich habe vergessen, meine Tasche mitzunehmen.«

»Der Ritt auf dem Feuerstuhl war wichtiger, ja, ja«, gab ich zurück. Dann überkam mich ein breites Grinsen und ich nahm sie in meine Arme.

»Aber leider muss ich dich enttäuschen. Die Fleischwurst, sie ist nicht mehr.«

»Wie jetzt? Hast du etwa meine Wurst gegessen?« Julia sah angemessen empört aus.

»Ne, hat sie nicht!« Astrid trat neben mich und legte mir lässig ihren Arm über die Schulter.

»Die Wurst hat Tina heute das Leben gerettet. Mindestens!«

»Häh?« Julia trat einen Schritt zurück und betrachtete uns, als wäre etwas durcheinander in unserem Oberstübchen.

Wir konnten nicht anders, die Nachwehen des Stress brachen sich Bahn. Es fing mit einem Prusten an und endete in einem Lachkrampf. Astrid und ich bogen uns vor Heiterkeit, wir brachten kein Wort mehr heraus und die Tränen liefen uns in Sturzbächen übers Gesicht. Das Letzte, was ich sah, war Julias beleidigtes Gesicht, als sie auf dem Absatz kehrtmachte und mit den Worten »Wenn ihr fertiggelacht habt, könnt ihr mich ja mal aufklären«, die Treppe nach oben stieg.

»Natürlich komme ich trotzdem weiterhin mit«, versicherte ich Astrid später. Durch unseren Lachanfall hatte sich meine Müdigkeit verflüchtigt, ich fühlte mich wieder hellwach. Jetzt hockten wir in Pyjamas auf meinem Sofa, Astrid kraulte mich am Nacken und verfolgte mit einem Auge die späten Regionalnachrichten im Dritten.

»Das erwarte ich auch. Wir sind es Käthe schuldig.«

»Es wird dennoch nichts nützen«, erwiderte ich dumpf. »Die Befürworter dieses Luxusprojekts sind einfach zu stark.«

»Na hör mal«, Astrid zog abrupt ihren Arm zurück und sah mich empört an. »Wir können doch nicht einfach zusehen, was da passiert, ohne Laut zu geben. Wenn sich alle vor solcher Art Großkotze ducken, ist dem Spekulantentum doch Tür und Tor geöffnet!«

Ich biss mir auf die Lippen und starrte trüb vor mich hin. »Vera und Henriette haben mir beide zu verstehen gegeben, die Sache sei entschieden.«

Astrid nahm die Fernbedienung und schaltete der Nachrichtensprecherin den Ton ab.

»Mag sein«, antwortete sie mir. »Es geht aber eben immer noch darum, zu zeigen, dass Käthe und die anderen Hausbewohner nicht alleine sind. Überhaupt, Käthe ist unsere Freundin, sie fühlt sich sowieso gerade ziemlich mies und wir müssen deutlich machen, dass wir für sie da sind.«

Kapitel 6

»Es geht um Freundschaft«, meinte auch Susanne, mit der ich am nächsten Tag in einem unserer Lieblingscafés frühstückte. Und obwohl sie beide so unterschiedlich waren, war Susanne enger mit Käthe befreundet als Astrid.

»Wenn schon wir Frauen aus der Clique nicht zusammenhalten, wer denn dann?«

So lustlos ich die ganze Sache auch betrachtete, die Argumente meiner Lieblingsfrauen leuchteten mir dann doch ein. Allerdings glaubte ich nicht so richtig daran, dass Sitzblockaden und Megaphonbeschallung etwas ändern würden. Und wenn wir all unsere Energie für diesen Teil des Problems aufwendeten, wer oder was blieb dann noch, um die verwickelte Angelegenheit mit den Finanzen des Frauenkulturhauses zu entwirren?

So beschloss ich, auf meine eigene Art und Weise an die Dinge heranzugehen. Noch wusste ich nicht, wie mir das gelingen sollte. Aber ich fühlte mich von dem Moment an optimistischer. Derart mental gestärkt, lief ich im Verlag ein. Ich wollte ein bisschen im Fotoarchiv nach geeignetem Bildmaterial für meinen Artikel suchen. Henriette blickte nur kurz auf, als ich ihr Büro betrat.

»Hallo Tina«, meinte sie. »Schon eine Idee für deinen nächsten Artikel?«

Weil sie so beschäftigt aussah, bejahte ich kurz, sah aber davon ab, sie mit Einzelheiten zu behelligen. Mein Blick fiel auf eine besondere Pflanze, die den sehr aufgeräumten Schreibtisch meiner Arbeitgeberin zierte. »Eine Orchidee? Wie schön«, bemerkte ich.

Henriette hob den Kopf und lächelte weich. »Finde ich auch. Hat mir der persönliche Referent von Frau Borgwald geschickt. Nennt sich ...«, sie unterbrach sich, um eine kleine Karte aufzunehmen, die neben ihr lag. »... Laelia fidelensis. Tja, ich verstehe nichts davon, aber dieser Schmidt scheint ein Pflanzenliebhaber zu sein.«

»Ken-Ole Schmidt?« Der Orchideenfreund!

»Du kennst ihn?« Jetzt hatte ich Henriettes ganze Aufmerksamkeit. Sie schraubte ihren Füllfederhalter zu, lehnte sich zurück und strich sich eine Haarsträhne hinters Ohr. »Er stand bei mir, als wir uns am Samstag im Botanischen Garten getroffen haben«, erinnerte ich sie.

»Ach, der war das?« Ihre Augenbrauen wanderten nach oben. »Ich selbst habe ihn an dem Abend leider nicht persönlich kennengelernt, seine Kontaktaufnahme erfolgte erst heute, mit dieser exquisiten Pflanze.« Verzückt betrachtete sie die wunderschöne, vanillegelbe Blüte vor sich. Sie passte hervorragend zu ihr, so elegant und edel, wie sie war.

»Dieser Ken-Ole Schmidt hat dich seinerseits ganz sicher gesehen und er hat einen guten Geschmack in Sachen Orchideen«, sagte ich.

Henriette lächelte fein und betrachtete mich mit zusammengekniffenen Augen. »Es passt ganz gut, dass ihr beide euch schon kennt«, fuhr sie fort und ignorierte mein hastiges Abwiegelnwollen.

Er und ich hatten gerade mal ein, zwei Sätze auf einer öffentlichen Veranstaltung miteinander gewechselt, das konnte man wohl kaum Kennen nennen.

»Marion Borgwald hat mich nämlich morgen Abend zu einem kleinen Essen eingeladen. Alleine will ich nicht hingehen und hier aus der Redaktion hat niemand Zeit. Wenn du also möchtest ...« Sie ließ den Rest des Satzes in der Luft hängen und ich klappte meinen Mund wieder zu.

Kein Abwiegeln mehr. Jetzt hatte mir der kurze Wortwechsel mit dem persönlichen Referenten einer vermutlich demnächst im Stadtparlament vertretenen Politikerin doch die Tür zu derselben geöffnet. Natürlich würde ich Henriette begleiten. Es gäbe ja keine bessere

Möglichkeit, an Marion heranzukommen. »Wenn du darauf bestehst, komme ich gerne mit. Aber sag mir mal, was du von mir bei diesem Treffen erwartest.«

Henriette hob kurz den Daumen, um mir zu signalisieren, dass sie meine Einwilligung gut fand, dann beugte sie sich etwas nach vorn über ihren Schreibtisch, vor dem ich immer noch stand. »Diese Borgwald will etwas von mir. Politiker wollen immer etwas. Dass man sie im Wahlkampf unterstützt, Spendengelder eintreibt, sie möchten immer gern mit Wirtschaftsleuten gesehen werden, wasweissich. Sie wird mit diesem Schmidt kommen und da möchte ich nicht alleine aufkreuzen. Vier Augen sehen mehr, vier Ohren hören besser – du sollst einfach aufmerksam sein, dass ich nicht hinterher mit etwas konfrontiert werde, was ich nur angeblich und niemals tatsächlich zugesagt habe.«

»Du traust der Frau nicht?«

»Das solltest du auch nicht, Tina. Politiker sind alle gleich, alle schlecht. Egal, welche Farbe ihr Kostüm oder ihr Anzug trägt.«

»Aha«, sagte ich nur.

»Also, abgemacht. Nimm dir ein Taxi und komm morgen Abend um halb acht ins Restaurant *Meyer-Grill.*«

Das war ein angesagter Schuppen, in den nur hineinkam, wer Monate im Voraus reserviert hatte. Oder wer zur obersten Haute-Volee der Stadt gehörte. Dahin sollte ich also Henriette begleiten. Sie beugte den Kopf bereits wieder über ihre Schriftstücke und summte dabei.

»Soll ich es Käthe sagen?«

»Bloß nicht. Die flippt total aus, wenn sie erfährt, dass du mit ihrer angehimmelten Marion zusammen speisen wirst«, riet Julia. »Sag es ihr erst, wenn das Treffen vorbei ist.« Ihre Stimme klang souverän durchs Telefon. Ich schob mich nach meiner Stippvisite im Verlag gerade durch das Gewühl der Innenstadt, um noch ein paar Einkäufe zu erledigen, bevor ich zu Hause an meinem Artikel weiterarbeiten würde. »Hast du schon irgendetwas herausgefunden?«, fragte ich weiter.

Bisher war Ayshe Topcuks Auftrag, den sie Julia gegeben hatte, etwas nebulös gewesen, aber meine Freundin arbeitete seit Samstag so konzentriert, als habe sie bereits eine heiße Spur, die zu was auch immer führte.

»Allerdings«, antwortete sie mir prompt. »Ich habe mich mal näher mit dieser Investorengruppe beschäftigt. Könnte sein, dass da nicht alles so Glanz und Gloria ist, wie es nach außen scheint.«

Unwillkürlich schüttelte ich den Kopf. »Also, über diese Marion weiß ich nichts. Aber wenn ich Veras Gatten und Henriette von Lojewski richtig einschätze, dann schauen die sich schon sehr genau an, mit wem sie Geschäfte machen.«

»Mag sein, dass es so aussieht. Aber ich habe einige Hinweise bekommen, dass es dabei ...«, bevor sie weitersprechen konnte, läutete es an ihrer Tür, ich hörte das sanfte Ding-Dong im Hintergrund.

»Tina, gerade kommt Charlotte. Ich muss Schluss machen. Wir sehen uns.« Hastig beendete sie das Telefonat.

»Charlotte, aha«, murmelte ich. Der blonde Rauschgoldengel schien es meiner demnächst angeheirateten Stiefschwester ja ziemlich angetan zu haben.

Als ich mein Mobiltelefon wieder in der Handtasche verstaut hatte und aufblickte, stand ich direkt vor einer Buchhandlung. Einer so großen, dass man sie in Bücherkaufhaus hätte umtaufen können. Neben den üblichen Regionalkrimis und der ganz großen Literatur lagen einige Ratgeber im Schaufenster. Entschlacken mit Detox-Rezepten, Schlank ohne Mühe, Fit durch alle vier Jahreszeiten und ähnliche, nur manchmal wahre Versprechungen. Daneben priesen Kochbücher vegane, vegetarische, exotische und andere Gaumenkitzel an. »Sinnliche

Küche, erotische Menüs, anregende Rezepte, Liebesgelage für Gourmets, das gibt es doch bestimmt schon«, murmelte ich vor mich hin und beschloss, mir sofort ein umfassenderes Bild zu machen. Schließlich konnte es nicht schaden, bei meinem Artikel auch auf entsprechende Literatur hinzuweisen.

Im Inneren des Buchtempels herrschte geschäftige Regsamkeit. Der Laden erstreckte sich über drei Etagen, überall standen Sessel und kleine Sofas herum, auf denen die Kundschaft in aller Ruhe schmökern konnte. An einigen Regalen herrschte regelrechtes Gedränge, vermutlich stapelten sich dort die aktuellen Bestseller.

Obwohl es mich in den ersten Stock zu der einschlägigen Küchenliteratur zog, konnte ich nicht umhin, meine Finger über das eine oder andere Buch gleiten zu lassen, einige Neuerscheinungen in die Hand zu nehmen, ja, sogar daran zu schnuppern. Es geht einfach nichts über das leicht raue Gefühl einer bedruckten Seite unter den Fingerspitzen, den Geruch, der aus einem richtigen Buch aufsteigt und die vielsagenden Geräusche, mit denen Seiten umgeblättert und Bücher zugeklappt werden.

Angenehme Geräusche und schöne Düfte sind ja auch sinnliche Erfahrungen, schoss es mir durch den Kopf. Wenn es so weiterging, würde ich allein durch die angenehmen Gedanken, die mir bei meinen Recherchen ständig durch den Kopf geisterten, schon ganz kribbelig.

Im oberen Stockwerk erwartete mich allerdings eine Enttäuschung. Es gab Kochbücher in allen Variationen, sodass mir, als Küchenfreak, buchstäblich das Wasser im Mund zusammenlief.

Am liebsten wäre ich sofort nach Hause gefahren und hätte ein umfangreiches Menü für alle meine Freundinnen gekocht, so ansprechend fand ich die Beschreibungen und Fotos. Wildkräutersalat, Topinamburschiffchen, Petersilienwurzelsuppe, Lamm in Kräuterkruste, Mango-Vanillesoufflée ... Meine Finger zuckten bereits, als hielten sie ein Küchenmesser oder einen Schneebesen in der Hand, mein Magen knurrte dezent dazu. Versunken in die Abbildung eines perfekten Topfenknödels, hätte ich fast die Zeit und mein eigentliches Ziel vergessen, als eine Verkäuferin mit grauem Dutt und schmaler Brille neben mich trat.

»Kann ich Ihnen helfen?«, wollte sie freundlich wissen.

»Aphrodisiaka. Ich suche etwas in der Richtung«, antwortete ich, vermutlich mit glänzenden Augen und geröteten Wangen.

»Oh«, sagte sie und rückte ein kleines bisschen von mir ab. »Ich weiß nicht, ob wir etwas da haben.« Sie legte den Finger an die Lippen und suchte mit gerunzelter Stirn die Regale ab. Dann drehte sie sich ohne Vorwarnung um und rief quer durch den Raum einer Kollegin zu: »Haben wir etwas zu Aphrodisiaka?«

Totenstille. Sämtliche Kundinnen und Kunden im Raum hoben die Köpfe von ihrer Lektüre und wandten sich uns zu. Heiß wie ein frisch aufgeschäumter Cappuccino stand ich da, als mir das Blut in die Wangen schoss. »Äh ... ist nicht so wichtig«, krächzte ich.

Die Verkäuferin tätschelte jetzt meinen Arm. »Wir finden schon etwas für Sie«, beruhigte sie mich. »Meine Kollegin kennt jedes Buch im Sortiment, wäre doch gelacht.«

Vorsichtig blickte ich um mich, einige Leute hatten sich schmunzelnd wieder ihrer eigenen Lektüre zugewandt, lediglich zwei ältere Herren starrten verzückt zu mir herüber. Himmel, was dachten sie denn, was ich tat? »Ich bin Journalistin und recherchiere für einen neuen Artikel«, sagte ich so laut, dass es hoffentlich einige der Umstehenden hören konnten.

»Aber natürlich«, entgegnete die Verkäuferin gönnerhaft, die nun von einer Kollegin abgelöst wurde. Ich hoffte im Stillen, dass diese Dame mir mit etwas mehr Fingerspitzengefühl behilflich sein konnte. Leider konnte sie mir zu überhaupt nichts raten.

»Es gab einmal ein Buch darüber, aber ich glaube, das ist schon vergriffen«, murmelte sie und brachte Augen und Nase ganz nah an die bunten Buchrücken, als könne sie dort nicht nur etwas sehen, sondern auch erschnüffeln, wie ein Trüffelschwein, nur eben für bedrucktes Papier. Nach kurzer Suche schüttelte sie den Kopf. »Tut mir leid, hier steht nichts. Wenn Sie möchten, schaue ich mal in unserem Bestellsystem nach.«

Die Vorstellung, wie sie inmitten der Laufkundschaft lauthals mit mir Schlagwörter wie »luststeigernd«, »anregend«, »erotisches Menü« und ähnlich Eindeutiges austauschen würde, behagte mir wenig. So winkte ich ermattet ab und sagte ihr, ich würde noch einmal wiederkommen. Wäre doch gelacht, wenn sich nicht etwas fände! Aber es gab mir doch zu denken, dass man hierzulande jede Menge Geld für Fit-schlank-entschlackt-Ratgeber und Kochbücher zu sämtlichen Regionalküchen der Welt vermarktete, aber sich auf Anhieb kein einziges zu dem zwischenmenschlich anregenden Thema, das mich momentan am meisten beschäftigte, entdecken ließ.

Der wöchentliche Anruf bei meiner Mutter stand an. Nach der Trennung von meinem Vater hatte sie eine Zeit lang bei mir gewohnt. Seit sie mit Julias Vater zusammengezogen war, hörte ich recht wenig von ihr, sie war zu sehr mit ihrem neuen Leben beschäftigt.

»Sag mal, kennst du dich mit aphrodisierender Küche aus?«, fiel ich mit der Tür ins Haus.

An diesem Tag konnte ich irgendwie an nichts anderes mehr denken und meine Mutter hatte eindeutig auch ein Küchengen, das sie bekanntlicherweise an mich vererbt hatte.

Einen Moment lang blieb es still, sodass ich mich vergewissern musste, dass sie noch am Apparat war.

»Du meinst«, ein zaghaftes Räuspern folgte, »Nahrungsmittel, die

… die ... also ... die sich anregend auf das Liebesleben auswirken?«

»Ja, genau das.«

Rauschende Stille.

»Aber Kind, ich dachte, ihr seid so verliebt, Astrid und du? Und ihr seid doch auch noch gar nicht so lange zusammen.«

Himmel! Jetzt fiel der Groschen. Sie dachte doch tatsächlich, dass bei meiner Liebsten und mir der Ofen schon wieder aus wäre. Meine Mutter hatte eine ganze Weile gebraucht, um mein Lesbischsein zu akzeptieren. Sie musste dafür ihr früheres Wertesystem umkrempeln und das war, gelinde gesagt, nicht einfach.

Dass sie jetzt mit mir über solche vermeintlich intimen Dinge sprach, rührte mich schon fast. Aber ich musste da sofort etwas klarstellen. »Nein, Mama, es geht nicht um mich und Astrid. Bei uns ist alles okay.« Bei diesen Worten grinste ich ein wenig in mich hinein. Wenn meine Mutter wüsste! Aber ich würde ihr sicher nicht auf die Nase binden, was ihre Tochter neuerdings so im Bett trieb.

»Wir brauchen das nicht.«

Ein leises Aufatmen schwebte durch den Telefonhörer zu mir. Wer hätte das jemals gedacht, dass sie sich darüber mit mir freute? Ich nicht, ich nahm es daher umso dankbarer an.

»Henriette hat mir den Auftrag gegeben, einen Artikel darüber für *Mangiare* zu schreiben, daher meine Frage.«

»Ach so«, erwiderte sie erleichtert.

»Mir fällt da so auf Anhieb nur das Übliche ein«, fuhr sie dann fort. »Sellerie, Spargel, Austern«.

»Das ist nicht viel«, antwortete ich enttäuscht und erzählte ihr von meiner erfolglosen Suche im Bücherkaufhaus.

»In meiner Jugend, da gab es mal ein kleines Rezeptbuch«, verriet sie mir dann. »Es hieß irgendwas mit sinnlich und Genuss und war der Renner bei uns jungen Frauen.« Sie kicherte verlegen. »Wir hatten ja nicht so viel Auswahl an solchen Dingen wie ihr heutzutage. Genau weiß ich den Titel leider nicht. Vielleicht findest du es in einem Antiquariat.«

Nach dieser interessanten Information plauderten wir noch über weniger aufregende Dinge. Als ich auflegte, schmiss ich sofort meinen Laptop an und suchte im Gesamtverzeichnis der Antiquariate nach dem Buch. Am Ende meiner Suche konnte ich mit den Stichworten meiner Mutter zwei Treffer verbuchen, einer davon sogar aus einem Antiquariat in der Innenstadt, dem ich am nächsten Tag einen Besuch abstatten würde.

Am Abend schaute Julia bei mir herein und stiefelte ganz selbstverständlich in meine Küche, wo ich gerade das Abendessen für Astrid und mich vorbereitete. Meine Liebste war noch eine Weile mit dem Taxi unterwegs, somit konnte ich mich ganz dem Genuss der Zubereitung von Wirsingspätzle und Tofuschnitzel hingeben, denn Astrid durchlief ihre alle paar Wochen wiederkehrende vegetarische Phase.

»Erdbeeren!«, rief Julia aus, als sie die Zutaten für das Dessert auf dem Tisch stehen sah. Sie nahm die Schale mit den noch ungewaschenen Früchten und hob sie an ihre Nase. »Wie das duftet! Da kriegt man ja gleich Frühlingsgefühle!«

»Ach ja?«, eifrig drehte ich mich zu ihr um. Julia hatte sich bereits eine Beere in den Mund gesteckt und ausnahmsweise nahm ich ihr die Schüssel mit dem Rest aus der Hand. Julia aß alles, und das zu jeder Tages- und Nachtzeit. Wenn ich nicht aufpasste, würden meine Liebste und ich heute Abend in puncto Dessert in die Röhre gucken.

»Erzähl mal, was bei dir sonst noch Frühlingsgefühle auslöst.« Selbstverständlich dachte ich an Fressalien und war nicht darauf gefasst, dass mir Julia ihr Herz ausschüttete.

»Charlotte«, seufzte sie. »Hast du ihren Mund gesehen? Die Art, wie sich ihre Oberlippe ein kleines bisschen nach vorne wölbt? Ist das nicht wahnsinnig ... sexy?«

Ich fuhr zu ihr herum, das Küchenkneipchen in meiner Hand zeigte direkt auf ihr Herz. »Du hast dich doch nicht etwa in diesen Rauschgoldengel verliebt? Ehrlich gesagt glaube ich nicht, dass sie lesbisch ist.«

»Vielleicht wenigstens bi, so wie ich?« Julias blaugraue Augen hatten einen sehnsuchtsvollen Glanz angenommen und schauten hoffnungsvoll aus dem Fenster in eine romantische Zukunft. Dann drehte sie mir ihr schmales Gesicht zu. »Weiß man es denn, bevor man es ausprobiert hat?«

Spielte sie jetzt auf mich an? Aber nein, Julia und ich hatten uns noch nicht gekannt, als ich von der Hetera zur Lesbe wurde. »Ja. Nein. Vielleicht. Manche wissen es, andere nicht«, gab ich halblaut zurück und legte das Messer weg.

»Sie ist so scharf«, ließ mich Julia wissen.

»Leider auch so ernst«, fügte ich hinzu. Der Blick, den die Journalistin mir vor Käthes Haus zugeworfen hatte, hatte mir gar nicht gefallen.

»Gerade das mag ich an ihr. Sie lacht oder kichert nicht ständig, geht die Dinge ernsthaft an. Dabei sieht sie mich mit ihren türkisfarbenen Augen immer so intensiv an, zieht mich damit gleichzeitig zu sich hin und hält mich auf Distanz und scheint überhaupt nicht zu bemerken, was sie in mir anrichtet.«

»Vermutlich bemerkt sie es tatsächlich nicht«, gab ich zu bedenken.

Seit ich Julia kannte, hatte ich sie noch nie verliebt erlebt. Und jetzt schwärmte sie eine Frau an, die womöglich gar keinen Draht zu Frauen hatte, sexuell gesehen. Das konnte doch nicht gut gehen. Obwohl ... wenn man Astrid fragen würde, wäre sie vermutlich ganz anderer Ansicht darüber, ob es sich lohnte, eine vermeintliche Hetera anzubaggern oder nicht. Zum Glück hatte sie bei mir damals Ausdauer bewiesen. Julia griff nach einer einsamen Paranuss, die auf dem Küchentisch lag, und zerknackte sie zwischen ihren Zähnen.

Ich beobachtete, wie sich ihr breiter, schön geschwungener Mund beim Kauen gleichmäßig bewegte, während sie die Nuss zerkleinerte.

»Weswegen bist du eigentlich gekommen?«

»Ich? Ach so. Ja.« Julia schluckte und beugte sich nach vorn.

»Was ich heute Nachmittag am Telefon andeutete, muss unbedingt unter uns bleiben. Charlotte und ich sind da auf ein paar Ungereimtheiten gestoßen.«

Schon wieder diese Charlotte! Was hatte die denn mit Julias Recherche zu tun?

»Sie hat gute Verbindungen, kommt durch ihren Dad an Sachen ran, die nicht ganz so öffentlich sind.«

»Ihr Vater steht doch hinter der ganzen Baugeschichte. Wieso sollte er seine aufmüpfige Tochter mit Indiskretionen versorgen? Damit sie es in der *Alternativen Wochenzeitung* ausbreitet?«

Ich musste mich wirklich fragen, ob Julia mit dem Aufsetzen einer rosaroten Brille ihren Verstand abgelegt hatte.

»Macht er ja nicht. Nicht wissentlich und willentlich, meine ich.« Julias Augen huschten durch die Küche. Ich erbarmte mich und reichte ihr zwei weitere Erdbeeren.

»Erklär mir das bitte«, verlangte ich dafür.

Julia biss hingebungsvoll in eine der roten Früchte und kam meiner Aufforderung dann dezent kauend nach.

»Der Oberbürgermeister hat natürlich ein Gutachten über die Seriosität der Firma *Demant City Development GmbH & Co KG* in Auftrag gegeben, bevor man öffentlichkeitswirksam miteinander angebandelt hat. Wie nicht anders zu erwarten, gab es keine großen Bedenken.«

»Aber ihr habt doch etwas herausgefunden?«

»Wie man es nimmt. Das Gutachten unseres Oberbürgermeisters hat nur das Nötigste abgedeckt und war dabei nicht besonders umfangreich. Klamme öffentliche Kassen und so. Aber da diese Firma mit den besten Referenzen ausgestattet ist und einen lupenreinen Ruf hat, hat das genügt.«

»Was habt ihr entdeckt?«

»Charlotte hat sich Zugang zu dem Bericht verschafft.« Julia machte eine Handbewegung, die mir bedeutete, dass an diesem Punkt über das Wie keine Nachfragen erwünscht waren. »Und ihr ist etwas aufgefallen. Eine Kleinigkeit nur, aber sie hat sich daran festgebissen. Wir haben beschlossen, dem gemeinsam nachzugehen.«

»Wem oder was nachzugehen?« Meine Geduld war jetzt ziemlich strapaziert. Ich ignorierte Julias Blick auf die Erdbeeren. »Die Firma hat mehrere Standbeine. Immobilien, Finanzberatung, Investment. Für die beiden Ersteren arbeitet sie mit etlichen freiberuflichen Beratern. Das sind Leute, die anderen Leuten irgendwelche Finanzanlagen verkaufen.«

»So, wie eine Bank oder Versicherung auch.« Mit Letzterem kannte ich mich ein wenig aus, hatte ich doch viele Jahre lang in der Abteilung *Schadensregulierung Kfz* gearbeitet.

»Ähnlich, ja. Mit dem Unterschied, dass diese Freiberufler die Anleger zu Hause aufsuchen und sie dort beraten.«

»Aha«, sagte ich, verstand dabei immer noch nicht, was Sache war.

»Charlotte hat Betriebswirtschaft studiert, bevor sie auf Journalismus umsattelte«, verkündete Julia nun. »Sie hat sich die Geschäftsunterlagen der Firma also mit einem kritischen und fachlichen Blick angesehen. Die freien Mitarbeiter sind bei einer Tochtergesellschaft angestellt, die offiziell überhaupt nicht mit der Mutterfirma verbunden ist. Also, nicht auf den ersten Blick und vermutlich auch nicht auf den zweiten.«

»Ist ja nicht verboten.« Das Küchenmesser tanzte ungeduldig in meiner Hand.

»Nein, ist es nicht und es stört ja auch keinen der anderen Beteiligten. Aber – wenn das stimmt, was Charlotte vermutet, liegt ein ganz faules Ei in diesem Körbchen, an dem alle gemeinsam basteln.«

»Mit *Alle* meinst du jetzt die Politiker, Investoren und Betreiber der zukünftigen Luxushäuser?«

»Ja. Die sehen das Problem nicht.«

»Und was ist das Problem?«

Wenn Julia jetzt nicht gleich zu Potte kam, würden Astrid und ich heute Abend auswärts essen müssen.

»Diese freien Mitarbeiter, die arbeiten nach einem ziemlich fiesen System. Sie müssen auf Teufel komm raus Verträge verkaufen, sonst haben sie kein Einkommen. Es gibt kein Fixum bei der Firma. Um möglichst viele Fische an die Angel zu bekommen, bieten sie den Leuten für Baukredite und Lebensversicherungen undurchschaubare Finanzierungen an. Sachen, die kein Laie versteht und über die sich viele Fachleute ebenfalls den Kopf zerbrechen. Sie versprechen immer risikofreie Anlagen und dicke Zinsen.«

»Die hätte ich auch gerne«, murmelte ich beim Gedanken an mein winziges und scheinbar schrumpfendes Guthaben bei meiner Hausbank.

»Jeder hätte die gerne. Und wenn einer kommt und legt dir eine Hochglanzmappe hin mit tollen Immobilienobjekten, die satte Gewinne abwerfen, dann glauben das die Anleger gar zu gerne.«

»Gier frisst Verstand«, pflichtete ich ihr bei.

»So ist es. Aber kann man es den vielen Kleinanlegern verdenken? Jeder will doch ein Stückchen vom Kuchen haben. Am Anfang ging das auch alles gut, diejenigen, die sich haben bequatschen lassen, haben immer stramm ihre Zinsen in zweistelliger Höhe bekommen.

Aber eigentlich nur auf dem Papier. Wer lässt sich schon ein Guthaben auszahlen, das sich so flink vermehrt? Gesehen haben also die Wenigsten davon etwas.«

»Oh, nein. Sag bloß, die haben ein Schneeballsystem aufgebaut?« Mir wurde ganz flau, schon allein bei dem Gedanken daran.

»Das ist es, was Charlotte vermutet. Die ganzen tollen Versprechungen basieren auf Geld, das die Firma, vorsichtig ausgedrückt, gar nicht hat.«

»Das wird schwierig zu beweisen sein, solange niemand an sein Guthaben will, oder, sagen wir mal so, solange nicht alle gemeinsam dranwollen.«

»Genau, Schwesterherz. Es ist nur so: Die Mittel, über die die *Demant City Development GmbH & Co KG* verfügt, stammen aus dem Topf ihrer eigenen Tochterfirma.«

»Dic Muttergesellschaft leiht sich das Geld dort ...«

»... das auch noch zu horrenden Zinsen, die sie von der Steuer absetzen kann ...«

»... und nimmt sie als eigene Einlage in das Projekt.«

»Ja«, sagte Julia mit dunkler Stimme, »und die anderen Investoren ziehen mit, weil sie gar nicht ahnen, auf welch tönernen Füßen die ganze Sache steht.«

»Du meinst, wenn die Tochter dann plötzlich pleitegeht, gucken die Kleinanleger in die Röhre?«

»Yepp. Aber nicht ich meine das. Das meint Charlotte und mir schwirrt der Kopf wegen der ganzen Sache.«

»Na ja, betrachte es mal anders herum. Wenn die Mutter die Tochter saniert, haben doch alle was davon.«

Julia seufzte tief auf. »Die Tochter, das ist der springende Punkt, ist vermutlich jetzt schon pleite. Die Firmenbetreiber haben ja das Geld der Kleinanleger nicht oder nur zum Teil angelegt und auch nicht zu so tollen Zinssätzen. Es ist schwierig zu durchblicken, weil vieles über Firmen und Konten in Steuerparadiesen und Briefkastenfirmen läuft. Ist die Tochterfirma dann hopps gegangen, wird auch die Mutter ins Trudeln geraten. Die Geschäftsführer leben übrigens in Saus und Braus. Es ist von einem Luxusleben mit teuren Villen und Sportwagen im Dutzend die Rede. Mehr brauche ich dir dazu wohl nicht zu sagen.«

Puh. Das war ja ein Ding. Mich störte nur die Vorstellung, dass ausgerechnet die Tochter des Oberbürgermeisters diese Glanzleistung an vermeintlicher Aufdeckung vollbracht haben sollte, das alle Fachleute das Wesentliche übersehen hatten. War Charlotte so eine kluge Spürnase oder verfügte sie über noch mehr geheime Quellen? Julia zu fragen, wagte ich nicht, vermutlich käme es in ihren Augen einer Heiligenschändung gleich.

»Und das ging alles aus den Unterlagen des Oberbürgermeisters hervor?«, fragte ich stattdessen. Julia schaute mich mit schief gelegtem Kopf an. »Nicht nur, denn dann hätten es alle anderen vielleicht auch entdeckt«, antwortete sie langsam. »Es gab vor ein oder zwei Jahren in der *Alternativen* mal einen Artikel über Leute, die auf Schneeballsysteme hereinfallen. Die existieren bekanntlich in vielen Bereichen. Kosmetik, Nahrungsergänzung, Geld. Es sind dabei nicht immer nur die Anleger die Geprellten, es gibt auch freie Mitarbeiter, die viel Zeit und persönliche Kontakte investieren und trotzdem nur mit einem Minus aus der Sache herauskommen. Charlotte konnte sich erinnern, dass ihr Kollege damals unter anderem jemanden interviewt hat, der mit Geldgeschäften auf die Nase gefallen ist. Ein Aussteiger, der die Szene aber sehr gut kennt. Sie hat den Artikel im Archiv gefunden und sucht jetzt den Mann, der damals mit der Presse gesprochen hat. Falls sie ihn nicht findet, werde ich mich darum kümmern.«

»Weiß Ayshe Bescheid?«

»Noch nicht, ich werde es ihr morgen sagen. Somit bist du die Erste, die die exklusiven Neuigkeiten erfahren hat.« Julia stand auf, streckte und reckte sich, warf noch einen sehnsüchtigen Blick auf die Erdbeeren und wandte sich dann dem auf der Arbeitsplatte neben dem Herd liegenden Tofu zu.

»Was ist das?«, fragte sie neugierig und streckte schon ihre Finger danach aus.

»Tofu. Schmeckt nach nichts«, antwortete ich und schob ihre Hand weg.

»Schmeckt nach nichts? Und das kochst du für deine Frau? Also wirklich!« Gespielt empört warf sie die Hände in die Luft.

»Du hast ja keine Ahnung. Wenn ich damit fertig bin, mit dem Würzen, Marinieren und Braten, wird das so schmackofatzig lecker sein, da kannst du jedes Schnitzel für stehen lassen.« Ich schnalzte übertrieben mit der Zunge.

»Vielleicht brauche ich bald mal einen Rat von dir. Charlotte steht nämlich auf richtig gutes Essen. Und ich kann ja nicht besonders gut kochen.«

Das stimmte. Julia aß eindeutig viel lieber, als sie kochte. »Ein Rezept? Für ein leckeres Menü zu zweit? Kannst du gerne haben«, grinste ich und dachte an etwas Anregendes. Aphrodisiaka für den Rauschgoldengel, dafür wäre mir Julia bestimmt ein halbes Leben lang dankbar.

»Ohne Fleisch, Charlotte ist ... äh ... fast schon Veganerin.« Julia lief doch tatsächlich rot an bei dieser Vermeldung.

»Kein Fleisch? Na hoffentlich gilt das nur für ihre Ernährung«, brummte ich trocken. Dann scheuchte ich Julia endgültig aus meiner Küche.

»Ich geh später noch ein paar Runden joggen«, rief sie mir zum Abschied zu. »Falls Astrid Lust hat, kann sie mich ja begleiten.«

Für derlei körperliche Ertüchtigung hatte ich selbst keine Zeit, ich musste mich jetzt ums Essen kümmern. Aber während ich den Wirsing sott und den Tofu einlegte, würzte und in Sesamkörnern wälzte, ging mir das Gespräch mit Julia nicht mehr aus dem Sinn. Wenn es so war, wie sie vermutete, müsste ich da nicht Vera und Henriette wenigstens einen Hinweis auf die drohende Gefahr geben? Aber wie, ohne Charlotte bloßzustellen oder mich selbst lächerlich zu machen, wenn sich die ganze Sache als Hirngespinst herausstellte?

Kapitel 7

Am nächsten Morgen stiefelte ich als Erstes in das Antiquariat, wo ich tatsächlich ein Buch aufstöberte, das den Titel *Sinnliche Genüsse – Liebesmahlzeiten für Zwei* trug.

Der Antiquar packte es mir ohne einen einzigen neugierigen Blick oder gar eine anzügliche Bemerkung ein, wofür ich ihm nach meinen Erfahrungen der letzten Zeit herzlich dankbar war.

Danach besuchte ich Susanne.

»Hey Süße«, begrüßte sie mich mit einer ungestümen Umarmung. Seit sie und ihre inzwischen angetraute Frau Anne aus Graz zurück waren, sahen wir uns fast nur noch an den Donnerstagen. Sehr selten in Anbetracht der Tatsache, dass Suse und ich uns in der WG so gut verstanden und vieles gemeinsam unternommen hatten. Als sie mich an ihren warmen, weiblichen Körper drückte, kamen mir fast die Tränen.

»Das tut so gut, dich wieder hier in der Stadt zu haben«, plapperte ich überemotional.

Suse zog ein Clownsgesicht und fuhr sich durch die rotbraunen Haare, die wie üblich kreuz und quer auf ihrem Kopf standen. »Ja, und dazu noch der Luxus, mich tagsüber besuchen zu können.« Sie schnitt eine Grimasse und bugsierte mich ins kleine Wohnzimmer. »Anne arbeitet«, brummte Suse und ließ sich in einen Sessel plumpsen. »Wenn sie morgens das Haus verlässt, wird mir leider jeden Tag aufs Neue bewusst, dass ich bisher immer noch nichts gefunden habe. Göttinseidank zehre ich noch vom großzügigen Notgroschen meiner Oma.«

Susannes Oma Hilde kannte ich. Sie war eine tolle Frau, eine echte Marke und beim Gedanken an unsere gemeinsamen Besuche bei ihr und die Erlebnisse dort musste ich grinsen. Dass sie ihrer Enkelin vor einigen Monaten eine hohe Summe geschenkt hatte, war nun deren

Rettung. Suse hangelte sich von Job zu Job, seit ich sie kannte. Zuletzt hatte sie an einer Tankstelle gearbeitet, wo sie auch jetzt ab und zu abends aushalf.

»Wenigstens hast du mehr Zeit als wir anderen und kannst so Käthe unterstützen«, versuchte ich ein tröstliches Wort anzubringen.

Die Situation in Käthes Wohnhaus machte uns allen inzwischen Sorgen. Astrid war am Vorabend total genervt nach Hause gekommen. Wenn es zeitlich passte, holte sie Käthe mit ihrem Taxi morgens ab und brachte sie nach der Arbeit wieder zurück. Am Abend vorher wurde sie dabei von zwei der neuen Horrormieter angepöbelt. Keine der Frauen, die sich freiwillig für die Bodyguard-Nummer eingetragen hatten, war vor Ort gewesen und Käthe hatte vor Aufregung gezittert wie Espenlaub, als sie sich ihren Weg hinein bahnen musste.

»Das geht so nicht mehr weiter«, seufzte Suse, als ich es ihr erzählte. »Sie muss da raus. Lilli und Martha haben bereits ein Zimmer hergerichtet. Käthe braucht nur noch einzuziehen.«

»Wäre das nicht irgendwie ein Eingeständnis, dass nichts mehr zu retten ist?«

Suse zuckte die Schultern und blies die Backen auf. Vermutlich dachte sie dasselbe wie ich und wollte es aus Solidarität mit Käthe und den anderen Mietern nicht laut sagen.

Mein Blick fiel auf eine aufgeschlagene Tageszeitung, die auf dem Couchtisch lag. Es war nicht die *Alternative*, die Susanne sonst las, sondern ein konservatives Blatt.

»Jobannoncen«, sagte Suse dumpf, als sie meinen Blick bemerkte. »Leider ist auch diese Woche nichts Passendes für mich dabei. Nur haufenweise schlecht bezahlte Praktika, Minijobs und Verkauf von allem Möglichem auf freiberuflicher Basis.«

Leise klingelte es in meinem Hinterkopf. Ich griff nach der Zeitung, die verheißungsvoll raschelte, als ich nun die Stellenanzeigen aufschlug. Susanne zog überrascht die Brauen nach oben. »Du hast doch gerade in deinen Traumjob gewechselt. Was guckst du denn da noch?«

»Moment«, murmelte ich, dann hatte ich inmitten der Kleinanzeigen auch schon gefunden, was ich suchte.

»Hör dir das an«, rief ich aus. »Traumjob bei freier Zeiteinteilung. Zeugnisse, Alter – zweitrangig. Sind Sie kontaktfreudig, engagiert, dynamisch und zuverlässig? Wir bieten sehr hohe Verdienstmöglichkeiten in der Finanzbranche. Anruf unter ...«, es folgte eine Telefonnummer. Darunter stand der Firmenname genau des Unternehmens, an dem Julia und Charlotte mit ihren Recherchen dran waren.

»Was soll das sein?«, brummte Susanne, nahm mir das Blatt aber aus der Hand.

»Vermutlich etwas, das nicht wirklich seriös ist. Könntest du trotzdem dort anrufen?«

»Sag mal, Tina, piept's bei dir?« Suse tippte sich wenig dezent an den Kopf. »Was soll ich denn davon halten?«

»Suse, frag einfach nach, worum es geht und wenn du es weißt, sag, du überlegst es dir und rufst noch einmal an. Vertrau mir. Es könnte für Käthe wichtig sein, aber es ist zu kompliziert, um es zu erklären.« Außerdem hatte ich Julia mein Wort gegeben, noch mit niemandem darüber zu sprechen.

Suse schaute mich mit schräg gelegtem Kopf an, bevor sie betont langsam zum Telefon griff. Noch während sie wählte, ließ sie keinen Blick von mir. Es konnte nicht öfter als zwei Mal geklingelt haben, da wurde schon abgenommen. Susanne sagte ein Sprüchlein auf, dass sie auf der Suche nach einer neuen Herausforderung sei, die Anzeige vielversprechend klänge und blablabla. Dann lauschte sie kurz, nickte, nahm einen Stift und schrieb etwas an den Rand der Zeitung.

»Sehr gerne. Vielen Dank.« Sie legte auf.

»Und?«, wollte ich wissen.

»Die Dame am Telefon hat überhaupt nichts rausgelassen, worum es genau geht. Sie hat meinen Namen notiert und mich zu einer Infoveranstaltung eingeladen. Am Freitag um 17.00 Uhr ins Hotel Excelsior.«

Bingo! »Das ist gut, das ist sogar sehr gut«, sagte ich und überlegte, was nun zu tun sei.

»Wenn du mir sagst, wie das alles zusammenhängt, gehe ich vielleicht sogar da hin«, verkündete Susanne mit fester Stimme. Ich vertröstete sie, denn ich wollte unbedingt vorher mit Julia sprechen. Die Idee, Susanne in die Höhle des Löwen zu schicken, gefiel mir nicht wirklich. Dabei wäre es eine gute Möglichkeit, Charlottes Verdacht nachzugehen.

Am Abend fuhr mich Astrid mit ihrem Taxi zum Restaurant *Meyer-Grill* und wünschte mir grinsend einen schönen Abend, bevor sie selbst ihre Schicht antrat. Als ich hineinging, winkte mir Henriette bereits von einem Tisch aus zu. Sie trank einen Champagnercocktail und bestellte, kaum dass ich meinen Hintern auf den Stuhl gehievt hatte, auch für mich ein Glas.

»Die anderen beiden sind noch nicht da. Frau Borgwald hat vor fünf Minuten eine SMS geschickt, dass sie sich etwas verspäten«, erklärte sie.

»Zeit, noch ein paar Dinge zu besprechen.« Sie prostete mir zu und beugte sich dann etwas vor.

»Hast du die letzten Umfrageergebnisse schon gesehen? Die *Neue Konservative* legt von Tag zu Tag zu. Es ist keine Frage mehr, unsere Gastgeberin des heutigen Abends wird in ein paar Wochen im Rathaus sitzen.« Sie hob vielsagend die Brauen und lächelte optimistisch.

»Wählst du die etwa?«, entfuhr es mir.

Zwischen Henriettes Augenbrauen entstand eine steile Falte. »Tina, hast du noch nie was von Wahlgeheimnis gehört?« Sie schüttelte tadelnd den Kopf. »Allerdings muss ich zwischen privaten und beruflichen Interessen trennen, leider. Als Geschäftsfrau kann ich es mir einfach nicht leisten, diese politischen Newcomer zu ignorieren, auch wenn mir nicht alles an denen passt. Ach, da kommen sie ja!«

Sie hob leicht die Hand, als Frau Borgwald und Ken-Ole Schmidt nun, von einem Kellner flankiert, auf unseren Tisch zusteuerten.

Wir erhoben uns, Henriette begrüßte Marion mit französischen Luftküssen links und rechts am Gesicht vorbei und die beiden tauschten Komplimente über ihr Aussehen aus, während Ken-Ole und ich uns schwungvoll die Hand schüttelten. Er schien erfreut, mich wiederzusehen. Dann gaben Marion und ich uns die Hand, während Henriette Ken-Ole für die wunderschöne Orchidee dankte. Danach setzten sich alle endlich wieder hin.

»Wie schön, dass Sie es so kurzfristig einrichten konnten«, begann Marion, an Henriette gewandt, das Gespräch. Ich musterte die Frau, die Käthe in so große Seelenpein gestürzt hatte. Marions rehbraunes Haar war kinnlang geschnitten und saß tipptopp. Die schmalen Lippen wirkten trotz eines leichten Überbisses energisch. Sie trug ein so einfach wie elegant geschnittenes Kostüm und eine Perlenkette. Haselnussbraune Augen musterten mich kritisch, als meine Chefin mich vorstellte.

»Tina schreibt seit einiger Zeit für *Mangiare*. Sie ist darüber hinaus eine exzellente Köchin.«

Marion nickte mit professioneller Freundlichkeit, dann trat ein Kellner an unseren Tisch und rasselte die Tagesempfehlungen herunter. Marion und Henriette wählten Fisch.

Da Marion mit den Worten »für mich keinen Alkohol« beim Wein abwinkte, tat Henriette es ihr gleich. Ken-Ole nahm ein Entrecote, ich die Lammschulter und wir beschlossen, uns eine dazu passende Flasche Rotwein zu teilen. Marion kam schnell zur Sache. Es ging um ihre Darstellung in der Öffentlichkeit. »Ich möchte, dass Sie eine Art Homestory über mich machen«, bat sie Henriette ganz direkt. »Man soll mich als herzliche Gastgeberin mit dezentem Hang zum ländlichen Leben kennenlernen, als eine Frau, die gerne selber kocht und dabei Wertschätzung von kleineren Produzenten mit ihren regionalen Nahrungsmitteln beweist, die den heimischen Esstisch nicht nur als Hort des Genusses sieht, sondern auch als den des sozialen Lebens. Das alles ist ja zurzeit so en vogue, und spricht einen ganz großen Teil der urbanen Bevölkerung an.

Ihre Leserschaft soll mich als zukünftige Sozialdezernentin kennenlernen, dabei gleichzeitig auch als Feinschmeckerin. Dazu führen Sie mit mir ein lockeres Gespräch über Essen und Trinken. Sie verstehen schon.«

Wäre Henriette nicht so souverän und wohlerzogen gewesen, wäre ihr vermutlich bei so viel Unverfrorenheit die Kinnlade heruntergeklappt. Stattdessen starrte sie Marion über ihren Teller mit den Amuse-Gueules hinweg – man hatte uns Rote-Bete-Schaum, Salzkuchen und ein Teelöffelchen Thunfischtatar gebracht – an.

»Wir würden selbstverständlich dafür sorgen, dass in dem entsprechenden Heft von *Mangiare* großformatige Annoncen einiger uns wohlgesonnener Unternehmen platziert werden«, merkte Ken-Ole mit gespielter Gleichmütigkeit an und blinzelte mir gleich darauf verschwörerisch zu.

So ging das also! Ich war mal gespannt, wie Henriette sich da aus der Affäre zog.

Sie tat es nicht, sondern zog es vor, mitzuspielen. »Sie möchten also eine Fotostory, die Sie, liebe Marion, als sachverständige Köchin und Feinschmeckerin zeigt?«

Die Angesprochene nickte knapp und deutete mit ihrer Rechten einen Bogen an. »Auf dem Markt, im Gespräch mit Einzelhändlern in ihren kleinen Geschäften, in der Küche, an einem für Freunde liebevoll gedeckten Tisch.«

Henriette nickte bei jedem Wort wie ein Automat. Ich dachte still an Marions verflossene Gefährtinnen aus dem Frauenkulturhaus und an die Geliebte, die sie zu ihrem Essen sicherlich nicht mehr einladen würde. »Der Zeitplan für die nächste Ausgabe ist ziemlich eng«, wagte ich einzuwerfen. Eigentlich war es ein Ding der Unmöglichkeit, eine aufwändig produzierte Fotostrecke noch vor der Wahl im Magazin unterzubringen. Marion, das war mir vermutlich klarer als Henriette, wäre auch keine leicht zu handhabende Partnerin. So wie ich sie einschätzte, wollte sie bei allem das letzte Wort haben. Sie sah mir aus wie eine Perfektionistin, die vermutlich erst zufrieden war, wenn alle anderen bereits erschöpft am Boden lagen.

»Eng? Was heißt das?« Marions verständnisloser Blick traf mich wie eine Kanonenkugel.

»Sie kriegen das doch hin?« Die Worte warf sie Henriette mit einer so kalkulierten Atemlosigkeit hin, dass diese sofort beruhigend nickte.

»Wenn wir die Story innerhalb der nächsten Tage fertigstellen, sorge ich dafür, dass sie im kommenden Heft erscheint.«

Danach wäre es auch zu spät gewesen. Sicherlich wollte Marion ihre vermeintlichen Kochkünste nicht zelebrieren, nachdem die Wahl bereits gelaufen war. Denn dann würden die Wählerinnen und Wähler ganz andere Seiten von ihr kennenlernen, das war für mich so sicher wie das Amen in der Kirche.

»Tina könnte den Text schreiben«, säuselte Henriette weiter und verpasste mir damit den nächsten Schock. »Sie ist freie Mitarbeiterin, besitzt mein volles Vertrauen und hat noch Kapazitäten frei.«

Was dann wohl hieß, dass ich mich mit meiner Aphrodisiakageschichte beeilen musste. Dabei hatte ich bisher noch kaum etwas zu Papier gebracht.

»Das wäre doch nett!« Ken-Oles Augen funkelten vergnügt hinter seinem 1950er-Jahre Kassengestell. Ob er sich zu seiner Chefin in die Küche stellen wollte? »Ja«, sagte ich lahm, weil mir nichts anderes einfiel. Während Henriette und Marion sich nun, da das Wesentliche gesagt war, dem ungezwungenen Teil des Abends hingaben und die Wirtschaftslage, einen aktuellen politischen Bestseller und die Frage, wie man einen langen Arbeitstag in hochhackigen Schuhen übersteht, erörterten, vereinbarten Ken-Ole und ich Termine.

»Wann können wir beginnen?« Marions Referent hatte bereits ein kleines, flaches Ding auf den Tisch gelegt, dass sich als Tablet erwies. Er wischte ungeduldig mit dem Finger darüber, bis er Marions Kalender gefunden hatte. Halblaut raunte er mir einen Terminvorschlag zu, den ich mit einem Nicken quittierte. Hatte ich doch einen Job mit freier Zeiteinteilung. Zumindest fast, wenn man einmal von der Bodyguard-Nummer vor Käthes Haus absah, aber das würde niemanden hier am Tisch interessieren. Umständlich kramte ich meinen kleinen Kalender aus der Handtasche, um das *Interview Marion Borgwald* einzutragen. Der Fotograf würde sich direkt mit Ken-Ole in Verbindung setzten, das zu veranlassen war Henriettes Aufgabe.

»Gut«, sagte Ken-Ole schließlich mit einem erleichterten Lächeln. »Dann wäre das ja geklärt.« Er sah auf und ließ ein langes »Aaah« ertönen, als unser Essen kam.

Auch ich sah auf und wäre um ein Haar vor Schreck vom Stuhl gefallen. Schräg gegenüber, ein paar Tische entfernt von uns, hatten sich zwei Frauen niedergelassen. Die ältere kannte ich nicht, die jüngere dafür inzwischen um so besser. Charlotte Borghs, das love interest meiner demnächst angeheirateten Stiefschwester, fleischgewordener

Rauschgoldengel, Tochter des Oberbürgermeisters und engagierte Journalistin der alternativen Presse, saß dort und starrte mit unverhohlen düsterem Blick und zusammengepressten Lippen zu mir herüber. Prompt bekam ich einen Schluckauf, den ich sofort mit Rotwein bekämpfte. Es half und vorsichtshalber sah ich davon ab, an diesem Abend noch einmal zu Charlotte hinüberzublicken.

Kapitel 8

Am nächsten Morgen brummte mir der Kopf. Es war nicht der Rotwein, der war einfach köstlich gewesen und Ken-Ole Schmidt hatte sich mit dieser Auswahl zusätzlich zu seinem Orchideenwissen auch als Weinkenner erwiesen. Nein, es waren die vielfältigen Themen, die beim gemeinsamen Abendessen auf den Tisch gekommen waren.

Immer mit einem Ohr damit beschäftigt, Marion so genau zuzuhören, dass mir nicht womöglich ein wichtiges Wort entging, musste ich gleichzeitig mit Ken-Ole Schmidt Konversation machen und Henriettes Auftrag im Blick behalten.

Es endete damit, dass wir nach der Homestory noch ein kleines Fest für Parteifreunde und Sympathisanten der *Neuen Konservativen* ausrichten würden. Genauer gesagt ging dieser Auftrag an Henriettes Cateringservice, und weil ich mich damit ebenfalls auskannte, drückte mir meine Chefin kurzerhand die Aufsicht über die Veranstaltung aufs Auge.

Als ich in ihrem Büro auftauchte, um die Details zu besprechen, summte Henriette vergnügt vor sich hin, während sie ihre Finger flink über die Tasten einer Rechenmaschine tanzen ließ.

»Du scheinst dich ja richtig mit dieser Marion angefreundet zu haben«, startete ich die Unterhaltung.

Henriette schob die Unterlippe vor und zuckte kurz die Schultern. »Angefreundet ist sicher nicht das richtige Wort. Wir funken beruflich auf derselben Wellenlänge. Frauen in Führungspositionen müssen sich gegenseitig unterstützen. Wirst du auch noch merken.«

Da ich weit entfernt von irgendeiner Führungsposition war, verzichtete ich auf eine Antwort. »Sie ist ein ziemlich kühler Mensch«, erinnerte ich Henriette stattdessen. »So eine von der Sorte, die sich nimmt, was sie will und ihre Freundlichkeit dosiert abgibt. Nämlich genau da, wo sie ihr nützt. Wenn du das nicht mehr tust, lässt sie dich fallen wie eine heiße Kartoffel!«

Henriette hob irritiert die Brauen. »Woher willst du das wissen? Du kennst Marion doch gar nicht?«

Mir war schon am Vorabend klar geworden, dass auch Henriette sie nicht kannte. Nicht nur, weil sie alles abnickte, was die Politikerin von sich gab. Sie wusste ganz offensichtlich auch nicht, dass Marion in der hiesigen Lesbenszene mal eine große Rolle gespielt hatte. Was andererseits auch nicht verwunderlich war, denn Henriette selbst war keine Szenefrau, sie hatte eine regelrechte Abneigung gegen alles, was sich unter dieser Überschrift versammelte, einschließlich dem Frauenkulturhaus.

Solange wir uns kannten, war sie lediglich ein einziges Mal dort gewesen. Mir zuliebe, um ein Fest auszurichten, zu dem sie selbst dann auch eingeladen war.

Das wiederum erklärte, warum Marion Henriette nicht kannte. Die Politikerin, die sich auf einmal so homophob gab und ihre eigene Vergangenheit verleugnete, hätte sonst mit Sicherheit nicht gerade eine Lesbe, oder genauer genommen sogar zwei, mit einer Homestory und mehr beauftragt. Musste sie doch befürchten, dadurch womöglich selbst geoutet zu werden.

Ich zog es vor, auf Henriettes letzten Satz nicht zu antworten, brummte lediglich etwas Unverständliches in mich hinein und konzentrierte mich auf meine Aufträge. Der Fotograf war von Henriette bereits aufgescheucht worden. »Er wird heute am späten Nachmittag vor Ort sein.« Vor Ort, das hieß in Marions Heim.

Ich checkte kurz noch einmal, ob ich die Adresse hatte. Ja, da war sie, ein Viertel im schönen äußeren Westen der Stadt, einem konventionellen Stadtteil, wo es noch Einfamilienhäuser mit Gärten drum herum gab. Dort würde sicherlich niemand auf die Idee kommen,

Full-Serviced-Appartmenthäuser bauen zu wollen, und wenn, würde ihn die dort versammelte, alteingesessene konservative Schickeria sofort zum Teufel jagen.

»Wird ihr Ehemann eigentlich auch da sein?«, fragte ich neugierig. Heinrich Borgwald, ein dynamischer Mittvierziger, war Landtagsabgeordneter, einer der ersten seiner Partei, der bei den Wahlen im Vorjahr in die Öffentlichkeit getreten war. Wusste ich alles, weil ich in dieser Sache schon ein wenig in den unendlichen Weiten des Internets unterwegs gewesen war und beim Verzehr meiner Lammschulter am Vorabend meine Augen und Ohren überall hatte. Überall, nur nicht dort, wo Charlotte mit ihrer finsteren Miene saß. Hatte sich was mit schnuckeliger Oberlippe! Ich verzog unwillkürlich den Mund. Dieses blonde Gift war mir nicht geheuer. Warum musste sich Julia ausgerechnet in diese Frau vergucken?

»Herr Borgwald befindet sich, soweit ich weiß, zurzeit in Berlin. Das stört unsere Pläne nicht. Marion möchte sowieso als eigenständige Person wahrgenommen werden. Schließlich ist sie eine Politikerin mit Biss, die keinen zum Händchenhalten braucht.«

Wohl wahr! Keinen und vor allen Dingen *Keine* mehr. Sollte ich Käthe nun bedauern oder beglückwünschen dafür, dass diese eiskalte Karrieristin ihr den Laufpass gegeben hatte? Nachdem Henriette und ich alles besprochen hatten, zog ich wieder ab.

An meinem Schreibtisch in der Redaktion schrieb ich ein paar Zeilen und surfte noch ein bisschen im Netz herum, um noch mehr über Marion und ihren Gatten zu erfahren und mich damit auf den Nachmittag vorzubereiten. Auch alles, was ich an diesem Tag zu den beiden fand, klang gut. Der Gesamteindruck veränderte sich auch nach intensiver Recherche mit allen möglichen Kombinationen der Suchwörter nicht. Die beiden waren ein erfolgreiches Paar, Marion galt als seriöse Politikerin. Steile Karrieren hatten sie hingelegt, dynamisch, eloquent, effizient, wie sie waren. Dabei wirkten sie so aseptisch wie zwei Stückchen Arztseife. Kein noch so kleiner dunkler Fleck störte den Eindruck, den sie der Öffentlichkeit vermittelten. Nur mich störte etwas, aber ich hätte beim besten Willen nicht formulieren können, was es war.

Einen Teil des Nachmittags verbrachte ich danach in öffentlichen Verkehrsmitteln. Es war eben nicht so einfach, in die besseren Viertel der Stadt vorzudringen. Nach dreimaligem Umsteigen blieb noch ein Fußmarsch von einer Viertelstunde, dann erst stand ich vor dem netten Anwesen des Ehepaars Borgwald und Borgwald, das weit weg von innerstädtischen Turbulenzen, vom Lärm und der lästigen Nähe ärmeren Einkommensschichten in einer fast schon ländlich geprägten, idyllischen Straße lag.

Nur bei näherem Hinsehen erkannte man hinter hohen, grünen Hecken, weiß getünchten Zäunen und teuer aussehenden schmiedeeisernen Toren, dass hier die Crème de la Crème der Stadt zuhause war. Schicke Anbauten, teure Autos und diverse Zweitwagen – ich fragte mich wieder einmal, wer in einer Großstadt Geländewagen in der Größenordnung eines Panzers brauchte. Alarmanlagen, riesige Gärten und im Vorgarten Rasen mit der Art von Façonschnitt, die nur ein Promicoiffeur, pardon, Landschaftsarchitekt, hinbekam, verrieten, dass es sich hier nicht um die kleinen Einfamilienhäuschen normaler Bürger handelte. Nicht eines davon sah irgendwie normal aus, alle hatten irgendwelchen Firlefanz, der offensichtlich hier Usus war. Und offensichtlich war man eben gerne unter sich.

Eine Haushälterin, grau von den Haarwurzeln über die Kleidung bis auf die sehr gesund aussehenden Schuhe hinab, bat mich bei Borgwalds mit griesgrämiger Miene herein und durchquerte vor mir flotten Schrittes und mit diskret quietschenden Sohlen die riesige Eingangshalle. Am hinteren Ende öffnete sie eine Tür. Sie führte in den ersten von zwei Räumen, die ineinander übergingen und durch eine durchgängige Front von tiefgezogenen Fenstern einen ungehinderten Blick in einen professionell gestalteten Garten freigaben.

»Ihr Fotograf ist bereits eingetroffen«, informierte sie mich, nahm mir meinen Trenchcoat ab und sah mich dabei kurz von oben bis unten an. Missbilligend, wie mir schien. Vermutlich sah ich nicht so aus, wie sich die Dame eine seriöse Journalistin vorstellte.

Ich warf einen Blick in den holzgerahmten Spiegel, der über einem offenen, gemauerten Kamin hing. Ein wenig aus der Puste wirkte ich, einige widerspenstige dunkle Locken hatten sich beim flotten Marsch hierher aus der Spange gelöst, mit der ich meine Haare am Morgen gebändigt hatte. Ich trug flache Schuhe, frisch gewaschene Jeans und eine locker fallende Bluse und fand mich dem Anlass entsprechend gekleidet und hergerichtet. Sollte der graue Drachen doch denken, was er wollte!

»Hi Tina«, grüßte mich derweil unser Fotograf vom angrenzenden Raum aus, wo er in aller Ruhe sein Equipment aufbaute. Wir hatten noch nie zusammengearbeitet, kannten uns lediglich vom Sehen aus der Redaktion und ich wusste, dass er Kuno hieß. Ich grüßte zurück und holte Notizblock und Stift aus meiner Tasche. *Kombiniertes Wohn- und Esszimmer* schrieb ich auf, bevor ich zunächst das Wohnzimmer, in dem ich mich befand, ein bisschen erkundete. Besonders die Fotos auf dem Kamin weckten meine Neugier.

Doch außer ein paar Schnappschüssen und offiziellen Fotos des Ehepaars gab es dort nichts zu sehen. Beiläufig blätterte ich dann noch die Zeitschriften durch, die auf einem Beistelltischchen neben einem dreisitzigen Sofa lagen. Politik, Wirtschaft, Wochenmagazine. Nichts, was darauf schließen ließ, dass die Hausherrin immer noch mal gerne einen Blick auf das so genannte andere Ufer warf. Ich schlenderte nach nebenan, wo mein Kollege die ersten Probeschüsse von einem elegant und liebevoll gedeckten Tisch für acht Personen machte. *Hat sicher der Hausdrachen gemacht*, dachte ich. Könnte jedenfalls der Grund für ihre unterkühlte Laune sein.

»Ah, da sind Sie ja!«, rief in diesem Moment Marion hinter mir aus. Sie eilte auf uns zu und schüttelte erst mir, dann meinem Kollegen kräftig die Hand. Verstohlen musterte ich mein Gegenüber. Sie war auf eine sehr raffinierte Weise sehr stark geschminkt, auf den Fotos würde alles ganz natürlich und einfach nur jung und fesch aussehen. Sie trug wieder ein Kostüm. Dieses Mal in einem moosigen Grün. Leider passte die Farbe nur bedingt zu der Tischdekoration, die in sanften und knalligen Rosétönen gehalten war.

Doch entweder war Marion farbenblind oder es war ihr egal. Sie posierte gleich neben, hinter und vor dem Tisch, während unser Fotograf schon einmal ein paar Digitalbilder schoss, über die die beiden dann die Köpfe beugten und sich Worte wie »diese Position kommt gut«, »das trifft meine Intentionen genau« oder »das sieht weniger ansprechend aus«, zumurmelten. Als sie sich auf die Posen geeinigt hatten, stakste Marion wieder hinter den Tisch, knipste ihr Lächeln an, beugte sich zu einer Serviette, legte ihren Arm um eine Stuhllehne und schob ein kleines Messer millimeterweise auf dem Tisch herum. Während sie das tat, schrieb ich mir auf, was sie dabei von sich gab. Genauer gesagt plapperte sie das vor sich hin, was sie über sich selbst in *Mangiare* lesen wollte.

Marion Borgwald liebt es, Freunde zum Essen einzuladen. Ein liebevoll gedeckter Tisch ist ihr dabei Herzenssache. »Kulinarisch zu verwöhnen ist eine Kunst, die den passenden Rahmen braucht«, sagt die erfolgreiche Politikerin dazu, die es sich nicht nehmen lässt, bei solchen Anlässen alles selbst zu planen und zu gestalten. Als passionierte Köchin probiert sie immer wieder neue Gerichte aus und legt dabei den Schwerpunkt auf saisonale Küche mit regionalen Zutaten, am liebsten frisch vom Markt oder vom Hofladen.

Ich wurde schon beim Schreiben ganz rot vor Scham. Zu offensichtlich war es, dass die Hausherrin, die mir diesen und ähnlichen Unsinn in die Feder diktierte, nur den Anschein erwecken wollte, kulinarisch und gastfreundlich auf der Höhe zu sein und in Wirklichkeit keine Ahnung davon hatte und sich keinen Deut darum scherte. Während Kuno die Dame des Hauses in ihrem moosgrünen Gewand in allen erdenklichen Posen ablichtete, erfragte ich nämlich das Menü, das zu diesem Tisch gehören sollte. »Ach«, sagte sie da überraschend wortkarg, »das ist doch ganz egal.«

Eben nicht, wollte ich ihr zurufen. Schließlich war *Mangiare* kein Magazin für Haushaltsdekoration oder politische Selbst PR, bei uns ging es um das, was in der Küche zubereitet wurde. Dann brabbelte Marion doch noch irgendetwas von »Shrimpscocktail, Tomatensuppe mit Reis und Schweinemedaillons in Sahnesoße«.

Ich verschluckte mich fast vor Schreck. Nicht nur, dass ich die Kombination weder auf der Höhe der Zeit und insgesamt nicht gerade gelungen fand, sondern auch, weil das aufgelegte Besteck so gar nicht dazu passte.

Keine Frage, die Frau wusste vermutlich nicht einmal, dass sie Messerbänkchen auf dem Tisch stehen hatte, noch erschloss sich ihr der Sinn von Fingerschalen, die sie nämlich für ihr angebliches Menü nicht benötigte. Marion Borgwald war, das schloss ich inzwischen messerscharf, eine absolute Schaumschlägerin. Und wenn sie sich in anderen Bereichen ihres Lebens so verhielt wie in diesem Moment in ihrem Esszimmer, dann konnte uns allen in dieser Stadt etwas blühen nach der nächsten Kommunalwahl.

Ich verbot mir selbstverständlich jeden Kommentar und schrieb den Blödsinn auf, den sie weiterhin verzapfte. Was würde mich wohl in der Küche erwarten? Dort brodelte etwas in einem großen Topf, das sich bei näherer Betrachtung als vermatschte Tütensuppe herausstellte.

»Ist ja nur fürs Foto«, flötete Marion. Da hatte sie natürlich recht, niemand erwartete hier von ihr ein Festmenü. Es reichte, wenn sie sich mit dem Kochlöffel ablichten ließ. Kuno kam jetzt richtig in Fahrt.

»Noch ein bisschen nach vorne beugen«, rief er Marion zu, die sich brav drehte und wendete und den Kochlöffel mal hierhin, mal dorthin hielt. Dummerweise tauchte sie ihn einmal zu tief in die Tütensuppe, und als Kuno dann rief »Lippen schürzen und so tun, als würden Sie abschmecken«, passierte das Malheur. Die Suppe landete auf Marions edler Jacke. Es war eine Buchstabensuppe, wie ich nun nudelweiß auf moosgrün lesen konnte. Bildete ich mir das nur ein, oder hatten die kleinen Teigdinger die Form eines *Lug und Trug*? Marion indessen warf den Kochlöffel von sich und fing halblaut an zu schimpfen.

»Das macht doch nichts, Frau Borgwald. Ich habe den ganzen Nachmittag für Sie reserviert«, munterte Kuno die Politikerin auf, die nun hektisch mit einem feuchten Geschirrtuch auf ihrer Kostümjacke herumrieb. Wenn man mich fragte, sah man schon gar keinen Fleck mehr, dafür war nun der Stoff tropfnass.

»Föhnen«, murmelte ich.

»Helfen Sie mir bitte«, verlangte die Borgwald nun und forderte mich mit einer unmissverständlichen Kopfbewegung auf, ihr zu folgen.

Wir eilten eine breite Treppe in das obere Stockwerk hinauf, wo Marion mich plötzlich am Handgelenk packte, um mich in einen Raum zu zerren. Erschrocken riss ich die Augen auf. Das durfte doch wohl nicht wahr sein! Ich stand auf einmal im Schlafzimmer der Politikerin, die jetzt ganz nah an mich herantrat. So nah, dass ich ihren Atem auf meiner Wange spüren konnte. Ihre Augen hielten mich so fest, dass ich es kaum wagte zu atmen. Ihr Überbiss näherte sich mir in Zeitlupe. Der Schreck fuhr mir in sämtliche Knochen. Was war los? Hatte sich Marion in einem Winkel ihrer Politikerinnenseele noch einen kleinen, lesbischen Zufluchtsort bewahrt?Wollte sie mich, quasi zwischen Hauptgericht und Adieu, schnell noch vernaschen? Oder war sie hinter meine Bekanntschaft mit Käthe gekommen und würde mir gleich eine geheime Botschaft für ihre ehemalige Geliebte ins Ohr flüstern?

»Tina«, sagte sie leise in meine sich überschlagenden Gedanken hinein, »Sie müssen mir helfen.«

Die Pupillen in ihren haselnussbraunen Augen schienen riesig zu sein. »Wobei?«, krächzte ich zurück und versuchte, ein bisschen Abstand zwischen mich und sie zu bringen. Vergeblich. Die Frau hatte einen Griff wie ein Schraubstock.

»Sie sind Expertin. Sie wissen doch ganz genau, dass ich keine Ahnung habe von kochen, backen, Tischdekoration und ähnlichem Firlefanz.«

Also, als Firlefanz würde ich das nicht bezeichnen wollen.

»Das habe ich doch vorhin gemerkt. Ihr kritischer Blick, hui!«, sie ließ mich kurz los und warf die Hände in die Luft, bevor sie wieder zugriff, womöglich noch fester und schmerzhafter als vorher. »Das war der Blick einer Kennerin auf eine, nennen wir es ruhig beim Namen, Dilettantin.« Triumphierend sah sie mich an. Ich schluckte schwer und zog es vor zu schweigen.

»Ich will ganz offen zu Ihnen sein. Die Menschen glauben, eine Politikerin müsse alles können, und nicht nur fachlich gut sein, sondern auch in anderen Bereichen. Gerade bei Haus und Familie wird man doch betrachtet wie unterm Brennglas. Nun ja, und Kinder habe ich ja keine, da muss ich mit etwas anderem punkten.«

Jetzt endlich ließ sie mein Handgelenk los und wandte sich ab, ging zwei, drei Schritte hin und wieder her.

»Tun Sie einfach so, als ob Sie nichts von meiner Unwissenheit bemerkt hätten. Schreiben Sie mich nicht lächerlich, erzählen Sie niemandem davon. Ich bitte Sie darum.«

So einfach. Ich musste tief Luft holen, dann nickte ich, schüttelte den Kopf und dabei dämmerte mir, wie Marion so erfolgreich geworden war. »Zieh alle Feinde an deine Brust, bekämpfe sie mit deinem Charme, gegen Freundlichkeit können die meisten nicht hart bleiben«, hatte Henriette mir einmal ihre Strategie im Beruf erklärt. Es war ihre Abwandlung des Ausspruchs eines antiken Feldherrn. Den kannte Marion offensichtlich auch. Sie nahm nun meine Hände und sah mich wieder so direkt an.

»Versprechen Sie es mir?«

Mir blieb gar nichts anderes übrig, als zu nicken. Zwar war mir schleierhaft, warum sie so großen Wert darauf legte, als kulinarische Granate wahrgenommen zu werden, aber sie würde schon ihre Gründe dafür haben, ihre Außendarstellung in dieser Hinsicht so weit oben auf der Prioritätenliste anzusiedeln.

»Geht in Ordnung, Frau Borgwald«, gab ich steif zurück.

»Nennen Sie mich Marion«, rief sie aus. Ein Lächeln huschte über ihr Gesicht. »Wusste ich doch, dass ich mich auf Sie verlassen kann.« Mit Ihrem Nicken bekräftigte sie unseren Deal. »Warten Sie hier, ich föhne mich schnell trocken.« Mit diesen Worten verschwand sie im angrenzenden Bad. Gleich darauf hörte ich das Gebläse eines Föhns.

Betreten schaute ich mich um. Das Schlafzimmer der Eheleute Borgwald war groß, hell, picobello aufgeräumt und wirkte auf mich genauso antiseptisch wie die beiden Hauptdarsteller. Auf dem Nachttisch lagen ein paar Bücher, die anders aussahen als die Wirtschafts- und Politikschinken, die ich unten im Bücherschrank des Wohnzimmers gesehen hatte. Vorsichtig pirschte ich mich heran. Pink, Lila und helles Grün schimmerten mir die Buchrücken entgegen, doch noch bevor ich zugreifen und die Titel lesen konnte, erstarb das Geräusch im Badezimmer und ich sprang hastig zwei Schritte zurück, nahm wieder meinen Platz direkt hinter der Tür ein.

»So, fertig. Weiter geht's!« Marion lächelte so entspannt, als hätte sie höchstpersönlich gerade das riesige Haushaltsloch unserer Stadt gestopft und zog mich am Ellbogen wieder hinaus auf den Gang.

Als wäre nichts gewesen, ging es dann unten weiter. Kuno fotografierte, Marion säuselte und flötete mir ihre Sicht der Dinge in den Block, und ehe wir es uns versahen, war der Nachmittag vorbei. Draußen war es bereits dunkel geworden, als Kuno und ich auf die Straße traten.

»Kannst du mich in die Stadt mitnehmen?«, fragte ich. Mir war nicht mehr nach langen Fußmärschen und Umsteigeorgien in halb leeren U-Bahn-Stationen. Kuno schüttelte bedauernd den Kopf. »Ich fahre heute nicht mehr in die Redaktion, sondern gleich nach Hause.« Sein Kopf bewegte sich in die der Innenstadt entgegengesetzte Richtung. »Soll ich dir ein Taxi rufen? Hab hier die Zentrale unter meinen Kurzwahlen gespeichert«, bot er mir an, bevor er ging. Ich nahm sein Angebot an. Theoretisch hätte ich Astrid anrufen können, aber sie stand mit ihrem Taxi normalerweise am weit entfernten Flughafen, das hätte keinen Sinn gemacht.

So wartete ich mutterseelenallein in der Dämmerung vor Marions Haus und weil ich mir nach einer Weile dabei komisch vorkam, lief ich ein paar Schritte. An den Häusern der Straße waren Bewegungsmelder und Außenleuchten angebracht, die nun all die schönen Gärten und Zufahrten beleuchteten. Davon abgesehen, wirkte alles wie ausgestorben. Ein Mann im Rentenalter kam die Straße herunter, neben ihm lief ein Hund, beide betrachteten mich neugierig. Es standen halt nicht viele Leute hier nachts auf der Straße rum. Als sich zwei Scheinwerfer näherten, lief ich dem Auto entgegen. Es war ein Taxi, das aber an mir vorbei fuhr. Der Wagen hielt genau vor Marions Haus. Jemand stieg aus und verschwand durch das Gartentor. Auf die Entfernung konnte ich sehen, wie das Licht über der Tür anging. Bevor die Person aus dem Taxi im Haus verschwand, drehte sie kurz den Kopf in meine Richtung. Etwas an der Fremden kam mir vage bekannt vor. So, als ob man einen Blick auf etwas erhascht, das man an der Stelle nicht erwartet hätte und daher auch nicht zuordnen kann.

Der Fahrer wendete nicht, sondern fuhr in gleicher Richtung davon. Es dauerte noch ein paar Minuten, bis ich von einem anderen Taxi abgeholt wurde. »Na, Frolleinchen, wo soll's denn hingehen«, fragte mich der ältere Fahrer jovial. Ich nannte ihm meine Adresse und sank nachdenklich in das Polster der Rückbank.

Kapitel 9

»Wunderbar, ganz wunderbar«, jauchzte Henriette, als sie am nächsten Tag den Textentwurf gelesen hatte. »Du schaffst es, diese Marion richtig gut dastehen zu lassen.«

Ob meine Freundinnen das auch gut finden würden? Immerhin stand mein Name dick und fett über der verlogenen Lobeshymne. »Muss ich da nochmal hin?«, fragte ich.

»Warum so maulig? Lief doch gut. Marion ist ganz begeistert von dir. Lobt dich über den grünen Klee. Apropos grün – konntet ihr der Frau nicht dieses Kostüm ausreden? Kuno hat tolle Bilder gemacht, aber diese Farbkombination – grauenhaft!« Henriette verzog den Mund, dann zuckte sie die Achseln. »Aber dafür dieses Menü. Wenn die Frau sich das selbst ausgedacht hat, dann könnten wir sie vielleicht nach der Wahl als Gastkolumnistin engagieren.«

Das fehlte gerade noch!

»Das Menü ist von mir«, erwiderte ich. »Marion selbst hat keine Ahnung vom Kochen und von allem, was damit zusammenhängt.«

Tatsächlich hatte ich höchstselbst die halbe Nacht und den ganzen Vormittag nicht nur an meinem Text für den Artikel gesessen, sondern auch noch ein Menü zusammengestellt. *Was Marion Borgwald ihren Gästen kredenzt* stand darüber und es hatte keinerlei Ähnlichkeit mit Marions eigenen Vorschlägen. Vorsichtshalber hatte ich ihr das Ganze noch zugemailt und daraufhin von Ken-Ole Schmidt eine kurze Antwort erhalten. Er schrieb »Chapeau. Ganz großartig. Marion ist begeistert!« Alles war gut gelaufen. Warum nur fühlte ich mich so lau?

»Du bist blitzschnell, weißt du das?«, murmelte Henriette, als sie ihr Okay für den Druck gab.

»Habe die halbe Nacht durchgearbeitet.«

Nur die halbe Nacht. Die andere Hälfte war für das Treffen der WG-

Frauen reserviert gewesen. Auch dieses Mal waren Käthe und Ayshe zu uns gestoßen. Aus Gründen, über die ich selbst nur rätseln konnte, hatte ich kein Wort über meinen nachmittäglichen Termin bei Marion verloren. Nicht, dass ich es nicht gewollt hätte, mir drängten sich die Erlebnisse des Nachmittags richtiggehend auf die Zunge. Aber als ich, mit Verspätung und ziemlich außer Atem, bei Lilli und Martha ankam, war die Sitzung schon in vollem Gang. Ayshe informierte uns über die Neuigkeiten, es gab quasi keine, Käthe lamentierte lautstark, und sobald die Rede auf Marion kam, drohte jedes Mal die Stimmung total zu kippen. Daher hatte ich es nicht über mich gebracht, dieses Thema noch weiter anzuheizen und schwieg.

Als Astrid auftauchte, hätte ich beinahe einen erneuten Versuch unternommen, doch dann geriet alles aus dem Takt. Susanne hätte sich beinahe mit ihrem gefakten Vorstellungsgespräch bei der Tochtergesellschaft von *Demant City Development GmbH & Co KG* verplappert und ich hatte alle Mühe, sie gleich wieder abzuwürgen. »Kein Wort, bevor wir nicht wissen, was wirklich dahinter steckt!«, erinnerte ich sie beim Hinausgehen. Und dann musste ich meinen Bericht schreiben und Astrid alleine ins Bett gehen lassen, was sie großmütig aber eindeutig unerfreut akzeptierte. Henriettes Lob tat mir gut, aber sie wusste gar nicht, welch harte Arbeit damit verbunden war.

Nach dem Termin mit Henriette traf ich mich mit Julia und Susanne. Ersterer hatte ich von Suses Anruf bei der Finanzvermittlungsfirma erzählt, was sie in helle Aufregung versetzt hatte. »Susanne kann Charlotte dann mit aktuellem Insiderwissen für ihren Artikel versorgen. Das wäre super!«

Dann wollten wir über die Details sprechen. Ja, Susanne war bereit, als Undercover-Agentin zu dem Treffen zu gehen und nein, wir bräuchten uns keine Gedanken zu machen. Sie habe weder vor, sich zu verplappern, noch irgendetwas zu unterschreiben. »Und Go!«, hatte Julias Kommentar dazu gelautet. Julia war danach auch die Erste gewesen, der ich von meiner persönlichen Begegnung mit Marion anlässlich ihrer Homestory erzählte.

»So dicht dran warst du?«, staunte sie.

»Ja, und ich habe nichts herausgefunden, außer, dass die Frau nicht kochen kann.«

Vor meiner Verabredung mit Vera blieb mir noch ein wenig Zeit, und so vertiefte ich mich in das Buch »Sinnliche Genüsse«. Was mir meine Mutter da empfohlen hatte, war gar nicht so übel.

Natürlich gab es zu der damaligen Zeit viele exotische Zutaten noch nicht, aber ein Pralinenrezept hatte es mir so angetan, dass ich es ausprobieren und dabei die Rezeptur mit meinem inzwischen hinzugekommenen Fachwissen ohne Probleme noch etwas aufpeppen konnte. Ich schmolz Bitterschokolade, kratzte Vanilleschoten aus, kochte Tonkabohnen und zerkleinerte Macawurzel und Mandeln.

An die Füllung gab ich nur wenig Zucker, dazu noch eine Prise Salz und probierte so lange herum, bis alles geschmacklich und von der Konsistenz her nach meiner Vorstellung war. Zufrieden mit mir und der Welt der sinnlichen Genüsse, taufte ich meine Kreation schlicht *Tinas Love bites* und bereitete mich auf mein Treffen mit Vera vor.

Vera führte mich in ein sagenhaft schickes und total angesagtes neues Restaurant, das den schlichten Namen *Eyckmann* trug, aus. Eigentlich hätte ich weiter an meinem Artikel für *Mangiare* arbeiten sollen. An dem, der sich mit der anregenden Wirkung verschiedener Nahrungsmittel auf die menschliche Libido beschäftigte.

Durch die Marion-Geschichte lag ich zeitlich im Rückstand und verspürte nach der anstrengenden Woche nicht gerade den unüberwindbaren Wunsch, das Wochenende durchzuarbeiten. Doch Vera war mir wichtig, um nichts in der Welt hätte ich ihre Einladung ausschlagen und sie versetzen wollen. Als der Kellner uns die Karte brachte, ahnte ich jedoch schnell, dass ich an diesem Abend das Angenehme mit dem Nützlichen würde verbinden können.

Darüber hinaus hatte ich ihr eine Tüte mit meinen neuen Pralinen mitgebracht. »Vera, lass mich das Menü zusammenstellen«, bat ich meine Freundin daher. Sie zog die Augenbrauen hoch. »Warum nicht, aber du bist eingeladen, darauf bestehe ich!«

Mein Blick wanderte über die angebotenen Speisen und Getränke und vor meinen Augen formierte sich das perfekte Essen für diesen Abend. Ich beschloss, die Speisenfolge so zusammenzustellen, dass bei jedem einzelnen Gang etwas aus der Kategorie natürliche Aphrodisiaka dabei wäre. So konnte ich an mir selbst einmal unauffällig testen, ob die Empfehlungen hielten, was sie versprachen und, wenn alles nach Plan lief, die gänzlich unwissende Vera fragen, wie sie diese Gaumenkitzel geschmacklich fand.

Zum Auftakt bestellte ich uns ein Glas Champagner mit einem Schuss Rosenlikör. *Rote Rosen sind das Sinnbild der Liebe. Sie signalisieren dem Objekt der Begierde die Aufrichtigkeit der Gefühle des Schenkenden*, rief ich mir meine bisher zusammen getragenen Informationen dazu ins Gedächtnis. Perfekt fand ich, dass oben auf dem Getränk zwei Rosenblütenblätter schwammen.

»Oho!«, meinte Vera fröhlich und hob ihr Glas. »Das ist ja mal ein romantischer Auftakt.«

»Warum nicht«, meinte ich leichthin und ließ genüsslich das herbsüße Nass über meine Zunge rinnen. Es war, als würde ein kleiner Rosengarten auf meinen Geschmackspapillen aufblühen. Wo hatten die Betreiber des *Eyckmann* nur einen derartig guten Rosenlikör her?

»Romantik kommt ja leider in meinem Leben seit einiger Zeit etwas zu kurz«, seufzte Vera und klimperte zur Untermalung mit ihren Wimpern. »Hans-Dietrich hat nur noch seinen Beruf im Kopf, derzeit sind wieder Überstunden angesagt. Ich habe ihm schon gedroht, mir einen Liebhaber zu suchen, wenn das so weitergeht.«

Das waren ja gute Aussichten für mein Experiment. Veras Ehe in definitiv nicht romantischem Zustand. Während meine Freundin ihren Drink in kleinen Schlucken genoss und dabei zwei Mal verzückt »ah« sagte, fragte sie mich nach meinem neuen Job bei Henriette aus.

Die Homestory für Marion fand sie seltsam – »Was hat denn Politik in eurem Blatt zu suchen?« –, nickte aber verstehend, als ich ihr erzählte, wie wild Henriette auf diese Zusammenarbeit war und ich mich unter diesen Umständen nicht hätte dagegen wehren können. Als ersten Gang hatte ich Ziegenkäse mit frischen Feigen und Kastanienhonig gewählt.

Die Feige gehört zu den traditionellen Aphrodisiaka des Orients. Sie wird bereits seit Jahrhunderten wegen ihrer anregenden Wirkung geschätzt. Frisch verzehrt vermittelt sie bereits durch ihren Duft und der sinnlichen Art, mit der sie verzehrt werden kann, höchste Sinnenfreuden.

Misstrauisch beäugte Vera diese Zusammenstellung, war aber bereits beim ersten Happen so angetan, dass sie verzückt mit den Augen rollte. »Wer hätte das gedacht, dass der Honig mit dem Rest auf dem Teller perfekt harmoniert«, schnalzte sie genießerisch mit der Zunge.

Honig in kleinen Mengen regt die Geschmacksnerven an und erfrischt durch seine harmonische Süße. Besonders sinnlich schmeckt er in Verbindung mit pikanten Speisen.

Langsam fing die Sache an, mir richtig Spaß zu machen.

Nach einer kurzen Pause wurde ein Ingwer-Kokos-Süppchen serviert. Vera schnupperte und tauchte dann ihren Löffel ein.

Ingwer wirkt durch seine intensiven ätherischen Öle stimulierend.

Der Geschmack von Kokosnuss versetzt Menschen in eine urlaubsähnliche Stimmung, die sie entspannt und für feine Schwingungen empfänglich macht.

»Erinnert mich an unsere Hochzeitsreise. Malediven. Ein Traum! Glasklares Wasser, wir hatten einen Honeymoon-Bungalow und mein Mann«, sie kicherte verstohlen und beugte sich etwas näher zu mir über den Tisch, »also Hans-Dietrich war nicht immer so ein gestresster Miesepeter wie heute so oft, nein, er war damals richtig leidenschaftlich. Das war wunderbar.« Ein weicher, sehnsüchtiger Glanz zeigte sich in Veras Augen, als sie an diese Zeit zurückdachte.

Während ich sie verstohlen beobachtete, fragte ich mich kurz, ob es nicht womöglich verwerflich wäre, sie als Versuchskaninchen zu benutzen. Nach kurzer Überlegung schob ich den Gedanken von mir. Wir würden beide hervorragend essen, Vera ohne jeden Hintergedanken und im besten Fall fühlten wir uns beide nach dem Essen pudelwohl.

»Den passenden Wein zum nächsten Gang suche ich uns aus«, verlangte meine Freundin. »Ich habe jetzt irgendwie große Lust, heute Abend ein wenig über die Stränge zu schlagen und eine ganz besondere Flasche mit dir zu köpfen.«

Nach dem Dessert, einer Crème Bavaroise mit Granatapfelhäubchen auf Marillenspiegel, alles Zutaten aus der Kategorie *»... soll sich luststeigernd auswirken«*, nahmen wir noch einen Mokka. »Mit Kardamom bitte«, verlangte ich mit meinem neuen Wissen über die Geheimwaffe orientalischer Harems.

»Und einen Whisky-Honig-Likör«, orderte Vera. Ihre Augen hatten einen seltsamen Schimmer angenommen.

»Das *Eyckmann*«, verkündete sie, »wird ab sofort zu meinem neuen Lieblingsrestaurant erkoren. Ich habe selten so gut gegessen. Und ich bestehe darauf, dass du mich bald wieder hierher begleitest. Mit dir ist es einfach ... schön.« Ihre Wangen schimmerten roséfarben bei diesen Worten.

»Wie fühlst du dich?« Ich beugte mich so weit zu ihr herüber, dass kein Fremder unser Gespräch mithören konnte.

»Herrlich!« Vera knackte das kleine Stück Bitterschokolade, das den Mokka begleitete, zwischen ihren perlweißen Zähnen und trank den ersten Schluck des heißen Getränks. »Kardamom. Wie kommst du nur auf solche Ideen?« Sie kicherte und stupste mich mit dem Zeigefinger neckisch auf die Nase. Ihre Augen waren direkt vor meinen, in ihren riesigen Pupillen hätte man ertrinken können. »Du siehst wieder verdammt hübsch aus heute Abend«, verkündete mein Gegenüber nun. »Astrid hat ein Glück ...« Sinnierend lehnte sie sich zurück.

»Aber Vera«, antwortete ich ein wenig befangen.

»Doch, doch. Ich weiß schon, was ich sage. Wenn wir nicht so gut befreundet wären, wenn du nicht, und wenn ich nicht, also wenn wir beide nicht so glücklich liiert wären, also anderweitig, nicht miteinander, und wenn ich überhaupt wenigstens ein winzig kleines Bisschen auf Frauen stehen würde, also unter ganz und gar anderen Voraussetzungen sozusagen ...«

Ihr Gemurmel brachte mich nun ebenfalls zum Kichern. In diese etwas ungewöhnliche Situation hinein meldete sich Veras Mobiltelefon. »Ah, das ist Hans-Dietrich«, flötete Vera und ging mit einem lockenden Lachen ran. Diskret wandte ich meine Aufmerksamkeit unserer Umgebung zu, konnte dabei trotzdem nicht umhin, einige Gesprächsfetzen aufzufangen.

»... du vermisst mich also?«, hörte ich Vera gurren. »Aber nein, ich bin mit Tina beim Essen.« Sie lauschte mit schräg gelegtem Kopf und zwirbelte dabei eine Strähne ihres Haars. »Wir sind schon fertig. Es war einfach köstlich. Hat mich ein wenig an damals erinnert. Malediven. Das Lokal mit den leckeren Fischsachen. An die tolle Zeit damals«, fuhr sie fort. Was Hans-Dietrich antwortete, konnte ich nicht hören, aber es schien sich wie ein kleiner Elektroschock auf meine Freundin auszuwirken. »Ach so«, antwortete sie gedehnt und blinzelte mir dabei verschwörerisch zu. »Das kannst du ja gleich mal unter Beweis stellen.«

Mit diesen Worten setzte sie sich abrupt auf und trennte die Verbindung. »Weißt du was, Tina? Aus irgendwelchen Gründen scheint mein Mann auf telepathischem Weg gerade eine Nachricht von mir empfangen zu haben. Hans-Dietrich vermisst mich. So etwas Romantisches hat er mir schon lange nicht mehr gesagt. Diese Situation muss ich einfach ausnutzen. Wir treffen uns bald wieder. Jetzt will ich nämlich ganz schnell nach Hause, zu meinem heute ach so anschmiegsamen Mann.« Sie zog ihre Tasche an sich, warf sich ihren Blazer über die Schulter, beugte sich zu mir herüber und hauchte mir links und rechts ein Küsschen auf die Wange und – weg war sie!

Ich war viel zu perplex, um sie zurückzuhalten. Hatte sich die Auswahl der Menüzutaten so schnell auf meine Freundin ausgewirkt? Was würde geschehen, wenn sie auch noch die ganzen Pralinen aß? Warum spürte ich selbst so gar nichts von der Wirkung? In mein Grübeln hinein fragte mich der Kellner, ob ich noch einen Wunsch hätte. »Nein, danke«, murmelte ich und trank meinen Mokka aus. Dann griff ich ebenfalls nach meiner Jacke.

»Dreihundertachtundfünfzigsechzig«, holte mich eine Stimme auf den Boden der Tatsachen zurück. Es war der Kellner, der mit der Rechnung in der Hand neben mir stand. Himmel! Vera hatte es so eilig gehabt, sie war gegangen, ohne zu bezahlen!

Mein Portemonnaie wies keinen nennenswerten Inhalt auf.

»Wir nehmen auch Karte«, kommentierte der Pinguin neben mir das Dilemma. Stumm reichte ich ihm meine Eurocard und hoffte, dass sich auf dem Konto noch ein ausreichendes Guthaben befand. Bei Henriette verdiente ich nicht schlecht, aber ich war in der Kürze der Zeit finanziell noch nicht zu voller Form aufgelaufen.

»Beleg?«, wurde ich nun gefragt.

»Beleg?«, echote ich, bevor der Groschen fiel. Warum nicht, vielleicht könnte ich den heutigen Abend ja sogar von der Steuer absetzen. Immerhin war ich Food-Journalistin. »Ja, bitte. Schreiben Sie den Beleg auf das *Mangiare* aus.« Das Gesicht des Kellners veränderte sich schlagartig. »Frau Tina Herzfeld?«, fragte er nach einem Blick auf meine Karte. Als ich nickte, verschwand er mit der Andeutung eines Dieners. Kurz darauf trat eine Frau in einem äußerst modischen Kostüm an meinen Tisch. Sie war groß und trug ihr fuchsrotes Haar zu einem taillenlangen Zopf gebunden. »Birgit Eyckmann«, stellte sie sich vor. »Ich bin die Besitzerin des Restaurants und es wäre mir eine große Freude, Sie heute als unseren Gast betrachten zu dürfen.« Dabei schob sie mir meine Rechnung wieder zu. Quer darüber hatte sie *erledigt* geschrieben.

Was war das denn? Warum wollte sie mich einladen? Wir kannten uns doch gar nicht? Birgit Eyckmann ließ sich mir gegenüber nieder und schaute mich mit offenem Blick an. »Es ist uns doch eine Ehre, wenn Sie bei uns essen und danach in *Mangiare* über unser Restaurant schreiben.«

Ach, daher wehte der Wind.

»Dazu kommt, dass ich ein großer Fan Ihrer Artikel bin. Das Special zum Thema Backen, ganz köstlich!« Sie zupfte ein wenig an ihrer Bluse herum. »Ich habe alle Rezepte ausprobiert. Genial. Sie sind eine Künstlerin.«

Geschmeichelt entspannte ich mich ein wenig. Ein solches Feedback aus erster Hand zu meinen Texten, dazu noch von einer Fachfrau, alle Achtung!

»Und dann diese leckeren Sachen mit dem Wurzelgemüse!« Birgit Eyckmann sog genüsslich die Wangen ein.

»Meine Lieblingsgemüsesorten«, erklärte ich.

»Petersilienwurzel! Ein Traum!«, schwärmte die Wirtin.

»Mairübchen!«, fuhr ich fort.

»Pastinaken!«

»Wie fanden Sie die Steckrüben-Wedges?«, wollte ich von ihr wissen.

»Köstlich! Und diese violetten glasierten Möhren! Ich liebe Ihre Rezepte!«

Wir steckten die Köpfe zusammen und fachsimpelten weiter über die richtige Zubereitung von Kohlrabi, die besten Begleiter von Roter Bete und die Frage nach dem richtigen Öl, den richtigen Kräutern und allem, was sonst noch so dazugehört. Zwischendurch winkte Birgit Eyckmann ihren Kellner zu uns heran. »Jean-Claude, bring uns doch bitte ...« Was sie ihm ins Ohr flüsterte, konnte ich nicht verstehen. Er eilte hinaus und wieder zurück und setzte mit ehrfürchtiger Miene zwei kleine, hochstielige Gläser vor uns ab.

»Ein Marillenbrand«, klärte mich die Restaurantbesitzerin auf. »Ganz kleine Destillerie, streng geheimes Rezept. Köstliches Ergebnis.« Wir hoben die Gläser, prosteten uns zu und ich kostete den Schnaps, der wie in flüssiges Gold eingelegte Früchte schmeckte und warm meine Kehle hinunterrann. Frau Eyckmann hatte nicht zu viel versprochen. »Woran arbeiten Sie gerade?«, wollte sie wissen.

Daran, wie einige Speisen von Ihrer Karte sich auf die Libido meiner Freundin auswirken, hätte ich beinahe gesagt, entschied mich stattdessen für die zweite Story. »Homestory Marion Borgwald«, antwortete ich halblaut. Jean-Claude stand in der Nähe herum, als warte er auf einen Wink seiner Chefin, doch hören musste er nicht alles.

»Ach – Marion?« Die Zweifel, ob das eine gute Wahl für unser Blatt war, standen meinem Gegenüber ins Gesicht geschrieben.

»Sie kennen sie?«

»Na ja, kennen.« Birgit Eyckmann winkte kurz ab. »Wenn sie mich fragen, kann sie ein Industrieschnitzel Wiener Art aus der Fritteuse nicht von einem flach geklopften, liebevoll panierten und in gutem Butterschmalz ausgebackenen echten Wiener Schnitzel unterscheiden.«

»Da haben Sie recht«, prustete ich. Ja, ich konnte Frau Eyckmann voll und ganz verstehen. Birgit lächelte wissend und gab Jean-Claude einen Wink. Unsere leeren Gläser wurden durch volle ersetzt. Das Zeug war göttlich.

»Sie war vor einiger Zeit mal hier, hat mit ihrem Mann und ein paar Freunden etwas gefeiert. Hatte keine Ahnung davon, was zusammenpasst. Nicht so wie Sie.«

Wenn sie auf die Speisenfolge des heutigen Abends anspielte, gab ich ihr im Stillen recht. Sie hatte ja keinen Schimmer, wie richtig sie da lag.

»Alles in allem war es eine etwas trockene Angelegenheit. Weil sie keinen Alkohol trinkt, saßen auch die Gäste den ganzen Abend bei Gänsewein.« Ein leichtes Seufzen begleitete ihren nächsten Schluck aus dem Glas.

»Marion trinkt nicht? Warum?«

Birgit Eyckmann zuckte die Schultern.

»Weiß nicht. Aber ich habe eine Ahnung. Als sie es doch tat – jemand aus der Runde hatte am Ende des Abends genug vom Wasser und bestellte eine Flasche Wein – wurde sie extrem ausgelassen.« Birgit prustete kurz und erzählte mir dann, die spröde Politikerin habe danach einen Witz nach dem anderen erzählt, »Zoten, um dem Kind mal den richtigen Namen zu geben«, Storys aus ihrem Leben zum

Besten gegeben und zum Schluss fast schon auf dem Tisch getanzt. »Zum Glück war es spät am Abend, alle anderen Gäste waren bereits gegangen. Wir haben dann die Restauranttür abgesperrt, damit unbeteiligte Dritte nichts von der Sause mitbekamen. Schließlich ist Marion eine bekannte Persönlichkeit in unserer Stadt.«

Mit klopfendem Herzen hörte ich zu, was mir hier gerade anvertraut wurde. »Sie sagen es doch niemandem weiter?«, wollte Birgit Eyckmann plötzlich bang wissen.

»Ach was. Füllen Sie unser Glas noch einmal, nennen Sie mich Tina und erzählen Sie mir noch einmal ganz genau, was an dem Abend geschehen ist«, bat ich. Und mein Gegenüber – »aber herzlich gern, Tina, ich bin die Birgit« –, kam meiner Bitte eifrig nach.

Als ich nach Hause kam, war ich sternhagelvoll. Blau wie ein Veilchen. Aber das merkte ich erst ganz kurze Zeit später. Birgit hatte mir noch Einiges erzählt und mir dann ein Taxi bestellt. Wir verabschiedeten uns mit mehreren festen Umarmungen. Es hätte nicht viel gefehlt, und wir hätten uns ewige Treue geschworen.

Während ich im Flur meiner Wohnung stand und mich wunderte, dass der Boden unter meinen Füßen angefangen hatte zu schwanken, kam Astrid aus dem Bad. Sie hatte Schaum vor dem Mund, was mich erheiterte. Zumindest solange bis ich begriff, dass es Zahnpasta war.

Während sie ihre Bürste weiter heftig schrubbend bewegte, wurde mir klar, dass ich jetzt eine Erklärung für die gelegentlich auftretenden kleinen, weißen Flecken auf den Badezimmerfliesen gefunden hatte. Vorsichtig ließ ich meinen Schlüsselbund in die Schale auf der Flurkommode fallen. Sie klirrten laut, als sie auf dem Boden aufschlugen. Astrid kam näher und zog schnuppernd ihre Nase kraus. »Mein lieber Scholli, hast du vielleicht getankt«, murmelte sie, und verteilte dabei ein paar Schaumspritzer, bevor sie wieder ins Bad ging. Ich setzte vorsichtig einen Fuß auf den schwankenden Dielenbrettern vor den anderen. Wasser rauschte, Astrid prustete, gurgelte und erschien kurz darauf wieder. »Tina«, hörte ich sie tadelnd sagen. »Du weißt schon, dass du an der Wand lehnst?«

»Das machen ja viele«, antwortete ich langsam und überdeutlich.

»Aber nicht so. Tina, du lehnst mit der Stirn an der Wand.«

In diesem Moment riss der Faden, über den Rest des späten Abends legte sich ein gnädiger Blackout.

Kapitel 10

Ich erwachte davon, dass mir etwas ins Gesicht tropfte. Durch den Nebel langsam und unvollständig einsetzender Erinnerungen hindurch griff ich nach oben und beförderte eine Plastikpackung von meinem Kopf herunter. »Junge Erbsen, sehr fein, tiefgekühlt«, las ich halblaut und sehr langsam. Jetzt war nichts mehr von den Minusgaraden zu spüren, die Packung hatte auf meinem Kopf bereits Raumtemperatur angenommen und die jungen Erbsen schwammen in Kondenswasser.

Ich setzte ein Bein nach dem anderen auf und hievte mich mühsam und ächzend aus dem Bett. Vor mir am Boden lag ein großes Blatt Papier, beschwert mit einem blauen Flipflop.

Tina, stand da in großen Buchstaben in Astrids Handschrift, *falls du das hier lesen kannst, hast du überlebt.*

Sehr witzig!

Deinem gestrigen Rausch nach zu urteilen, wird der Tag heute dennoch hart für dich. In der Küche steht eine Thermoskanne mit Kaffee, daneben liegen die letzten zwei Aspirin, die ich gefunden habe. Die Erbsen helfen leider nur bedingt gegen den Brummschädel. Ruf mich an, mein süßer Schluckspecht, sobald du bei Besinnung bist. A.

Dann folgte ein PS.

Falls du dich über die Baumstämme im Flur wunderst – du hast sie alle heute Nacht durchgesägt in einer Lautstärke, ... mir fehlen jetzt noch die Worte!

Vorsichtig bugsierte ich meinen Körper ins Badezimmer und schrie bei meinem Anblick erschrocken auf. »Wer sind Sie?«, fragte ich mein Spiegelbild. Vielleicht sollte ich besser erst etwas essen, die Aspirin einwerfen und Astrids Kaffee probieren. In der Küche trank ich eine halbe Flasche Wasser, ohne abzusetzen, danach ging es mir schon besser. Der Kaffee und die Aspirin folgten. Als ich gerade dabei war, den Kühlschrank nach etwas Essbarem zu durchforsten, genauer gesagt, nach etwas, das ich in meiner Verfassung als genießbar empfinden würde, klingelte es an der Wohnungstür. Es war meine zukünftige Stief-Halbschwester. Julia starrte mich erschrocken an. »Bist du's?«, fragte sie vorsichtshalber.

»Ja«, antwortete ich. »Wobei das ja jeder sagen kann.«

Während Julia noch über die Logik des Satzes nachdachte und im Türrahmen wie festgenagelt stehen blieb, schlurfte ich schon wieder in die Küche zurück, wo ich auf einen Stuhl plumpste.

»Mein liebes Lieschen, du riechst wie eine Destille.« Julia war mir nun doch nachgekommen.

»Whisky-Honig und Marillen«, würgte ich hervor und seltsamerweise weckte die Erinnerung an die diversen Liköre und Schnäpse, die am Vorabend noch so lecker geschmeckt hatten, ein ungutes Gefühl in meinem Magen. Julia riss die Kühlschranktür auf. »Kein Rollmops, keine Gewürzgurken«, konstatierte sie und warf die Tür wieder zu. »Ich muss mit dir reden, brauche dich gleich ganz klar im Kopf«, fuhr sie fort. »Oben habe ich noch etwas, das könnte dir jetzt guttun.« Sie rannte aus meiner Wohnung in ihre hinauf und war in Windeseile zurück. »Hier, das isst du jetzt. Dazu eine Scheibe Brot und Senf. Macht ruckzuck wieder fit.«

»Was ist das?«, fragte ich misstrauisch.

»Siehst du doch. Fleischwurst!« Julia hielt mir das Stück jetzt so direkt vor die Nase, dass ich einen ganzen Schwall des fettig-penetranten Geruchs abbekam. Leider war es nicht wirklich das richtige Mittel. Blitzartig wurde mir übel, ich schaffte es gerade noch ins Bad.

»So was. Saufen bis zum Umfallen, aber so ein lecker Stück Wurst verschmähen ...«, hörte ich Julia noch sagen, bevor ich energisch die Dusche aufdrehte. Wasser hatte schon immer geholfen und ich hoffte, dass es dieses Mal nicht anders sein würde.

Als ich, einigermaßen erfrischt, meine Küche wieder betrat, war die Fleischwurst verschwunden. Da Julia noch kaute, wusste ich auch, wohin. »Heute Nacht war vielleicht was los«, empfing sie mich. »Der neue Mieter über mir, der hat vielleicht geschnarcht. Ich habe kaum ein Auge zugemacht.«

Vor Schreck bekam ich einen Schluckauf, verzichtete aber darauf, Julia über den wahren Übeltäter aufzuklären.

»Was hast du denn gestern begossen? Ist Astrid auch so drauf? Da werden sich ihre Fahrgäste aber freuen!« Julia feixte, als ich mich nun ihr gegenüber an meinem Küchentisch auf einen Stuhl sinken ließ. »Das war im Dienste unserer Sache«, krächzte ich und verleibte mir den letzten Schluck Kaffee ein. Er brachte meine Magenwände zum Kreischen, machte aber ein bisschen wacher. Dann erzählte ich Julia, was ich am Vorabend von meiner neuen Bekannten Birgit erfahren hatte.

»Wow!«, hauchte die, nachdem ich zum Ende gekommen war. »Diese Marion hat es faustdick hinter den Ohren. Wenn du mich fragst, sollte Käthe froh sein, dass sie sie los ist.« Dann verkündete Julia mir ihre Neuigkeiten. Susanne hatte sich bereits gemeldet. Sie würde sich mit ihr und Charlotte später am Tag treffen, um von der Infoveranstaltung zu erzählen. Und Käthe war jetzt doch zu Martha und Lilli in die WG gezogen. Es gab kein Wasser mehr in den Wohnungen ihres Hauses. Den Mietern war ein Ersatzbad angeboten worden, das sich in einer leeren Wohnung im Nebenhaus befand und nicht nur unbeheizt, sondern auch noch völlig verdreckt war.

»Sie redet ständig davon, das sei nur übergangsweise, aber inzwischen glaube selbst ich nicht mehr daran, dass die Mieter sich wirklich noch wehren können.«

»Wann erscheint denn der Artikel von Charlotte?«, wollte ich wissen.

»Heute. Die *Alternative* kommt ja immer samstags raus.«

»Und, warst du schon am Kiosk?«

»Ne.« Julia rief rot an. »Charlotte bringt mir nachher ein Exemplar mit.«

»Aha. Kommt sie nur für das Gespräch mit Susanne oder verbringt ihr das Wochenende zusammen?«

Julia schüttelte bedauernd den Kopf. »Ihr steht leider nur nach Strategieplanung und Informationsaustausch der Sinn. Ayshe will am Montag auch mit mir reden und ich muss noch einige Erkenntnisse als Bericht abfassen. Charlottes Wissen hilft mir da weiter.«

»Das Geheimwissen des Rauschgoldengels«, sinnierte ich laut vor mich hin. Langsam lichtete sich der Nebel in meinem Kopf. »Was wolltest du jetzt eigentlich von mir?«

»Wir wollen, dass du Marion auf den Zahn fühlst bezüglich der Sache mit dem Frauenkulturhaus. Charlotte hat sie um ein Interview gebeten, aber sie ist nicht zu sprechen. Hat darum gebeten ihr alle Fragen in schriftlicher Form an ihre Büroadresse zukommen zu lassen und will auf diesem Weg auch antworten. Wenn du mich fragst, kommt da nichts bei raus.«

»Da habt ihr euch gedacht ...«

»... dass die liebe Tina ja sowieso an ihr dran ist, so nah, dass sie deinen Fragen gar nicht entkommen kann. Du machst das schon, oder?«

Wie sollte das gehen?

»*Mangiare* ist eine kulinarische Zeitschrift. Da stellt man solche Fragen doch gar nicht. Und außerdem ist mein Artikel bereits fertig. Henriette hat ihn gestern abgenommen.«

Julia fing an, an ihrem Daumennagel zu knabbern. »Weiß Marion das?«, fragte sie nach einer endlos scheinenden Pause.

»Nö, die hat mit unseren Interna nichts zu tun. Kuno, der Fotograf wird sie heute auf den Wochenmarkt begleiten, um noch ein paar Fotos zu schießen. Die Texte dazu stehen schon.«

In Julias Kopf ratterte es. Aufgrund meines immer noch recht desolaten Zustands funktionierte mein Gehirn leider nicht so schnell. Jeder Gedanke war wie in Watte gepackt, schnelle Überlegungen verursachten, ebenso wie schnelle Bewegungen, stechende Schmerzen und Schwindel.

»Ruf sie einfach an, frag, wo sie gerade ist, sag ihr, dass du hinkommst, weil du noch ein paar Fragen hast. So schwierig wird das doch nicht sein!«

»Was wollt ihr denn überhaupt?«, fragte ich.

»Ein Statement. Ein offizielles oder wenigstens ein öffentliches, eines, das möglichst viele Menschen mithören, damit sich diese Marion nicht hinterher aus der Verantwortung stiehlt.« Sie erklärte mir ihren Plan. Julia und Ayshe würden *ganz zufällig* ebenfalls auf dem Markt auftauchen, meine Fragen und Marions Antworten hören. Natürlich hatte nichts, was sie mir sagen würde, eine wirklich bindende Wirkung. Aber die Frauen könnten Marion einem ganz anderen Druck aussetzen, wenn ihre Aussage erst einmal den Weg in die Öffentlichkeit gefunden hatte. Und dazu eignete sich Charlottes Blatt ganz hervorragend.

»Übrigens hat sie die Person gefunden, die damals ihrem Kollegen das Interview über das Schneeballsystem gegeben hat. Sie trifft sich mit ihm, und zusammen mit dem, was uns Susanne heute Abend erzählt, werden wir das Bild der sauberen Firma *Demant City Development* mal ein bisschen ankratzen.«

Mit diesen Worten sprang Julia auf und zog mich gleich mit sich hoch. »Jetzt hurtig, sonst ist der Markt verlaufen, wie man so schön sagt, und eine solche Gelegenheit, quasi in *coram publico* ein Statement zu erhalten oder mitzuhören, kommt so schnell nicht wieder!«

Der Wochenmarkt, den Marion mit Kuno besuchen würde, lag nicht weit von unserem Haus entfernt. Ich fand die Idee ziemlich schräg, konnte mich an diesem Tag in meinem ramponierten Zustand nur leider nicht dagegen wehren. Julia zog mich einfach mit sich fort.

Als wir den Marktplatz erreichten, war das Geschrei schon groß, wie immer um die relativ späte Uhrzeit. Die Händler wollten lieber ihre noch vorhandene Ware reduziert loswerden, als sie wieder mit nach Hause zu schleppen. Zwei Blumenkohlköpfe wurden zum Preis von einem und Tulpen zum absoluten Tiefstpreis angeboten.

Zwischen den Marktschreiern und ihren bunten und vielfältigen Ständen entdecke ich Marion und Kuno, noch immer bei der Arbeit. An diesem Tag hatte sich die Politikerin in eine Kombination aus legerer Hose und Trachtenjanker geworfen. Sie sah aus, wie sich Großstadtpflanzen elegante Landmenschen vorstellen.

»Tina!«, rief Marion überrascht aus, als sie mich sah. Ich winkte und ging seufzend zu ihr hinüber. »Was machen Sie denn hier, stimmt was mit den Texten nicht?« Zwei steile Falten erschienen auf Marions Stirn und verschwanden sofort wieder, als ich sie diesbezüglich beruhigte. »Ich bin heute nur hier, weil ich noch ein bisschen Inspiration brauche für ein paar Unterschriften zu den Fotos.

»Ach so«, sagte sie zerstreut und posierte lächelnd, mit einem Korb voller Obst und Gemüse am Arm. Kuno knipste, wirkte an diesem Tag jedoch ziemlich ermattet. *Halt uns bloß nicht auf*, sagte sein Blick. Ich konnte mir schon gut vorstellen, dass er bereits einige anstrengende Stunden mit seinem Modell hinter sich hatte. »So, ich glaube, wir haben es«, sagte er fünf Minuten später erschöpft. Die letzten seiner Fotos zeigten Marion vor einem Stand mit buntem Paprika herzlich lächelnd, im Gespräch mit einem Biobauern.

»Wie wäre es mit einem Kaffee?«, fragte die Politikerin und stellte als Erstes den Korb ab. Kuno brummte etwas. Während er sein

Equipment einpackte, lotste Marion mich zu einem Wagen, der Kaffeespezialitäten anbot. Ich entschied mich für ein kaltes, griechisches Frappé, das mich nicht nur erfrischen sollte, sondern von dem ich mir auch noch einen magenschonenden Kreislaufkick erhoffte. Während Marion ihrerseits irgendetwas mit einer hohen Sahnehaube obendrauf an den kleinen Stehtisch balancierte, drängelten sich zwei Frauen an den Nachbartisch, ungeachtet der Tatsache, dass dort ein halbes Dutzend Rentner gerade fröhlich zechten und Kaffee-Kirsch orderten, als handele es sich um ein Fitnessgetränk. Ich wich Julias drängendem Blick aus. Man musste sich an das Thema herantasten, bloß wie?

Als eine große, ziemlich dürre Person mit einem roten Tuch im dunkelgrauen Haar in der sich langsam zerstreuenden Menge auftauchte, ergriff ich meine Chance. »Ist das nicht Elke-Maria Haberlein-Brumshagen, die derzeitige Sozialdezernentin?«, fragte ich Marion unschuldig. Die reckte den Hals, kniff die Augen zusammen und schüttelte dann den Kopf. »Sieht ihr nur auf die Entfernung ähnlich.«

»Sie ist ziemlich angesehen in der Stadt«, tastete ich mich weiter voran. »Was genau möchten Sie, Marion, eigentlich anders, oder soll ich sagen, besser, machen?« Unschuldig klimperte ich ihr über den Rand meines Frappéglases hinweg zu.

»Äh. Ich? Also ...« Marion zog es vor, zuerst ausgiebig von ihrer Sahnehauben-Kaffeespezialität zu kosten, bevor sie antwortete. »Eine gute Soziale Arbeit für die Stadt beinhaltet immer auch ein ausgewogenes Maß an Eigenverantwortung«, schwadronierte sie drauflos. »In diesem Sinne wünsche ich mir, dass viele Einrichtungen und Organisationen sich breiter aufstellen.« Erwartungsvoll sah sie mich an. Ich verstand nur Bahnhof. »Breiter aufstellen – wie kann man das verstehen?«, fragte ich.

Marion sah sich hilfesuchend nach Kuno um. Es war ihr anzumerken, dass sie keine Lust hatte, mit mir über dieses Thema zu reden.

Da sie sich andererseits von mir etwas erhoffte, wollte sie mich nicht verprellen. Eine gute Ausgangssituation für mich.

»Breiter, damit meine ich, also ...«, sie stellte ihre Tasse ab und leckte mit der Zungenspitze ein wenig Sahne von ihrer Oberlippe, »... besonders im Hinblick auf die Finanzierung. Wenn sich alle noch zusätzliche Sponsoren suchen, können wir das soziale und kulturelle Angebot der Stadt nicht nur beibehalten, sondern sogar erweitern. Wir schaffen damit kommunalpolitisch einen Gegentrend zu den andernorts geläufigen Einsparungen, die sich immer nur über die Schließung verschiedener Einrichtungen finanziert.«

Aha. Das verstand sogar ich. Die zukünftige Sozialdezernentin wollte die Finanzhähne zudrehen, gab aber den Schwarzen Peter an die betroffenen Organisationen weiter. Wer es nicht schaffte, andere Finanzierungen an Land zu ziehen, musste sich verkleinern oder dichtmachen. Nur eben so, dass man der Politikerin oder der Stadt keine Vorwürfe machen konnte. Man war ja selbst schuld. Ging es gut, heftete sich Marion den Orden an die Brust.

»Wie sieht das denn praktisch aus?«, stellte ich mich begriffsstutziger, als ich war, »Bei, sagen wir mal dem Frauenkulturhaus?«

Marion verschluckte sich bei meinem letzten Wort und ich musste ihr mehrfach kräftig auf den Rücken klopfen. Es machte so viel Spaß, ich ertappte mich dabei, stärker zuzuschlagen als notwendig. Marion schaute gequält und mit unter Wasser stehenden Augen zu mir hoch. Ihr Gesicht war hochrot angelaufen und fand nur langsam zu seiner Ursprungsfarbe zurück.

»Wie kommen Sie denn jetzt gerade darauf?«, würgte sie schließlich, immer noch leicht hustend, hervor. Ich tat naiv und zuckte die Schultern. »Fiel mir gerade so ein als Paradebeispiel. Dort treffen doch zwei Bereiche zusammen, für die Sie demnächst vermutlich verantwortlich sein werden. Kultur und Soziales.«

Marion hatte sich inzwischen erholt und tupfte sich mit einem Taschentuch die letzten Tränen aus dem Augenwinkel. »Stimmt. Ja.« Sie klang zerstreut, als habe sie das gar nicht mehr gewusst. »Also – wenn es nach meinen männlichen Parteifreunden ginge, dann müsste dieses Kulturhaus geschlossen werden. Die Details erspare ich Ihnen.« Ihre wegwischende Handbewegung wirkte unerbittlich, während sich am Nebentisch Julias und Ayshes Köpfe immer weiter in unsere Richtung drehten.

»Aber noch habe ich nicht die Hoffnung aufgegeben, das Frauenkulturhaus erhalten zu können.« Mit einem Ruck richtete sie sich auf und schob ihr Kinn wieder energisch nach vorne. Jetzt sah sie aus wie die Jeanne d'Arc der Frauenszene. »Dazu muss ich natürlich erst einmal gewählt werden.«

»Daran hat niemand Zweifel«, beeilte ich mich zu sagen. Dann setzte ich noch einen drauf und verkündete so laut, dass es auch an den Nebentischen jeder mitbekommen musste: »Wenn Sie es schaffen, den Erhalt des Frauenkulturhauses in Ihrem Programm zu verankern, sind Ihnen die Stimmen eines Teils der weiblichen Bevölkerung dieser Stadt auf jeden Fall sicher.« Marion nickte bekräftigend, aber jetzt wirkte sie mit den Gedanken weit weg. »Sie sehen das doch auch so, dass man diese Institution erhalten muss?« nutzte ich die Gelegenheit.

»Ja, natürlich. Das FKH braucht die Unterstützung der Sozialdezernentin. Keine Frage.« Marion wirkte zerstreut, als sie diese bedeutenden Worte sprach. Laut genug, sodass man mit gespitzten Ohren vom Nebentisch aus mithören konnte.

»Können wir fahren?«, unterbrach Kuno unseren Gedankenaustausch. Er war also heute nicht nur Fotograf, sondern auch Chauffeur. Marion trank ihren Kaffee aus, ihre Energie kehrte zurück und ließ ihre Haarspitzen knistern.

»Schön, dass Sie da waren, Tina«, sagte sie und wandte sich ab.

Da fiel ihr noch etwas ein. »Aber was genau wollten Sie denn jetzt heute noch wissen?«

Ich winkte beschwichtigend ab. »Alles paletti, mir ging es nur ums Flair, das zu inhalieren, wirkt sich immer besonders gut auf meine Texte aus.«

»Sie hat es gesagt!«

»Sie meint es nicht so!«

»Sie versucht doch nur, uns reinzulegen!«

»Warum sollte sie, sie hat keine Ahnung ...«

»Wir müssen herausfinden, was sie wirklich vorhat.«

Kaum war Marion Borgwald verschwunden, diskutierten wir uns die Köpfe heiß. Während ich, nicht ganz überzeugt, aber irgendwie gewillt, Marion zu glauben, ihre Worte bezüglich des Frauenkulturhauses für bare Münze nahm, waren Julia, Ayshe und die inzwischen zu uns gestoßene Charlotte ganz anderer Meinung. Unsere Diskussion wurde von den Rentnern am Nebentisch mit skeptischen Blicken verfolgt. »Lasst uns hier verschwinden, es muss ja nicht die ganze Welt mitbekommen, worum es geht«, schlug Ayshe nach einer Weile vor. Wir beschlossen, ins Frauenkulturhaus zu fahren. Dort fand sowieso eine Stunde später ein außerordentliches Treffen der Vereins-Mitweiber statt.

Charlotte verabschiedete sich mit einem »Bis später« und stolzierte davon. Ihre Goldlocken schwangen mit jedem Schritt sanft hin und her, was bei Julia um ein Haar zu Schnappatmung und Stielaugenverkrampfung führte. Ich nahm sie sanft am Arm und zog sie mit mir. Als Astrid mich im Frauenkulturhaus einlaufen sah, pfiff sie vielsagend durch die Zähne. »Hätte nicht gedacht, dich so früh am Tag zu Gesicht zu bekommen!« Dabei knuffte sie mich spielerisch in die Seite.

»Julia hat mich aus meiner Höhle geschleppt, um ein Statement von

Marion zu bekommen, ausgerechnet auf dem Wochenmarkt«, deutete ich meiner Liebsten zaghaft an. »Abgesehen davon werde ich die nächsten Tage garantiert kein einziges alkoholhaltiges Getränk zu mir nehmen.«

Astrid antwortete nichts, aber ihr Blick sprach Bände. Sie hielt es für eine sehr gute Idee.

»Wie ist die Stimmung hier?«, sagte ich und wechselte damit das Thema. Astrid zuckte die Achseln und nagte an ihrer Unterlippe.

»Ich fürchte, es wird ungemütlich. Viele der Frauen wirken angefressen.« Susanne war neben mir aufgetaucht und blickte mit leicht beunruhigter Miene auf die circa fünfzig Frauen, die sich im Raum verteilt hatten. Einige saßen bereits, andere standen in kleineren Grüppchen zusammen. Es lag eine fast greifbare Unruhe in der Luft. Olga winkte mir zu, Käthe war noch nirgends zu sehen.

»Kurz nachdem die Einladungen zu dieser außerplanmäßigen Versammlung raus waren, klingelten hier die Telefone heiß. Es war, als hätte man in ein Wespennest aus Vermutungen, Befürchtungen und Gerüchten gestochen. Einige der Vereinsfrauen haben bereits sehr deutlich klar gemacht, dass sie eine verbindliche Aussage von uns haben wollen. Darüber, wie es mit den Finanzen des Kulturvereins wirklich aussieht, wie ernst die Ankündigung, uns die Zuschüsse zu streichen, wirklich ist und wie wir uns gegebenenfalls dagegen wehren wollen«, sagte Astrid.

»Wie sollt ihr das denn beantworten können?« Susanne schüttelte verständnislos den Kopf.

»Die Stimmung ist zu aufgekocht, als dass sie uns heute ohne klare Ansage hier wieder rauslassen. Einige Frauen haben bereits mit der Kündigung ihrer Mitweiberschaft gedroht. Wenn wir die anteiligen Beiträge zurückzahlen müssen und keine neuen mehr hereinkommen, können wir heute Abend hier den Schlüssel gleich umdrehen. Oder aber, was noch schlimmer wäre, Käthe, Petra und ich werden abberufen«, fuhr Astrid fort.

»Geht das denn?«, wollte ich von ihr wissen.

»Ja, Tina, das geht. Wenn heute genügend Frauen zusammenkommen, kann darüber abgestimmt werden. Ein Misstrauensantrag und die anschließende Absetzung der Vorstandsfrauen. Das wäre das schlimmste Szenario. Denn dann fliegt nicht nur alles auf, schlimmer noch, wir könnten auch nicht mehr eingreifen.«

Besonders für Käthe und Petra, die schon so lange im Vorstand waren, wäre das ein echter Schlag ins Gesicht. Aber auch Astrid würde ich das nicht wünschen. Seit sie in den Vorstand gewählt worden war, verbrachte sie zwar viel Zeit im Kulturhaus, aber es machte ihr Freude, etwas zu bewirken und Verantwortung für einen Teil des lesbischen Lebens in unserer Stadt zu tragen. Inzwischen kündigte die Geräuschkulisse aus dem Versammlungsraum den Beginn der Sitzung an. Stühle wurden gerückt, ein paar neu hinzugekommene Frauen grüßten die bereits anwesenden, die Gespräche wurden durch leichtes Husten und Füßescharren unterlegt. Dann ging es los.

»Ich muss. Drück uns die Daumen«, flüsterte Astrid, küsste mich aufs Ohr und eilte hinein. Susanne und ich schoben uns durch den inzwischen voll besetzten Saal dorthin, wo Julia und Anne uns Plätze frei gehalten hatten. Olga schloss die Tür und platzierte sich mit verschränkten Armen davor.

Käthe saß auf einmal am Rednerpult, sie sah so schmal und durchsichtig aus, dass ihr mein ganzes Mitgefühl gehörte. Neben Käthe saß Ayshe. Die beiden waren eingerahmt von Petra und Astrid. Noch einmal überschlug ich kurz, wie viele Frauen im Raum waren, es mussten inzwischen um die achtzig geworden sein. Lilli sah ich ganz vorne sitzen, ohne ihre Freundin Claire, die vermutlich wieder in der Weltgeschichte herumflog. Martha fehlte, sie war Mitweib, wie es seit einem Jahr hieß, und zahlte ihren Beitrag, mehr aber auch nicht. Ich konnte nur hoffen, dass sie wenigstens ihr Stimmrecht auf Lilli übertragen hatte. Käthe klopfte mit einem Stift an ihr Wasserglas, zum Zeichen, dass die Versammlung begann.

»Liebe Vereinsfrauen«, fing sie an, »wir haben diese außerordentliche Versammlung einberufen, weil es innerhalb der vergangenen Wochen widersprüchliche Aussagen dazu gab, wie es mit dem lesbischen Kulturverein und damit auch mit dem Frauenkulturhaus weitergeht. Ganz besonders die vermeintliche Absicht der Politik, insgesamt im sozialen und kulturellen Bereich drastisch die Mittel zu kürzen, hat bei einigen von euch Befürchtungen ausgelöst. Und wir Vorstandsfrauen«, ihr Blick wanderte zu Petra und danach zu Astrid, die ihr beide kurz zunickten, »haben bisher keine wirklich befriedigenden Antworten darauf gehabt.«

»Das kann man wohl sagen!«, rief eine Frau in den Saal. Einige andere lachten. Käthe hob kurz die Hand und bat damit um Ruhe. »Um es gleich zu Beginn der Versammlung klar und deutlich zu sagen: Niemand kann im Moment genau wissen, wie sich das Sparprogramm der Kommune auf uns auswirken wird. Es gibt eine Reihe von allgemein gehaltenen Absichtserklärungen, aber keine offiziellen und detaillierten Statements der politischen Parteien. Vielmehr sieht es so aus, als ob viele Karten nach der Kommunalwahl neu gemischt würden.«

»Ah ja, und wer hält dabei die Herzdame in der Hand?«

Ich konnte nicht sehen, wer diese gehässige Bemerkung gemacht hatte, die wohl darauf abzielte, Käthe auf gemeine Art mit ihrer gescheiterten Beziehung mit Marion zu konfrontieren. Empört wandten sich ein paar der Anwesenden zu der Frau um, die den Kommentar von sich gegeben hatte und nun eher halbherzig abwiegelte. Käthe führte nun einige Punkte aus, die sich um Einnahmen und Ausgaben des Kulturhauses drehten, um die bisher bereits bestehende Pflicht, eigene Einnahmen zu erzielen, ein EU-Programm, für das man sich beworben habe und den leidigen Umstand, dass einige der Mitweiber ganz schön in Verzug mit der Überweisung ihrer Beiträge waren. Alles in allem, so lautete der Tenor, stünde man mit dem Rücken zur Wand. Das laufende Jahr, so ergänzte Petra noch, sei dennoch abgedeckt. Wenn aber der Zuschuss der Stadt wegfallen sollte, würde das nach derzeitigem Stand der Dinge die Schließung des Hauses im kommenden Jahr bedeuten. Unruhe brach unter den Frauen aus. Einige schimpften über die Politiker, andere wollten von den Vorstandsfrauen wissen, was sie zu tun gedächten, wieder andere diskutierten ihren Unmut mit ihren Sitznachbarinnen aus.

Ayshe Topcuk unterbrach das allgemeine Gemurmel, indem sie sich laut und klar vorstellte. »In meiner Funktion als Anwältin ist es an mir, alle rechtlichen Möglichkeiten auszuschöpfen. Schließlich ist das Frauenkulturhaus der einzige öffentliche Treffpunkt ausschließlich für Frauen, da kann sich die Politik nicht von heute auf morgen verabschieden. Darüber hinaus hängen an diesem Haus auch Arbeitsplätze.« Sie meinte Käthes und Petras halbe Stellen, von der getürkten Geschäftsführerinnenstelle sprach sie selbstverständlich nicht.

Nun übernahmen Astrid und Petra. Es wurden erste Überlegungen ausgesprochen, wie man die Finanzsituation des Kulturhauses verbessern könnte. Astrid hatte die Stichpunkte mit ihrer akkuraten Schrift auf einem Blatt des Flipcharts festgehalten, das sie nun aufschlug.

Freundinnen werben Freundinnen, stand da neben *Erhöhung der Mitweiberschaftsbeiträge* und *Anwerbung von Sponsoren*.

Die Frauen warfen noch weitere Ideen in den Raum, die Astrid gleich notierte. Schließlich war das ganze Blatt vollgeschrieben. Nun begannen die Debatten. »Jetzt zeigt sich wieder einmal das Grundproblem mit unseren Projekten«, raunte Susanne mir halblaut zu. »Die gängige Annahme lautet, Lesben haben kein Geld. Also sind sie auch nicht wirklich interessant für Sponsoren und Werbung. Und aus genau diesen beiden Gründen geht es allen Lesbenprojekten nicht besonders rosig.«

»Aber es gibt doch Frauen, die gutes Geld verdienen und öffentlich anerkannt sind«, wandte ich ein. Ich dachte dabei an Henriette und einige Frauen, die ich aus den Medien kannte.

»Siehst du eine von denen hier? Nein. Es gibt viele Gründe, warum erfolgreiche und/oder öffentlich bekannte Lesben sich nicht in einem lesbischen Verein engagieren oder Projekte finanziell unterstützen. Egal warum, es führt dazu, dass wir immer wieder an unsere Grenzen stoßen.«

Wie die Grenzen aussahen, war anhand der inzwischen lautstark geführten Diskussion unschwer zu erkennen. Was die Frauen auf keinen Fall tolerieren würden, war eine Erhöhung der Beiträge.

»Nur auf freiwilliger Basis«, krähte eine Frau in die Runde. Eine »de luxe« Mitweiberschaft schlug eine andere vor, war sich aber selbst nicht sicher, wie so etwas aussehen könnte. »Benefizveranstaltung«, »Vermietung von Räumen an andere Gruppen« und »mehr Wochenendkurse«, lauteten weitere Vorschläge. Es ging hin und her und am Ende hatte Astrid einige Maßnahmen eingekreist. Die galt es, auf Umsetzung zu prüfen, das war die Aufgabe des Vorstands. Andere Vorschläge waren durchgestrichen worden, sie fanden keine Mehrheit an der Basis. Doch wenn die vier Frauen vorne gedacht hatten, das wäre es jetzt erst einmal gewesen, irrten sie sich. »Was ist mit Marion Borgwald?«, erschallte die Stimme der Frau, die zuvor das mit der Herzdame in den Raum geworfen hatte. »Habt ihr mit ihr gesprochen? Können wir mit ihrer Unterstützung rechnen, wenn sie ins Rathaus einzieht?«

Ein Paukenschlag hätte nicht mehr Wirkung haben können als diese Worte. Käthe vorne am Tisch erbleichte ruckartig, nur zwei kreisrunde rote Flecken standen noch auf den Wangen. Petra blies die Backen auf und schüttelte, verständnislos über so viel Mangel an Fingerspitzengefühl, den Kopf. Astrid, die immer noch am Flipchart stand, starrte bekümmert auf die Fragestellerin, die sich jetzt auch noch erhoben hatte.

Ein leises Knurren ertönte aus Richtung der Tür. Dort stand Olga mit geballten Fäusten, als erwarte sie, gleich in den Kampf zu ziehen. Ihr finsterer Blick ruhte auf der Fremden, als wolle sie sie damit verdampfen. Unwillkürlich musste ich an eine lange zurückliegende Situation in einer Damentoilette denken, deren Zeugin ich einmal war. Nun, ich hoffte, dieses Mal würde keine Prügelei unter Frauen folgen.

Noch immer sagte niemand ein Wort. Ayshe suchte Julias und meinen Blick. In ihren Augen stand eine Frage. Julia, die die ganze Zeit über relativ gelassen neben mir gesessen hatte, kaute nun auf einmal so heftig auf ihrem Kaugummi herum, dass ihre Kiefermuskeln angespannt hervortraten.

»Was ist los?«, flüsterte ich ihr zu.

»Wir könnten die Vorstandsfrauen aus der Klemme holen, wenn wir die heutige Aussage von Marion verwenden.«

»Was spricht denn dagegen?« Immerhin war ich diejenige gewesen, der gegenüber sich Marion geäußert hatte.

»Charlotte. Sie will es exklusiv für die *Alternative.*«

Ach, daher wehte der Wind!

»Die kommt aber erst nächste Woche wieder raus. Bis dahin haben wir hier womöglich einen neuen Vorstand.« Julia ließ den Kopf zwischen ihren auf den Beinen aufgestützten Armen hängen.

Weiter vorne im Raum hatte die Rädelsführerin bereits Unterstützung gefunden. Zwei, drei weitere Frauen löcherten die arme Käthe immer wieder mit denselben Fragen. Petra versuchte, die Gemüter zu beruhigen, aber da hatte sie sich die Falschen ausgesucht.

»Wer ist denn diese Person«, wollte ich empört wissen.

»Sie heißt Lydia und ist Käthes Erzrivalin. Früher wegen Marion, danach im Kulturverein. Alles klar?«

Erschrocken wandte ich mich zu Susanne um, der sanftmütigsten Person, die ich kannte. Jetzt blitzten ihre Augen und ihre Stimme war hart wie Stahl.

»Wenn es ihr heute gelingt, Käthe als Vorstandsfrau abzusägen, lässt sie sich sofort selbst aufstellen. Dann Gute Nacht, Marie. Lydia ist egozentrisch und lässt nichts und niemanden neben sich gelten. Eine Domina, der es gefällt, die Peitsche zu schwingen. Also – im übertragenen Sinn.«

Mein Kopf schwang zurück zu Julia. »Sorry für Charlotte, aber das hier hat Vorrang.«

»Schon gut, Schwesterherz. Ich versteh dich.« Julia nickte mir mit einem tiefen Ausatmen zu. »Leg los, mach sie fertig«, fügte sie noch, halb scherzhaft, hinzu.

Ich stand auf. Ayshes dunkle Augen funkelten anerkennend. Käthe sah immer noch aus, als rutsche sie gleich vom Stuhl auf den Boden. Olga blinzelte mir verständnislos zu, sie hatte ja keine Ahnung, genau wie Petra, die mir nun das Wort erteilte. »Selbstverständlich wurde der Kontakt zu Marion Borgwald bereits hergestellt«, rief ich in den sich anbahnenden Tumult hinein. Ungefähr achtzig Köpfe wandten sich mir zu. Müde, aufgeregte, interessierte, ungläubige, aber auch ein paar aufmunternde Blicke trafen mich.

Einen Moment lang hielt ich mich an Astrids blauen Augen fest, dann wandte ich mich ganz direkt dieser Lydia zu, die mich mit starrem Blick ansah. Wir kannten uns nicht und ich muss gestehen, sie war mir auf Anhieb unsympathisch. Dass das auf Gegenseitigkeit beruhte, entnahm ich ihrer nächsten Bemerkung. »Oh, unsere kleine Teilzeit-Lesbe meldet sich zu Wort«, spuckte sie in meine Richtung. Mir war, als schwanke der Boden unter meinen Füßen. Was war das denn für eine schlimme Person?

»Schlampe!«, murmelte Susanne neben mir. Dann stand sie auf und stellte sich, mit demonstrativ verschränkten Armen, neben mich. Anne und Julia taten es ihr gleich. Vorne erhob sich Lilli. Sie sah Lydia direkt an. »Es gibt keinen Grund für deinen aggressiven Ton und solche Anfeindungen«, sagte sie ruhig. Lillis Stimme hatte normalerweise Gewicht bei den Frauen. Sie war durch ihre selbstbewusste und gleichzeitig ruhige, ausgleichende Art bei allen, die sie kannten, geschätzt und beliebt. Tatsächlich nickten einige der Umstehenden anerkennend. Nicht so Lydia, die hörte gar nicht hin, die war auf ihrem eigenen Trip. Olga mimte im Hintergrund einen Schwinger, der diese Lydia zu Boden geworfen hätte, hätte er sie erreicht.

Um Himmels willen!, dachte ich, nicht schon wieder eine solche Auseinandersetzung. Ob der nette, schwule Dienststellenleiter der Polizei mich auch dieses Mal wieder so schnell aus der Arrestzelle holen würde? Darauf wollte ich mich nicht verlassen. Lydia sah irritiert zu den Frauen, die sich aufgrund von Lillis Worten nach und nach erhoben, um sich mit mir solidarisch zu erklären. Dass sie Lydias Verhalten missbilligten, stand ihnen dabei ins Gesicht geschrieben.

»Also, ich weiß ja nicht, warum du mich so krass angreifst«, sagte ich nun, so ruhig es eben ging, in Richtung Lydia. »Wenn es etwas Persönliches ist, lass es uns später klären. Hier ist weder der Ort noch die Zeit für Animositäten. Hier geht es um wichtigere Dinge. Wenn ich das mal in Erinnerung rufen darf!« Den letzten Satz hatte ich schärfer ausgesprochen und er verfehlte seine Wirkung nicht. Lydias Blick wandelte sich, sie hatte begriffen, dass ich nicht auf ihre Spielchen einging. Im Hintergrund zog Astrid pantomimisch einen Hut.

»Ich selbst habe heute Morgen mit Marion Borgwald gesprochen. Sie hat mir persönlich versichert, alles daran setzen zu wollen, das Kulturhaus zu erhalten«, fuhr ich fort.

Ein Raunen ging durch die Menge.

»Pah, das kann ja jede behaupten. Wir wissen doch, dass du und Astrid«, Lydias Arm zeigte nach hinten in die Richtung meiner Liebsten, »ein Paar seid. Da erzählt man gerne mal etwas, was einer Vorstandsfrau, die nicht abgewählt werden will, in den Kram passt. Wer sagt uns denn, dass das, was du gerade erzählt hast, stimmt?«

Ihr Mund verzog sich zu einem gehässigen, kalten Strich.

»Ich!«, rief Ayshe und schlug mit der flachen Hand auf den Tisch.

»Und ich!« Julia trat von einem Bein aufs andere und legte den Kopf schräg. Ihre Augen blitzten angriffslustig. »Wir beide waren heute Morgen dabei, als Tina und Marion sich über dieses Thema unterhalten haben.«

Jetzt kam Bewegung in die Frauen. Einige, die Lydia bis eben offen unterstützt hatten, wandten sich demonstrativ ab, während andere bei ihrer Haltung blieben. Überall in den Reihen wurde getuschelt.

»Abwahl. Das also stellt sie sich tatsächlich vor«, knirschte es zwischen Susannes Zähnen hervor. »Wenn sie sich damit mal nicht ins eigene Fleisch schneidet.«

»Ich stelle dennoch einen Misstrauensantrag. Das bestehende Vorstandsgremium sollte abgewählt und ein neues installiert werden.«

Lydia gab nicht klein bei. Sie musste den Hauch einer Chance für sich erkennen, anders wäre ein solches Vorgehen nicht zu erklären.

»Okay. Abstimmung nach der Pause, in fünfzehn Minuten«, übernahm Petra das Ruder. Käthe sah aus, als habe ihr jemand die Luft abgelassen.

Die Frauen fanden sich nun wieder in Grüppchen zusammen, überall wurde erregt debattiert. Während die Raucherinnen eilig den Raum verließen, um im Freien ihrem Laster zu frönen, stärkte sich die Koffeinfraktion an den bereitgestellten Kannen.

»Los, wir gehen ins Büro.« Susanne zog Anne mit sich, Julia und ich eilten hinter ihnen her eine Etage höher, wo sich die Büroräume des lesbischen Kulturvereins befanden. Auf der anderen Seite tagten die *Pink Guys*. Zwei kamen uns, in eine angeregte Diskussion vertieft, entgegen. Den einen kannte ich, es war Günther, der Polizist. Der neben ihm kam mir zwar bekannt vor, aber mir fiel sein Name nicht ein.

Olga und Petra schleppten Käthe mehr ins Büro, als sie selbst gehen konnte. Astrid, Julia, Susanne, Anne, Ayshe und ich folgten ihnen. Lilli, die ebenfalls zu uns kam, schloss nachdrücklich die Tür, sodass die Geräuschkulisse der aufgeregt debattierenden Frauen aus dem Treppenhaus nun nur noch leise im Hintergrund zu hören war.

»War doch klar, dass das heute passiert«, verkündete Petra und fuhr sich mit beiden Händen durch das grau-braune Haar. »Lydia ist schon so lange scharf auf den Posten hier.«

Sie, Astrid und Käthe wechselten bedeutungsvolle Blicke. Blicke, die auf einmal auch ich verstand. Falls Lydia zur Vorstandsfrau gewählt wurde, hätte sie Zugriff auf sämtliche Unterlagen des Frauenkulturhauses.

Nicht auszudenken, was mit Käthe, Petra und Astrid passieren würde, wenn diese schreckliche Person die Details der sogenannten kreativen Finanzplanung kannte. Auf keinen Fall durfte das geschehen! Ayshe versenkte sich schweigend in die Statuten des Vereins, während Lilli und Astrid versuchten, ein mögliches Ergebnis vorherzusagen. Anhand der Anwesenheitsliste gingen sie die Frauen einzeln durch.

»Die hier stimmt auf jeden Fall für Lydia, die ganz sicher nicht, diese beiden kann ich nicht einschätzen«, murmelte Astrid und Lilli fertigte Strichlisten an. Danach nahmen sich Petra und Käthe die Namen der Frauen noch einmal vor, die als nicht einschätzbar galten.

»Und – wie sieht es aus?«

Die vier Frauen wechselten bedeutsame Blicke.

»Eng. Sehr eng. Normalerweise könnten wir uns auf den Großteil dieser Frauen hier verlassen.« Petra tippte mit dem Finger auf die Liste der *Unentschiedenen.* »Da unsere Situation sich aber so schlimm darstellt, möchte ich nicht darauf wetten.«

»Lilli, hast du Marthas Stimmrecht?«, fragte ich.

Lilli nickte. »Und das von Claire«, ergänzte sie.

»Das sind noch zwei Punkte für uns«, murmelte Astrid.

»Ayshe, bist du schon Mitweib?«, wollte Julia wissen. Die Rechtsanwältin lief bei dieser Frage so knallrot an, dass sich jede Nachfrage erübrigte. »Wäre auch nicht so gut, denn dann wäre ich womöglich befangen«, meinte sie noch.

»Warum machen wir eigentlich so ein Geschiss um diese Marion?«, fragte ich, mit einem Mal verärgert. Es stand hier so viel auf dem Spiel, kam es da wirklich auf die Meinung von Käthes Ex an? »Wir könnten sie doch ganz elegant um ihre Kooperationsbereitschaft bitten.« Alle Augen waren nun auf mich gerichtet.

»Und wie, bitte schön, stellst du dir das vor?« Käthe war aus ihrer Lethargie erwacht.

»Ganz einfach. Sie scheint ja einen derartigen Horror davor zu haben, als Lesbe – oder vielleicht auch ehemalige Lesbe, so genau weiß das ja niemand von uns – geoutet zu werden. Und hier sitzen eine ganze Menge Frauen herum, die genau das könnten. Na, wie wäre das?«

Petra wandte sich betreten ab und Astrid formte mit den Lippen ein O. Der Rest der Anwesenden starrte mich unbewegt an. Ich dachte schon, sie hätten mich nicht verstanden. Darum legte ich nach. »Wir drohen Marion damit, sie zu outen, wenn sie nicht im Gegenzug ihre Hilfe zur Rettung des Kulturhauses zusagt!« Ich zog die Brauen hoch und lächelte siegesgewiss. Heute war mein großer Tag. Ich würde, fast im Alleingang, das Frauenkulturhaus retten. Doch warum wollten die anderen nicht in Jubel ausbrechen?

»Tina!« Das war Astrid. Sie trat nun zu mir und fasste mich leicht am Arm. So, wie man es mit älteren oder gebrechlichen Menschen macht, um sie über die Straße zu führen. »Das geht nicht!«

Petra sah immer noch aus dem Fenster, sie schüttelte leicht den Kopf. Suse, Anne und Lilli wirkten angespannt, Julia abwesend. Und Ayshe las immer noch in ihren Papieren. Käthe hingegen erhob sich mit ungeahnter Dynamik aus ihrem Stuhl. »So etwas wie ein Zwangsouting? Ja? So in der Art ›Seht her, da ist eine, die will Politikerin werden und hat dafür sogar geheiratet, aber wir verraten euch ein Geheimnis – früher war sie mal homosexuell‹. Meintest du so etwas?«

Mir schwante, dass ich in irgendein Fettnäpfchen getreten war. Aber verdammt nochmal, in welches?

»Wir outen niemanden«, klinkte sich Petra aus dem Hintergrund dumpf in das Gespräch ein.

Sie wandte mir ihr Gesicht zu, das sie nun in besorgte Falten gelegt hatte. Vielleicht dachte sie gerade daran, dass ich mich als Neu-Lesbe doch so gut in ihrer Coming-Out-Gruppe gemacht hatte. Und nun das!

»Niemals und unter keinen Umständen. Das wäre lesbenpolitisch absolut nicht korrekt und ist für uns das totale Tabu.«

Peng. Das saß. Astrid sah mich betrübt an und nickte bestätigend. Käthe ließ mit einem lauten »Pffft«, die angestaute Luft aus ihren Lungen weichen. Lilli sagte nichts, sah mich wenigstens aber auch nicht so strafend an wie Olga. Julia legte mir den Arm um die Schulter und flüsterte mir »Kopf hoch« ins Ohr.

So kann es gehen. Eben noch war ich die Heldin im Saal, jetzt bereits musste ich mich im Hinterzimmer schämen.

»Was machen wir denn jetzt?«, kam Astrid wieder aufs eigentliche Thema zurück.

»Wenn Lydias Vorschlag eine Mehrheit findet, lassen wir abstimmen!« Ayshe war mit einem Ruck vom Tisch gerutscht, immer noch einen Stapel Papiere in der Hand.

Käthe drehte sich verwirrt um sich selbst. »Sollte ich schon mal den Reißwolf anwerfen?«, fragte sie halblaut zu Petra hinüber.

»Mach das nicht, das wäre dann nämlich wirklich schlimm«, meinte Ayshe kühl und pragmatisch.

»Wir können doch Lydia nicht das Feld überlassen«, empörte sich Susanne. Noch nie hatte ich sie so gesehen. Diese Lydia, das war schon einmal klar, die hatte sie gefressen.

»Wir gehen da jetzt raus und lassen abstimmen. Erst über das Misstrauensvotum. Und wenn ihr das verliert, dann setzen wir das Prozedere für einen neuen Vorstand in Gang.« Ayshe war kühl bis ans Herz. »Aber vorher muss ich mit den drei Vorstandsfrauen noch kurz alleine sprechen.«

Während Astrid, Petra und Käthe im Büro blieben, gingen wir anderen hinaus. Fünf Minuten später hatten alle wieder ihre Plätze eingenommen. Ein Raunen und Summen lag in der Luft, die Spannung war mit Händen greifbar. Dann erhob Ayshe sich und verkündete, gemäß den Statuten nun über den Misstrauensantrag abstimmen lassen zu wollen. Die Vereinsregularien sahen dazu eine offene Abstimmung vor, wobei sich die Vorstandsfrauen selbst enthalten mussten.

»Die einfache Mehrheit genügt«, raunte mir Susanne erinnernd zu. Mir kribbelten die Hände und Füße. Vor allem, weil ich mich mit meinem Vorschlag so saudämlich benommen hatte.

»Wer ist für den Antrag und damit dafür, die jetzigen Vorstandsfrauen abzuwählen?« Erschrocken hielt ich die Luft an, als sehr viel mehr Arme in die Höhe schossen, als ich vermutet hatte. Ayshe blieb cool, sie zählte gewissenhaft alle Meldungen und hielt das Ergebnis auf ihrem Block fest, während Petra die Meldungen mit der Namensliste abglich und dort Häkchen verteilte. »Gegenprobe. Wer ist gegen den Antrag und damit dafür, das bestehende Vorstandsgremium im Amt zu belassen?«

Mein Arm fuhr nach oben, mit vielen anderen zusammen. Ayshe zählte noch einmal durch, Petra notierte alles. »Das Abstimmungsergebnis im Raum lautet 53 zu 47 Stimmen bei drei Enthaltungen. Für die Abwahl der Vorstandsfrauen.« Ayshes Stimme schwebte im Raum und webte einen dunklen Teppich über mein Gemüt. Das konnte doch nicht wahr sein!

»Allerdings haben wir hier noch eine Reihe von Stimmübertragungen.« Schlagartig verstummte das Jubelgeschrei, das die Lydia-Fraktion gerade hatte anstimmen wollen. »Unter Berücksichtigung aller Stimmen, die im Vorfeld übertragen wurden, lautet das Ergebnis ...« In der Stille, die im Raum herrschte, hätte man eine Stecknadel fallen hören können. »... 55 zu 55!«, ließ Ayshe die Bombe platzen.

»Göttinseidank«, murmelte Susanne neben mir.

»Ich glaube nicht, dass das reicht«, warf Julia von der anderen Seite her ein. Sie hatte recht.

»Wiederholen!« schrien ein paar Frauen. »Schiebung«, skandierte eine Gruppe von fünf anderen. »Das geht so nicht«, schnaubte jemand hinter mir.

»Meine Damen! Ruhe bitte!« Ayshes Augen funkelten zornig und sie schlug mehrfach mit der Hand auf den Tisch. »Es gibt aber noch etwas, das berücksichtigt werden muss.« Langsam kehrte Ruhe ein. Ayshe räusperte sich. »Gemäß den Statuten berechtigt nämlich nicht alleine die Mitweiberschaft zur Stimmabgabe.« Petra beugte sich zu ihr und schob ihr einen Zettel zu, wobei sich die Frauen wortlos über etwas zu verständigen schienen. Schon wieder schwoll die Geräuschkulisse an, fragende Bemerkungen wurden ausgetauscht, »Was soll das heißen?«, fragte sich auch Julia. Ich zuckte die Schultern.

»Es heißt hier in Paragraf 19 der Vereinbarung, dass nur diejenigen Mitweiber abstimmen dürfen, die, ich zitiere, *zum Zeitpunkt der Versammlung sämtliche bis zu diesem Termin aufgelaufenen Beiträge entrichtet haben.*«

»So ein Blödsinn«, schrie Lydia.

»Was soll das heißen«, verlangten andere zu wissen.

»Ich glaube, ich habe den Vertrag gar nicht richtig gelesen«, stellte ich fest.

»Im Klartext bedeutet das: Alle diejenigen Frauen, die ihre Beiträge pünktlich bezahlt haben, sind stimmberechtigt. Die anderen nicht.« Jetzt hatte Ayshe unsere volle Aufmerksamkeit. Es wurde mucksmäuschenstill im Raum. »Unter Berücksichtigung dieser Tatsache lautet das endgültige Ergebnis 49 zu 54. Der bisherige Vorstand bleibt somit im Amt.«

Nach dieser Nervenprobe mussten wir Käthe fast schon aus dem Kulturhaus tragen. Es schien, als habe sie bei der Diskussion ihr letztes Quäntchen Energie verbraucht. Lilli fuhr sie nach Hause, Olga quetschte sich auch noch dazu und brachte den Kleinwagen fast zum Bersten. Sie rief uns zu: »Das muss gefeiert werden. Lasst uns heute Abend abhotten gehen!«

Mir war immer noch ganz elend. Auf der Heimfahrt in Astrids Taxi fragte ich noch einmal nach. »Das mit dem Outing, dieses Tabu, das ist also ein ungeschriebenes Gesetz?« Julia ließ vom Rücksitz aus ein zustimmendes Brummen hören. Astrid erklärte es mir genauer. »Trotz unterschiedlicher Auffassungen, die es durchaus gibt, wie man heute wieder gesehen hat, gibt es einen übergreifenden Konsens. Wie, wann, wo und wem gegenüber sich eine outet, bleibt jeder Frau selbst überlassen. Tut sie es nicht, wird sie ihre Gründe haben. Das verstehen nicht alle, aber es wird respektiert und akzeptiert. Der zweite Aspekt dabei ist folgender: Wir empfinden es nicht als eine Sache, die jedermann etwas angeht, weil wir unseren Lebensstil als normal ansehen. Wer sich so betrachtet, hat für ein Outing von dritter Seite gar kein Verständnis, denn damit würden wir Zugeständnisse an diejenigen machen, die das mit Sensationslust verfolgen. Dem soll gar keine Nahrung gegeben werden.«

Das alles leuchtete mir ein. »Was ist mit Charlotte?«, wollte ich von Julia wissen. »Sie unterliegt doch nicht diesem Ehrenkodex.«

Julia hüstelte erschrocken, vielleicht hatte sie sich an dem Karamellbonbon verschluckt, das sie gerade lutschte. »Charlotte weiß nichts von Marions früherer Beziehung zu Käthe«, antwortete sie, als sie sich wieder beruhigt hatte.

»Du hast ihr nichts erzählt und sie kennt Marions Geschichte auch nicht?«, staunte ich.

»Nö«, erklang es kurz angebunden von hinten. »Du darfst nicht vergessen, dass Marion viele Jahre woanders gelebt und inzwischen den Namen ihres Mannes angenommen hat. Wer sie nicht direkt kannte, wird gar nicht wissen, dass sie damals den lesbischen Kulturverein mitbegründet hat«, warf Astrid ein.

»Und selbst wenn, nach außen hin ist das FKH ja kein reiner Lesbentempel«, fügte Julia hinzu. Kaum angekommen, verschwand Julia eilig nach oben in ihre Wohnung, wo sie Charlotte und Susanne erwartete. Die hatte mir im Frauenkulturhaus bereits zugeflüstert, dass die Veranstaltung bei *Platin Invest* ziemlich *hammerhart* gewesen sei. Auf einen Schlag wirkte auch Astrid ziemlich erschöpft. »Das war ganz schön knapp«, murmelte sie. »Aber ich weiß genau, dass Lydia nicht locker lassen wird. Sie will Käthe aus dem Vorstand drängen. Ist nur noch eine Frage der Zeit, bis sie die nächste Attacke reitet.«

»Wie gut, dass Ayshe diesen Paragrafen gefunden hat.«

Astrid lachte kurz auf. »Ich glaube, wir wussten noch nicht einmal selbst, dass diese Klausel drinsteht. Es gab seit Bestehen des Vereins nie ein Misstrauensvotum gegen die Vorstandsfrauen. Noch nie! Ich glaube, Käthe ist innerlich Achterbahn gefahren bei der Abstimmung.«

»Du nicht?«

»Ach Tina. Ich bin gerne im Vorstand, aber es ist nicht mein Leben. Natürlich hätte ich es bedauert, abgewählt zu werden, mich darüber geärgert. Vor allem, wenn es auf eine so fiese Art und Weise geschehen wäre. Aber ich arbeite dort ja ehrenamtlich und hänge nicht mit Zähnen und Klauen daran. Nicht so wie Käthe. Aber die Auszählung, die war heftig.« Nach der ganzen Aufregung sah Astrid ein wenig erhitzt aus. Ihre kurzen, blonden Haare standen keck auf dem Kopf. Mit einem Mal fühlte ich eine heftige, warme Welle der Zuneigung über mir zusammenschlagen. Ich tupfte meinen Zeigefinger auf Astrids Nase, dort, wo sich ihre Sommersprossen tummelten. Von denen gab es noch mehr, an wundervollen anderen Stellen ihres schlanken Leibes.

»Wie wäre es eigentlich mal wieder mit einer anderen Auszählung?«, fragte ich meine Liebste. »Eine, die sich mit den kleinen Punkten auf deiner Schulter befasst.« Ich senkte meine Nase in die kleine Kuhle neben Astrids Hals und sog den Duft ein, eine Mischung aus ihrer Haut und ihrem frisch gewaschenen T-Shirt. »Sag bloß, du bist schon wieder fit?«, grinste sie mich an. Wie ich dieses Grinsen liebte! Die Nase zog sich ein bisschen kraus dabei und Astrids blaue Augen blitzten. »Ich zeig dir gleich, wie fit ich bin«, murmelte ich, die Lippen schon auf Astrids Mund, meine Hände auf ihrem Rücken. Wir schafften es nicht mehr ins Schlafzimmer, wir blieben auf der Couch.

»Erdbeeren«, seufzte Astrid. »Mit Bitterschokolade und Chili. Und Pralinen mit ... ich kann es gar nicht genau herausschmecken, was das ist. Wie kommt man nur auf solche Ideen?« Wir lagen auf der Couch, immer noch leicht erhitzt und nackt, wie die Göttinnen uns geschaffen hatten. Im Hintergrund sang Alice mit aufregend heiserer Stimme *Nel resto del tempo* und so fühlte auch ich mich – so, als könne alles so bleiben, wie es gerade war. Auf Astrids beneidenswert flachem Bauch stand eine kleine Glasschüssel mit schokolierten Früchten.

Erdbeeren sagt man nach, dass sie erotische Gefühle wecken. Bitterschokolade in kleinen Mengen regt die Sinne an. Chili entfacht Flammen der Leidenschaft. Macawurzeln und Tonkabohnen steigern die Liebeslust.

Während Astrid mit lustvollem Schmatzen den Inhalt der Schüssel dezimierte, grinste ich zufrieden in mich hinein. Zwar hatten wir für unser leidenschaftliches Intermezzo kurz zuvor keine kulinarische Unterstützung benötigt, aber wer sagt denn, dass man an einem Nachmittag nur einmal miteinander tanzen konnte? »Mehr davon«, stöhnte Astrid jetzt und ich wusste nicht, ob sie die Erdbeeren meinte oder die Tatsache, dass meine Fingerspitzen bereits wieder auf Wanderschaft ihre langen Schenkel hinauf gegangen waren. »Noch mehr Erdbeeren?«, fragte ich meine Liebste, die ihren Körper sehnsuchtsvoll in meine Richtung bewegte. »Später«, sagte Astrid und hob meine andere Hand, um mir zart in die Fingerspitzen zu beißen. Es wurde dann sehr viel später.

Yeah, here she goes! Im *Honeybush*, dem angesagtesten Frauenclub der Stadt, dampfte die Luft. Auf der Tanzfläche zuckten die Leiber der Frauen unter dem Stroboskop zu megalauter Musik, die aus den Lautsprechern dröhnte. Julia tanzte in meiner Nähe, die Arme hoch in die Luft erhoben, ihre schmalen Hüften zuckten wie unter Strom. Charlotte war ebenfalls mitgekommen, saß aber an der Bar und verfolgte das Schauspiel mit gewohnt mürrischer Miene. Marthas blondes Haar flog glänzend über dem frisch rasierten Nacken. Vor ihr drehte sich Ayshe, mit Augen wie schwarze Seen. Um ihre Taille lagen Marthas Hände, die langen Finger gespreizt, als hielten sie eine kostbare Frucht, die zu verspeisen sie sich anschickte.

Wetten, dass Martha sie heute knackt, sagten Astrids Augen.

Oh ja, und übermorgen wird sie Mitweib im Kulturhaus, antwortete ich ihr auf dieselbe Weise.

Irgendwo im Getümmel musste auch Olga sein, sie war an diesem Abend ein bisschen betrübt, weil es ihr nicht gelungen war, Käthe mitzubringen. Die sei zu erschöpft, hatte Olga geklagt. Vielleicht hätte es ihr ja gut getan, zusammen mit uns abzuhotten. *I'll make you scream*, versprach Ushers Stimme, die die ausgelassene Menge tatsächlich zum enthemmten Schreien brachte. *Ooh baby, baby.*

Ich schwang meinen Körper und fühlte mich leicht und glücklich wie schon seit Tagen nicht mehr. Meine Arme flogen nach oben und peitschten die Luft. Astrid warf den Kopf herum und sang enthemmt mit. *Ooh baby, baby.*

Sie drehte sich vor mir, und ich starrte ungeniert auf den süßen Hintern, der sich in der engen Jeans so verlockend hin und her bewegte. Wir alle stampften und trampelten zur Musik, sangen mit, laut und vermutlich falsch, kreischten und zogen Grimassen und mir wurde in diesem Moment fast schmerzhaft glücklich bewusst, wie aufgehoben ich mich in dieser Gemeinschaft von Frauen fühlte. Was mochte Marion bewogen haben, das alles aufzugeben?

Kapitel 11

Den Sonntagvormittag verbrachten Astrid und ich ungestört. Nach einem langsamen und prickelnden Erwachen frühstückten wir im Bett, wobei ich meiner auch an diesem Morgen äußerst heißblütigen Geliebten einen Fruchtsalat aus Feigen, Mangos und Litschis mit Gojibeeren servierte.

Astrid fand es ungewöhnlich, aber lecker und bestätigte mir danach die Annahme, diese Früchte gehörten zu denjenigen, *die legendäre luststeigernde Wirkung* besaßen. Am frühen Nachmittag verabschiedete sich meine Liebste, angenehm erschöpft, wie sie sagte, um in ihre eigene Wohnung zu fahren. »Irgendwie unpraktisch, diese ewige Hin- und Herfahrerei«, befand sie noch im Weggehen, wobei sie zwei Mal zurückkam, um mir einen letzten und dann einen allerletzten Kuss zu geben. Ach! Ich schwebte auf Wolke Sieben! Wenn nur der lästige Alltag nicht wäre, der einen immer wieder zwang, die rosarote Brille zwischendrin abzunehmen.

Tatsächlich kam der ernste Teil des Lebens kurz danach in Form meiner demnächst angeheirateten Stiefschwester Julia daher. »Wir haben gestern Nachmittag bei dir geklingelt«, ließ sie mich wissen.

Ich hatte Besseres zu tun, dachte ich in angeregten Erinnerungen versunken. »Susanne war da und hat von ihrer Infoveranstaltung berichtet«, fuhr Julia fort. *Ich könnte dir ganz andere Dinge berichten, wenn ich wollte.*

Langsam und widerwillig riss ich mich aus meinen lustvollen Erinnerungen und konzentrierte mich auf das, was Julia mir sagen wollte. Susannes Undercoveraktion war recht erfolgreich gewesen. Wie sich herausstellte, hatte man den Anwesenden bei der Veranstaltung ganz viel darüber erzählt, wie leicht man doch bei *Platin Investment* sein Geld verdienen könne.

»Sie sollten doch tatsächlich gleich irgendwelche Listen anfertigen, mit Namen und Anschriften von Freunden und Bekannten.«

»Wozu das denn?«

»Damit die Firma *Platin Investment* sich dort unter Berufung auf die Freunde melden und ihre Finanzprodukte anbieten kann.«

»Ist das nicht verboten?«

»Es ist nicht wirklich legal, aber den Ärger haben meistens diejenigen, die so leichtfertig mit den Daten ihrer Bekannten umgehen.«

Ich dachte an verschiedene Netzwerke im Internet, wo die Leute noch viel blauäugiger noch wesentlich mehr über sich und andere preisgaben und schüttelte mich innerlich.

»Wer dort einsteigt, darf seine Freunde natürlich selbst anrufen, selbstredend, um dabei gleich die ersten Aufträge zu akquirieren.«

Um richtig einzusteigen, bot man den hoffnungsvollen Finanzvermittlern *vertiefende Seminare* an.

»Das erste dieser sogenannten Seminare ist kostenfrei, danach kostet es richtig Geld. Man wirbt damit, dabei den hoffnungsvollen, angehenden Finanzberatern alles beibringen zu wollen, was man für das Geschäft so braucht.«

Ich ahnte, worauf das hinauslaufen konnte. Die Leute investierten in der Hoffnung auf einen Job erst einmal Geld und mussten dann auf Teufel komm raus Verträge an Land ziehen. Wenn nicht, hatten sie nicht nur kein Einkommen, sondern auch noch Schulden. »Das darf doch nicht wahr sein!«, sagte ich empört.

»Susanne hat Blut geleckt bei ihrem Geheimauftrag«, fuhr Julia fort. »Sie wird gleich am Dienstag wieder zu *Platin Investment* gehen, um denen dort etwas genauer auf den Zahn zu fühlen.«

»Seid ihr denn auf der richtigen Spur?«

Julia bejahte. »Charlotte hat sich alles aufgeschrieben. Es deckt sich 100 %-ig mit dem, was ihr früherer Interviewpartner erzählt hat. Die

Alternative wird nächsten Samstag mit einem entsprechenden Aufmacher herauskommen.«

»Apropos Charlotte ...«, fragte ich zaghaft.

Julia lief knallrot an und druckste herum. »Also, gestern Abend in der Disco, das hat ihr schon gut gefallen ... »

»... aber nicht so gut, dass sie mit dir nach Hause gehen wollte?«

»Mpf«, machte meine Nachbarin, Freundin und demnächst angeheiratete Stiefschwester, emotional sichtlich angeschlagen. »Wenn ich nur nicht so verknallt in sie wäre. Ich kann schon an gar nichts anderes mehr denken. Wie sie sich bewegt, wie sie duftet. Dieser Mund. Dieses Haar ... manchmal knistert es unter meinen Fingerspitzen.« Schwärmerisch ließ sie den Mund offenstehen, was ihr leider nicht besonders gut stand.

»So nah seid ihr euch schon gekommen?«, staunte ich.

»Nah? Ne! Eigentlich ... ich fasse sie manchmal an, wenn sie es nicht merkt. Also ... ihre Locken. Nicht, dass du denkst ...«, stammelte es.

Ach herrjeh! Sollte ich Julia ein bisschen unter die Arme greifen? Ihr ein paar von meinen Pralinen für das nächste Treffen mit ihrem Rauschgoldengel mitgeben? Vermutlich keine gute Idee, Julia konnte sich ja so schlecht beherrschen. Dann wäre die Schale leer, bis Charlotte eintraf. Und Julia? Die würde womöglich alle Hemmungen verlieren und sich wie ein brünstiges Rentier auf ihren Engel werfen. Nein, kam nicht infrage.

Wenn ich Julia, sogar gegen meine eigene Überzeugung, bei ihrem Liebesgeplänkel unterstützend unter die Arme griff, dann nur so, dass die aphrodisierenden Leckereien auch den richtigen Weg fanden. In dieses meist mürrisch verzogene Schnütchen, an dem sich aber laut Julia »die Oberlippe ein ganz kleines bisschen und sehr sexy nach oben wölbt.«

Ob Martha am Vorabend mehr Glück und die spröde Ayshe in ihr viel frequentiertes Bett gelotst hatte? Julia wusste es nicht, es interessierte sie nicht, sie hatte nur Augen und Ohren für Charlotte gehabt.

Kapitel 12

Die neue Woche begann mit einem Anruf von Henriette. Ihr Cateringservice hatte bekanntermaßen den Auftrag übernommen, am darauffolgenden Freitag eine Veranstaltung von Marion Borgwalds Partei auszurichten. Eine gute Woche später sollte die Kommunalwahl stattfinden. »Tina, wir müssen unbedingt über den Ablauf des Abends sprechen«, sagte meine Chefin.

Das Büffet stünde bereits zum größten Teil fest, sie bräuchte nur noch ein, zwei Vorschläge für leckere und ungewöhnliche Desserts, das sei ja meine Spezialität. Ich dachte kurz daran, Feigen, Litchis und Erdbeeren in Chili-Schokolade vorzuschlagen, verwarf den Gedanken aber gleich wieder. Wer weiß, was für Auswirkungen das auf die erlesene Gesellschaft haben würde. Nach meinen Erfahrungen mit Vera und Astrid sollte ich meine neu gewonnenen Erkenntnisse vermutlich sowieso nur noch ganz gezielt einsetzen.

»Diese *Neue Konservative* hat alles eingeladen, was in der Stadt Rang und Namen hat. Wir dürfen uns da keinesfalls blamieren«, plapperte Henriette weiter. Ich beruhigte sie. Mir würde schon etwas einfallen, das dann noch rechtzeitig in der großen Küche des Cateringservice zubereitet werden konnte.

»Ich habe zusätzlich zum Stammpersonal bereits zwei Aushilfsköche engagiert«, informierte mich meine Gesprächspartnerin noch, bevor sie mit einem »Muss jetzt auflegen, bekomme gerade Besuch«, das Gespräch beendete.

Während ich mir gleich ein paar Notizen machte, trank ich den Rest meines Frühstückskaffees. Dabei war es schon mitten am Vormittag. Seit ich nicht mehr jeden Morgen pünktlich in einem Büro aufkreuzen musste, neigte ich ein wenig zum Herumtrödeln. Aber es gefiel mir so! Dass Henriette vor Monaten dringend eine dessertkundige Aushilfe gebraucht hatte, die ihr kurzfristig bei einem Auftrag unter die Arme griff, war mein großes Glück gewesen. Aus dem ersten Engagement wurde eine Reise nach Italien und danach ein Job als feste freie Mitarbeiterin bei *Ideen – Desserts*, darüber hinaus waren meine Arbeitgeberin und ich auch noch so etwas wie Freundinnen geworden. Sie sollte ihre Super-Duper-Desserts bekommen. Summend ging ich in mein neu gestaltetes Arbeitszimmer hinüber und rief an meinem PC die Datei mit dem Namen *Ideen – Desserts* auf, vielleicht fand sich dort das Passende. Während ich mir die ersten Notizen machte, schweiften meine Gedanken ab zu Vera. Sie hatte sich nach unserem Abend im *Eyckmann* noch mal telefonisch gemeldet und sich für ihren überstürzten Aufbruch entschuldigt. »Ich weiß gar nicht, was in mich gefahren ist«, sagte sie.

Ich schon, aber ich sag's dir nicht, dachte ich.

»Dann habe ich dich auch noch mit der Rechnung sitzen lassen.«

Da konnte ich sie beruhigen.

»Birgit und ich sind jetzt sowas von gut bekannt miteinander.« Dabei hat sie mir noch etwas über Marion erzählt, das eindeutig auch unter die Kategorie *Tabu* fällt. Und das bisher außer mir nur Julia weiß. Julia! Hoffentlich konnte ich mich auf ihre Diskretion verlassen, liebestrunken, wie sie war. Auf keinen Fall durfte sie ihrer Angeschwärmten zu viel erzählen.

Nach diesen gedanklichen Abschweifungen rief ich mich wieder zur Räson. Es wartete noch viel Arbeit auf mich. Der Artikel über Aphrodisiaka nahm dank meiner intensiven Recherchen konkrete Formen an, war aber noch nicht fertig.

Und das Fest für die *Neue Konservative* musste vorbereitet werden. Tischschmuck, Besteck, Gläser galt es aus Henriettes Fundus auszusuchen, die richtigen Tischdecken, Servietten und Weinkühler passend dazu. Ich loggte mich beim Cateringservice ein und entschied mich in

Anbetracht der bunt blühenden Vielfalt um den Veranstaltungsort herum für eierschalfarbene Tischwäsche, klassische Gläser und unverschnörkelte Bestecke und prüfte, ob alles am Veranstaltungstag in ausreichender Menge zur Verfügung stand. In Bezug auf die Deko entschied ich mich für ein schlichtes Grün. Für den musikalischen Einstieg und Ausklang sollte eine kleine Bühne für Live-Musik aufgebaut werden, denn *die Konservativen* hatten jemanden engagiert, der etwas Schwung in die politische Veranstaltung bringen sollte.

Was genau gespielt werden sollte, wusste ich auch noch nicht. Also beschloss ich, die zwei ineinander übergehenden Räume im Botanischen Garten, die Marions Partei bereits reserviert hatte, entsprechend einzuteilen. Im Kleineren würden wir das Büffet aufbauen und dazu ein paar Stehtische. Dort konnte man dann in Ruhe einen Happen essen und Vieraugengespräche führen, während die Gäste im angrenzenden, größeren Saal vor, während und nach der musikalischen Unterhaltung zwanglos und mit dem obligatorischen Glas in der Hand herumstehen und sich unterhalten würden. Ja, so würde es gehen.

Ich mailte den Plan für die Aufstellung der Tische, Stühle und der Musikbühne an die Haustechnik des Botanischen Gartens, die am Veranstaltungstag alles aufbauen würden. Henriette versprach ich, am Freitag rechtzeitig vor Beginn der Veranstaltung selbst hinzufahren, um die Umsetzung zu kontrollieren.

Am Abend ging ich ein Stockwerk höher. Weil Astrid im Frauenkulturhaus zu tun hatte, wollte ich Julia fragen, ob sie Lust auf einen Filmabend mit mir hatte. Ich fand meine sonst so coole Freundin liebeskrank und vor sich hinstarrend vor. »Dich hat's ganz schön erwischt«, konstatierte ich.

Julia seufzte. »Ich glaube, du hast recht. Sie steht nicht auf mich, vermutlich gar nicht auf Frauen, nicht ein kleines Bisschen. Am besten, ich schlage sie mir aus dem Kopf. Aber wie?« Danach musste ich mir eine halbe Stunde lang eine gefühlsgewaltige Lobpreisung der Schönheit, Intelligenz, Sexyness, Coolness der Tochter des Oberbürgermeisters anhören. Als Julia endlich fertig war mit ihrer Hymne an ihr fast schon verloren geglaubtes love interest, meldete ich mich mal vorsichtig zu Wort. »Verzeih, dass ich deine Meinung nicht ganz teilen kann. Aber Charlotte kommt mir doch sehr unfreundlich vor, so, wie sie mich immer anguckt.«

»Sie kann dich halt nicht leiden«, meinte Julia leichthin. Ich zuckte nicht nur äußerlich zusammen, was ich da so hörte, tat mir gleichermaßen im Herzen und in der Seele weh. Nicht wegen Charlotte, nein, die war mir egal. Es war die Beiläufigkeit, mit der Julia das zu mir sagte.

»Wieso kann sie mich nicht leiden? Sie kennt mich doch gar nicht und ich habe ihr nie etwas getan!« Mühsam beherrschte ich meine Stimme, um nicht aggressiv oder hysterisch zu klingen.

»Sie glaubt, du spielst mit falschen Karten. Erst hat sie dich im Orchideensaal mit Henriette gesehen, dann mit ihr, Ken-Ole Schmidt und Marion in einem Schicki-Micki-Lokal.«

»Na hör mal! Ich arbeite für Henriette und auch dieses Essen war quasi beruflich bedingt.«

»Das weiß ich doch und das habe ich Charlotte auch schon gesagt. Aber sie ist misstrauisch. Und heute hat sie mich angerufen, weil etwas ziemlich Blödes passiert ist.«

»Was denn?«

»Die Pressestelle der *Neuen Konservativen* hat sich in der Redaktion der *Alternativen Wochenzeitung* gemeldet. Sie haben ganz frank und frei heraus gefragt, was es mit dem geplanten Artikel über Marion auf sich hat. – Damit wir uns richtig verstehen, wenn sie unautorisierte Dinge schreiben, werden wir gegebenenfalls unsere Rechtsabteilung einschalten –, hieß es.«

Erschrocken starrte ich Julia an. »Du willst mir doch nicht erzählen, dass Charlotte denkt, ich habe etwas damit zu tun?«

»Doch, das denkt sie. Aber ich denke das nicht. Ach was, ich weiß, dass du nichts damit zu tun hast. Tina, du kannst schweigen wie ein Grab, wenn es darauf ankommt. Aber Charlotte ist ein bisschen angesäuert ... wegen der Geschichte mit der Aussage von Marion auf dem Wochenmarkt. Sie wollte das halt exklusiv veröffentlichen.«

Empört schlug ich mit der Faust auf den Tisch. Julia hob die Hände und wiegelte ab. »Ich bin auf deiner Seite, du hast richtig gehandelt, als du die Information am Samstag in der Versammlung öffentlich gemacht hast.«

Ich begriff den Konflikt, in dem Julia sich befand. Aber das war wirklich ihre Sache. Musste sie sich in so ein blondes Miststück verlieben?

»Wenn ich nur wüsste ...«, sinnierte sie jetzt halblaut weiter, »... ob sie einfach nur nicht auf mich oder generell nicht auf Frauen steht. Dann wäre es einfacher, mich von meiner Wunschvorstellung, einer Beziehung mit ihr, zu verabschieden.«

»Wie jetzt? Wenn du wüsstest, dass sie nicht auf dich steht, wäre es einfacher für dich zu akzeptieren?«

Julia nickte.

»Vielleicht kann ich dir dabei helfen, das herauszufinden«, sagte ich, nur halb überzeugt davon, dass dies die richtige Lösung sei. Der Gedanke, Julia auf unabsehbare Zeit so vorzufinden, wie seit Kurzem, behagte mir nicht. Wenn der blonde Rauschgoldengel unerreichbar bliebe und Julia stets Hoffnungen hegte, war das ja kein Zustand.

Im schlimmsten Fall musste sie sich ihre Angebetete aus dem Herzen reißen. *Im schlimmsten Fall? Wäre es nicht umgekehrt, schlimmer, wenn sie mit Charlotte zusammen käme und sich fortan Geliebte und Freundin im Clinch befänden?* Ich schob den Gedanken weg.

Wollte nicht egoistisch sein, auch wenn mir die Vorstellung der beiden als Liebespaar nicht behagte. Zumindest dann nicht, wenn Charlotte ihre Abneigung gegen mich aufrecht erhielte.

»Du mir helfen? Wie soll das gehen?« Julia sah mich fragend an.

»Kann ich dir nicht sagen, lass dich überraschen«, murmelte ich und bastelte innerlich bereits an einer Strategie. Was bei Vera und Astrid geklappt hatte, konnte doch bei dem blonden Rauschgoldengel nicht gänzlich versagen.

Zunächst aber las ich mir endlich den Artikel durch, den dieses Miststück Charlotte geschrieben hatte. Sie beschrieb ziemlich genau, was in den Mietshäusern passierte und machte deutlich, dass sich Politik und Geldgeber mitschuldig machten an den rüden Methoden, mit denen langjährige Mieter aus ihren Wohnungen geekelt wurden. Von der Pfeffersprayattacke schrieb sie gottlob nichts. »Gibt es schon erste Reaktionen?«, wollte ich von Julia wissen und erfuhr, dass eine ganze Reihe von Leuten in der Redaktion der *Alternativen Wochenzeitung* angerufen und ihre Solidarität mit den Mietern erklärt hatten. »Für Käthe ist es ja nun zu spät.« Ich faltete die Zeitung zusammen. »Was mich interessieren würde – was sagt denn unser Oberbürgermeister zu dem Artikel seiner Tochter?«

Julia schüttelte unwillig ihre braunen Locken. »Der sagt gar nichts, lässt seinen Pressesprecher ausrichten, er vertraue auf das Fingerspitzengefühl der neuen Hausbesitzer und darauf, dass alles seinen juristisch einwandfreien Verlauf nähme.«

So konnte man es auch sehen!

Astrid brachte später am Abend auch keine überwältigenden Nachrichten mit. Sie kam nur kurz auf einen Sprung vorbei, wollte danach zu Hause noch ein wenig über den Vorschlägen brüten, die die Frauen nun umsetzen wollten. »Am nächsten Sonntag ist ein Solidaritätsbrunch. Wir versuchen, so viele Frauen wie möglich ins Kulturhaus zu bekommen, um die Kassen zu füllen und auf unsere Situation aufmerksam zu machen.«

Die nächsten Tage waren wir alle ziemlich aktiv. Julia nahm ihre Recherchen bezüglich der Firma *Platin Investment* wieder auf und suchte nach Informanten, die sie mit Insiderwissen über die *Demant City Development GmbH & Co KG* versorgen konnten. Astrid bekam ich kaum noch zu Gesicht, weil sie mit Käthe und Petra an ihren Projekten im Kulturhaus arbeitete. Ich suchte derweil Desserts aus, legte noch einen kleinen Vorrat an Liebeslustpralinen der Marke *Tinas love bites* an und schrieb, nach reichlichem Genuss derselben, angenehm enthemmt über die luststeigernde Wirkung von Vanille und Tonkabohnen.

Kapitel 13

Am Donnerstag machte ich mich auf in meine ehemalige WG, in der Hand eine Schüssel mit durch Feigenmus marmorierter Panna Cotta in der Hand. Lilli öffnete mir, sie sah entspannt und zufrieden aus, wie meistens. Schon als ich noch hier wohnte, hatte ich Lilli stets als den ruhenden Pol der Wohngemeinschaft erlebt, die für alle gleichermaßen ein offenes Ohr und ein klares Wort hatte. Käthe saß in der Küche und schnitt Tomaten für den Salat.

»Bin ich zu früh?«, fragte ich, weil alles noch so unfertig aussah.

»Nö, wir sind ein wenig in Verzug. Eigentlich wäre es Marthas Aufgabe gewesen, heute für die Vorspeisen zu sorgen. Aber sie hat uns versetzt.« Lilli wandte sich gelassen ihren Töpfen zu. Käthe war nicht gelassen, sie zerhackte angestrengt schweigend ein Bund Petersilie. Die Küchentür zum Flur stand sperrangelweit offen und ich verstand die seltsam angespannte Stimmung, als sich wenige Sekunden später die Tür zu Marthas Zimmer öffnete. Heraus kam eine sehr zerstrubbelte und eindeutig hocherhitzte Ayshe Topcuk. Während Lilli so tat, als nähme sie den derangierten Zustand der sonst so coolen Anwältin nicht wahr, und Käthe weiterhin verbissen etwas Grünes auf dem Schneidebrettchen vor sich malträtierte, blieb mir vor Erstaunen der Mund offen stehen. »Äh ...«, sagte ich.

»N'Abend«, antwortete Ayshe und verschwand eilig über den Flur hinweg im Badezimmer. Vermutlich, um sich die Haare zu kämmen und ihre falsch zugeknöpfte Bluse in Ordnung zu bringen. Martha kam in die Küche geschlendert. Ihr Gesicht verriet nichts, aber anhand der leicht verkrampften Haltung ihrer Schultern konnte ich erkennen, dass wohl nicht alles so gelaufen war, wie es sich uns Unbeteiligten augenscheinlich gerade darstellte.

»Vorspeisen«, erinnerte sie Lilli mit ruhiger Stimme. Während Martha nun Teller hervorkramte, Salami aufschnitt, Oliven und Kapern in Schälchen verteilte und ein Glas mit Gurken öffnete, stand ich immer noch herum wie bestellt und nicht abgeholt. »Ich helfe dir«, sagte ich schließlich in das vielsagende und – von Käthes Seite aus – aggressive Schweigen hinein, das in der Küche herrschte. Ich schnitt gerade Ciabattabrot, als Ayshe in die Küche kam. Jetzt wirkte sie wieder so taff und cool, wie ich sie kannte. Martha sah nicht auf, aber ihre Hände fingen leicht an zu zittern und ich ahnte, dass Ayshe eine viel härtere Nuss war als angenommen. Aber vielleicht hatte sie auch einfach keine Lust auf einen Platz in Marthas reichlich langer Liste von Bettbekanntschaften. Auch ich hatte einmal eine Nacht bei ihr verbracht. Aber das war eine ganz andere Geschichte ...

»So, können wir jetzt mal über den Stand der Dinge reden?« Das war Käthe. Angriffslustig und eindeutig nicht amüsiert über Marthas so offensichtliche Annäherungsversuche an die Anwältin, die sie wohl als so etwas wie ihr persönliches Sperrgebiet betrachtete. Martha hielt einen Moment inne, dann warf sie das Salamimesser auf den Tisch, stand auf und verließ die Küche. Laut und deutlich knallte gleich darauf ihre Zimmertür. »Pffft«, machte Ayshe, den Hals voller hektischer roter Flecken. Sie warf ihr schwarzes Haar nach hinten und sah undurchdringlich ins Nichts.

»Wo bleibt denn Susanne?«, fragte ich in das ungute Schweigen hinein. Niemand antwortete und ich war umso erleichterter, als gleich darauf die Türklingel schellte. Susanne kam und brachte, zu meiner Überraschung, auch Julia mit.

»Wir müssen über *Platin Investment* sprechen«, sprudelte es aus meiner Freundin heraus, kaum hatte sie die Küche betreten.

»Piano, Susanne«, mahnte Julia. Die anderen Frauen wussten ja noch gar nichts von der Undercoveraktion und mussten erst noch eingeweiht werden. Mir war nicht wohl bei dem Gedanken, dass Martha jetzt in ihrem Zimmer schmollte. Erfahrungsgemäß setzen sich solche Situationen immer fest, wenn man sie nicht gleich zu Beginn auflöste. Martha konnte ja so stur sein, davon konnte ich ein Lied singen. »Bin gleich zurück«, murmelte ich in die Runde, in der gerade alle durcheinanderredeten, und ging zu Marthas Zimmer hinüber. »Martha? Ich bin's, Tina!«, klopfte ich vorsichtig an. Zuerst rührte sich nichts, dann wurde die Tür schwungvoll aufgerissen.

»Keine Angst, mir geht es gut«, empfing sie mich. »Mir geht nur Käthe gewaltig auf den Sender.« Mit einer lässigen Handbewegung bat sie mich herein.

Wider Willen musste ich kurz lachen und zu meiner Überraschung stimmte Martha mit ein. »Sie denkt, sie hat Ayshe für sich gepachtet.«

»Na, das siehst du wohl anders«, erwiderte ich trocken.

Wieder huschte ein Grinsen über das Gesicht meiner ehemaligen Mitbewohnerin. Dann standen wir uns ein wenig verlegen gegenüber. Martha und ich, wir hatten nie viel über Beziehungen und Gefühle miteinander geredet. Das eine Mal, das ich ihr mein Herz ausgeschüttet hatte, endete beinahe in einer Katastrophe. Dennoch fühlte ich mich ihr seither mehr verbunden. Ob sie genauso empfand, weiß ich nicht. Aber ich wollte auf keinen Fall, dass sie sich jetzt zurückzog.

»Ayshe hat mir gerade nach einer sehr ... erfreulich hitzigen ... Phase der Annäherung erklärt, sie sei noch nicht so weit.« Martha schnaubte leicht bei diesen Worten. »Was immer das auch heißen mag.«

»Vermutlich weiß sie nicht genau, ob sie sich auf die Beziehung mit einer Frau einlassen kann.« Solche Gedanken kannte ich. Und im Zaudern und Zögern, war ich Expertin.

»Vermutlich reichen ihre Gefühle für mich nicht aus.« Martha starrte kurz zu Boden und dann, kampfbereit, wieder geradeaus

»Gefühle?« Jetzt war ich ziemlich überrascht. »Ist dir das denn wichtig? Also ... äh ...«, stammelte ich dann, weil ich nicht wusste, wie ich aussprechen sollte, dass Martha mit ihren ständigen neuen Eroberungen auf mich bisher so gut wie nie den Eindruck gemacht hatte, auf derlei Wert zu legen.

»Ja. Gefühle. Glaub es oder nicht – für mich ist Ayshe was ganz Besonderes. Ich will von ihr einfach mehr. Und nicht nur eine kurze Bettgeschichte. Wissen die Göttinnen, was in mich gefahren ist!«

Himmel! Martha war verliebt! Ein Grinsen machte sich auf meinem Gesicht breit.

»Tja, und dennoch sind ihr vorhin wohl, sozusagen mitten im Gefecht, Bedenken gekommen.«

Ja, genau so hatte es ausgesehen.

»Komm trotzdem wieder in die Küche«, bat ich sie. »Ein WG-Jour fixe ohne dich ist einfach nicht das Wahre.«

Überrascht sah sie mich an, dann nickte sie.

»Geht klar, gib mir ein paar Minuten, dann bin ich wieder bei euch.«

In der Küche standen inzwischen Teller, Schüsseln, Gläser und verschiedene Vorspeisen auf dem Tisch. Das Licht war leicht gedimmt, alles sah nach einem harmonischen Abend aus. Leider hatten Susanne und Julia dafür so gar kein Gespür, stattdessen bereits in unserer Runde über ihre neuen Erkenntnisse ausgepackt, was bei Käthe zu hektischen Flecken im Gesicht und bei Ayshe zu hektischer Betriebsamkeit an ihrem Laptop geführt hatte. Lilli stand mit verschränkten Armen und hochgezogenen Brauen an der Spüle und hörte schweigend zu.

»... und dann erzählte uns dieser Mensch etwas von Geld, das auf der Straße liegt und nur aufgehoben werden will. – »Alle Ihre Bekannten suchen doch nur nach jemandem, dem sie in dieser Hinsicht vertrauen können. Die sind Ihnen dankbar für Ihre Tipps! Und was Sie dazu brauchen, das erfahren Sie bei uns. Unsere Seminare sind Gold wert, sie vermitteln einen Wissensschatz, der mehr wert ist, als jede Geldanlage bei der Bank.« – Mir schwirrte richtig der Kopf, da kann man noch so skeptisch reingehen, die haben eine Rhetorik drauf, da wird fast jeder schwach.«

»Aber du hoffentlich nicht«, fragte Lilli ganz ruhig.

»Wie konntet Ihr Suse da hinschicken!«, keifte Käthe.

»Nein, ich bin nicht schwach geworden, obwohl das in meiner prekären beruflichen und finanziellen Situation schon schwierig ist. Und ich bin erwachsen und weiß selbst, was ich tue.« Der letzte Satz ging in Richtung Käthe, die sich kurz empört aufplusterte, bevor Susanne fortfuhr. »Ich habe mich auf dieses Experiment eingelassen, weil ich hoffte, es würde deiner Sache dienen, Käthe.«

Julia kaute stumm an einer Salamischeibe.

Eine Tür klappte und Martha kam zurück in die Küche. Ayshes Mund wurde zum Strich, sie hackte weiter auf ihrer Tastatur herum, ohne auch nur aufzublicken.

»Die *Alternative* bringt am Samstag einen großen Artikel über das Geschäftsgebaren der Firma *Platin Investment*. Susannes Erkenntnisse werden dabei eine große Rolle spielen. Charlotte ist bereits dabei, Interviewtermine mit den anderen potenziellen Geschäftspartnern des Bauvorhabens zu vereinbaren, um nachzufragen, was sie von den dunklen Flecken auf der Weißen Weste ihres Kompagnons wissen.«

Ob der Rauschgoldengel dabei auch seinen eigenen Vater befragen würde? Oder überließ sie es aus professionellen Gründen jemandem aus ihrem Kollegenkreis? Und Veras Mann, Henriette, Marion, was würden die dazu sagen, wenn man sie damit konfrontierte, dass die Firma, in die sie so große Hoffnungen setzten, womöglich ein riesiges Schneeballsystem aufgebaut hatte und drohte irgendwann zusammenzubrechen?

»Das hilft euch gar nichts«, mischte Martha sich in diesem Moment ein. »Die wirklich wichtigen Dinge, die erfährt nur, wer sich scheinbar auf diese Bauernfängerei einlässt. Egal, was Susanne bei dieser merkwürdigen Veranstaltung erfahren hat – es sind mit Sicherheit nicht die heftigen Sachen auf den Tisch gekommen, die, mit denen man der Firma an den Karren fahren kann. Die erzählen doch völlig Unbekannten nicht, wie sie es anstellen, an das Geld gutgläubiger Sparer zu kommen.« Sprachlos starrten wir sie alle an.

»Die nicht«, antwortete Susanne langsam. »Aber ich war ja nicht nur auf der allgemeinen Infoveranstaltung, sondern am Dienstag auch bei dem Erstseminar, das sie anbieten. Und da hat einer der Finanzberater in den Pausen ein wenig aus dem Nähkästchen geplaudert. Da sind doch einige sehr brisante Dinge zur Sprache gekommen.«

»Können wir das nach dem Essen weiterbesprechen? Wenn wir noch länger warten, zerfallen die Nudeln.«

Mit diesen Worten erinnerte Lilli an den eigentlichen Grund unseres Zusammenseins. Damit senkte sich etwas wie Ruhe und Harmonie über unsere kleine Gesellschaft. Doch es sollte nicht lange andauern.

»WOHIN gehst du?« Käthes Blick war so starr auf mich gerichtet, als sei sie das Kaninchen und ich die Schlange. Wir waren inzwischen beim Kaffee angelangt und ich hatte es für den passenden Zeitpunkt empfunden, vom Fest zu erzählen, das für den darauffolgenden Tag geplant war.

»Das darf doch wohl nicht wahr sein! Du schleichst dich jetzt bereits das zweite Mal an Marion ran und ...«

» Stopp!«, schrie ich und schlug zur Abwechslung einmal selbst mit der flachen Hand auf den Tisch.

»Käthe, komm mal wieder runter. Ich arbeite bei Henriette von Lojewski, die hat nicht nur ein Magazin, in das Marion unbedingt wollte, sondern auch ein Cateringunternehmen. Das bewirtschaftet das Fest der Konservativen und ich bin damit beauftragt, an dem Abend dafür zu sorgen, dass alles glattgeht. Das hat mit Marion nur am Rande zu tun.«

Käthe schnaufte empört. Susanne legte ihr die Hand auf den Arm und sah aufgeregt zwischen ihr und mir hin und her. Julias Blick war warnend. *Kein Wort zu viel, sonst flippt Käthe wieder aus*, signalisierte er mir.

»Vielleicht bekomme ich deine Ex ja gar nicht zu Gesicht«, sagte ich noch lahm.

»Aber wenn, dann kannst du ruhig noch einmal auf das Thema Frauenkulturhaus kommen«, verlangte Ayshe.

»Wie stellt ihr euch das denn vor?«, rief ich aus. »Das ist ein hochoffizielles Event, ich arbeite dort. Ich kann doch da nicht einfach hinspazieren und Marion zur Rede stellen. Das muss schon ein wenig subtiler ablaufen.« Wie wusste ich aber selbst noch nicht. Denn Marion Borgwald, dessen war ich mir nach meiner persönlichen Begegnung mit ihr bewusst, war eine sehr viel härtere Nuss als bisher angenommen. Um die eventuelle nächste Sozialdezernentin der Stadt in Bezug auf das Frauenkulturhaus zu sensibilisieren, musste man noch ganz andere Geschütze auffahren.

Kapitel 14

»Du Sau!«

Die Stimme klang rau und irgendwie ... lockend.

Ich fuhr heftig zusammen, brachte selbst aber keinen Ton heraus. Eine solch vulgäre Wortwahl verschlug mir nämlich meistens die Sprache. Da half es auch nichts, dass es sich dabei um ein Kompliment zu handeln schien.

»Du kleines, scharfes Stück. Ich will dich. Sofort!«

Lautes Atmen drang an mein Ohr. Eindeutig erregt. Hochgradig. Mir fehlten die Worte, in meiner Brust brannte es. Dabei dachte ich nur an eines – weg hier! Schnell! Bevor noch mehr passierte, das ich nicht wollte. Das war nicht meine Welt. Aber für eine Flucht war es zu spät. Brünstige Laute drückten mich buchstäblich zu Boden, hielten mich fest, ich schaffte es gerade noch, tief Luft zu holen, bevor es richtig losging.

»Bist du heiß!«

Gemessen an der Hitzewelle, die bei diesem Satz durch meinen Körper flutete, meine Wangen und Ohren zum Glühen brachten, war heiß gar kein Ausdruck.

»Weg mit dem Höschen!«

Nein! Bitte nicht! Ein genießerisches Zungenschnalzen war die Antwort auf meine stillen Gebete. Himmel! Wie war ich bloß in diese Situation geraten!

Noch vor einer Stunde hätte ich mir nicht träumen lassen, in eine derartige Szene verwickelt zu werden. Es war Freitag, DER Freitag, auf den Henriette und ich so hektisch hingearbeitet hatten und von dem sich Marion und ihre Partei recht viel versprachen. Ich war reichlich angefressen, weil die schlechte Stimmung unter den Frauen seit dem Vorabend noch nicht wirklich verflogen war. Käthe hatte keinen Hehl daraus gemacht, dass sie mich als Schuldige betrachtete, sollte Susanne durch ihre Aktion bei *Platin Investment* irgend etwas Unangenehmes passieren.

Zwischen Martha und Ayshe hatte es bis zum Schluss eine ungute Spannung gegeben, Julia wiederum schien gar nicht bereit, meinen Ruf gegenüber Charlotte zu verteidigen, die mich immer noch, wie Julia es ausdrückte, *mit Vorsicht* betrachtete.

Astrid hatte mir gefehlt, als ich in meine Wohnung kam. Bei einem Telefonat am späteren Abend deutete sie vage an, dass man sich ja auch mal was einfallen lassen könne, damit sich die Situation mit dem ewigen Hin und Her verändere. Tatsache war, dass wir beide uns meistens in meiner Wohnung trafen und uns seit einigen Ereignissen der jüngsten Vergangenheit, nur selten bei Astrid aufhielten. Auch wenn wir nicht darüber sprachen, hing für mich immer noch so etwas wie ein Schatten über Astrids Wohnung, seit sich dort vor einiger Zeit ihre Ex-Geliebte einquartiert hatte.

Es war die schlimmste Belastungsprobe für unsere Beziehung gewesen, und ich wollte nicht mehr daran erinnert werden. Astrid sagte nichts mehr zu der Angelegenheit, sie konnte gut einen Schlussstrich ziehen. Wie sollte ich ihre Andeutung auffassen? So weit lagen unsere Wohnungen nicht auseinander und meine Liebste war ja gern mit dem Auto unterwegs. Astrid hüllte sich diesbezüglich in Schweigen, was für sie ungewöhnlich war.

Mein Schlaf in dieser Nacht war nicht wirklich tief und entspannend. Am Freitagmorgen fühlte ich mich wie gerädert. Dennoch war ich bereits zeitig im Botanischen Garten eingetroffen, hatte den Aufbau der Tische und Stühle sowie das Eindecken überwacht und noch einmal gründlich durchgelüftet. Stunden vor der eigentlichen Veranstaltung lag und stand alles an seinem Platz. Picobello, wie meine Mutter sagen würde. Ein paar Techniker wuselten auf der Bühne herum. »Wir machen nur noch den Soundcheck«, erklärte mir einer davon, ein hoch aufgeschossener Kerl mit Rastalocken bis zum Hintern und einen ausgewaschenen »Black Sabbath« T-Shirt am mageren Leib. Ein lautes Pfeifen und Jaulen erfüllte gleich darauf die Luft, die Tonprobe jagte mir unangenehme Schauer über den Rücken.

Ich ging nach einer Weile in den Nebenraum, um die Fenster zu schließen. Dabei sah ich, dass sich dort an einem der Tische, die für das Büffet zusammengestellt waren, eine Verkleidung gelöst hatte und schlapp herunterhing.

Die fast bodenlangen Tischdecken waren an der Innenseite festgesteckt und so ging ich um den ganzen Aufbau herum und rutschte auf den Knien in das Halbdunkel unter einen der langen Tische, um das in Ordnung zu bringen. An einem Tischbein war vergessen worden, die Decken zusammenzustecken, daraufhin hatten sich bei einem zweiten die Nadeln gelöst. Ich zog eine Garnitur Sicherheitsnadeln aus meiner Jackentasche. Ein paar Ringgummis, eine Rolle Klebeband und ein Kugelschreiber fielen mit heraus. Alles Zeug, das ich vorsichtshalber eingepackt hatte.

Vorsichtig zog ich an der Tischdecke, cremefarbenes Leinen, etwas störrisch steif gebügelt, bog es zurecht und steckte alles noch einmal fest. Ein tiefer Bass rollte durch den Raum, bevor nebenan die Musikanlage verstummte. Stimmengemurmel drang herüber, eine Tür knallte laut. Danach herrschte Stille. Die letzte Sicherheitsnadel fand ihren Platz, nun saß alles straff und fest. Gerade wollte ich meinen Platz unter dem nun wieder blickdicht verhängten Tisch verlassen, als ich jemanden den Raum betreten hörte. Eine Frau kicherte. Etwas daran kam mir bekannt vor.

»Hier sind wir ungestört«, hörte ich sie sagen.

Marion! Es war Marion Borgwald, die hereingekommen war.

Eine zweite Person begleitete sie. Ich zögerte. Nur kurz. Eine Art von Neugier hatte mich gepackt. Vielleicht erfuhr ich ja etwas, das für mich und meine Freundinnen interessant war. Auf das, was ich wirklich erfuhr, als ich dummerweise einige Momente zu lange unter dem Tisch hocken blieb, war ich allerdings nicht gefasst gewesen.

»Du Sau«, hörte ich eine mir unbekannte Stimme sagen.

Marion kicherte erneut. Mir wurde heiß und kalt in meinem Versteck, denn nach dem äußerst knapp gehaltenen verbalen Vorspiel ging es oberhalb von mir sehr direkt zur Sache.

»Leg deinen Mantel drunter! Schieb den Rock hoch!«

Jemand wurde heftig auf einen Tisch gestoßen, es war unerfreulicherweise genau der, unter dem ich saß. Ein Höschen flog zu Boden, ich konnte es auf dem Parkettfußboden liegen sehen. Apricotfarbene Seide, tippte ich mal, bevor über mir brünstige Laute ausgestoßen wurden. Meine Ohren fingen beim bloßen Zuhören schon an, heiß zu werden. Unangenehm heiß, denn die Situation hätte ich mir so nicht gewünscht. Himmel, hatten die beiden denn kein Zuhause?

Nein, hatten sie nicht. Denn bei der zweiten Person, die da mit Marion über meinem Kopf zugange war, handelte es sich eindeutig nicht um deren Ehemann. Es handelte sich um gar keinen Mann. Die Stimme, die so wollüstige Ferkeleien sagte, gehörte einer Frau. Nur welcher? Der Akzent klang zeitweise süddeutsch.

»Komm her, Spätzle«, sagte sie einmal und ich tippte auf Stuttgart.

»Oh ja!«, jauchzte Marion. »Zeig's mir«, forderte sie dann. Ich verfolgte das gesamte Geschehen so hautnah, wie ich es gewiss nie gewollt hätte! Schmatzen, Klatschen, Seufzen und Stöhnen unter immer heftig werdenden Bewegungen – Hoffentlich hält der Tisch, dachte ich immer wieder in meiner Hochnotpein.

Schließlich bogen die beiden auf die Zielgerade ein, fanden im Endspurt zumindest wieder stammelnd zur Sprache zurück, bevor ein fast synchrones Duett aus spitzen Schreien das Ende dieses Liebesgetümmels verkündete. Erschöpft ließen sie voneinander ab. Und ebenso erschöpft sank ich unter dem Tisch zusammen. Der Schweiß rann mir über die Stirn, es war heiß geworden, nicht nur im übertragenen Sinn.

Marion schnurrte nun wie ein Kätzchen, das die Sahne gefressen hat. »Süße, du bist wundervoll«, drang es an mein Ohr.

»Und du erst«, antwortete die Unbekannte leicht schwäbelnd. Begleitet wurde das Ganze vom Rascheln der Kleidung, die nun wieder geordnet wurde. Draußen klappte eine Tür, schwere Schritte kamen näher, etwas Metallisches wurde aufgehoben, dann entfernte sich jemand.

»Ups schnell raus hier, bevor einer der Techniker noch mal zurückkommt!«, wisperte es.

»Sehen wir uns später noch?«

»Ich kann es kaum erwarten, mein Spätzle.«

Die Stimmen entfernten sich. Eine Tür wurde vorsichtig geöffnet und hastig wieder geschlossen. Stille. Vorsichtig tastete ich mich unter dem Tisch hervor. Meine Knie knackten. Sie waren fort, Marion und ihre lüsterne Freundin. Ob sie es mit Käthe auch so wild getrieben hatte? Ich verscheuchte den Gedanken, er kam mir unanständig vor. Käthe war immerhin so etwas wie eine Freundin. Da stellt man sich den Sex ungefähr genauso ungern vor, wie bei den eigenen Eltern. Wer wohl die andere Frau gewesen war? Egal wer, jetzt war es eindeutig: Marion lebte immer noch lesbisch, vielleicht nicht ganz und gar, aber immer noch so sehr, dass sie es mit einer anderen auf dem Tisch trieb.

Zum Empfang der *Neuen Konservativen* hatte ich mich umgezogen und stand so unauffällig im Hintergrund herum, dass man mich, mit ein wenig gutem Willen, hätte übersehen können. Ken-Ole Schmidt jedoch bemerkte meine *ich bin heute unsichtbar*-Strategie nicht. Kaum war er im Botanischen Garten aufgetaucht, stürmte er bereits auf mich zu und schwallte mich eine geschlagene Viertelstunde damit voll, wer an dem Abend alles käme. Es schien, als sei jeder da, der in unserer Stadt Rang und Namen hatte und Ken-Ole platzte vor Stolz darüber, wie bekannt er und seine Parteifreunde den Verein innerhalb kürzester Zeit gemacht hatten. Zu meiner freudigen Überraschung waren auch Vera und ihr Mann eingeladen. Als sie mich erspähte, kam meine Freundin lächelnd zu mir herüber, ihren angestrengt blickenden Gatten hinter sich herziehend. Während der nun von Ken-Ole in Beschlag genommen wurde, folgte ich Vera aufatmend an die Champagnerbar.

»Die Partei gibt sich ja richtig Mühe, ihre Wunschwählerschaft bereits auf die Kommunalwahl einzuschwören«, bemerkte Vera, während sie ihre Blicke über die Anwesenden schweifen ließ, hier und da einen Gruß in die Menge nickte und mich zwischendurch über den Rand ihres Glases hinweg prüfend ansah. Die Frage »Was ist denn heute los mit dir?« stand stumm im Raum.

»Ich bin nervös, weil ich mich für das Gelingen des Abends verantwortlich fühle«, beantwortete ich ihre unausgesprochene Frage. Von Marions heißen Sexspielen mit einer unbekannten Schwäbin mochte ich nicht reden. Den ganzen Nachmittag über hatte ich mich mit der Frage herumgeschlagen, ob ich das, was ich gehört hatte, Käthe sagen durfte. Oder einer meiner anderen Freundinnen. Ersteres hatte ich bereits kategorisch ausgeschlossen, über Letzteres noch nicht entschieden. Auch Vera würde nicht in den Genuss dieser sensationellen Neuigkeit kommen. »Da kommt ja unser kommunalpolitischer Shootingstar«, murmelte sie just in diesem Moment. Marion erschien im Raum. Etwas zu spät. Weil sie zu den Gastgebern gehörte, war sie früher erwartet worden. Aber in Anbetracht dessen, was ich vorhin mitbekommen hatte, tipptopp zurechtgemacht, kühl und eloquent wirkend wie immer. Vera wurde nun von einer hageren Blondine in ein Gespräch verwickelt und ich verzog mich wieder in den Hintergrund. Henriette war auch irgendwo, ich sah sie nur gerade nicht. Dann betrat jemand das Podium, klopfte gegen ein Glas und allmählich verstummte das Stimmengewirr im Saal. Der Vorsitzende der *Neuen Konservativen* hielt eine der üblichen Politikerreden, die viele Worthülsen über geplante Vorhaben und wenig Konkretes zu den entsprechenden Finanzierungen enthielt.

Danach stellte er strahlend seine *besonders liebe Parteikollegin* Marion vor, die dann ebenfalls das Podium erklomm, um ein paar warme Worte zu sagen. Es ging um konservative Werte, Ideen für die Sanierung des Haushalts und den Zusammenhalt in der Gesellschaft. Ich wandte mich ab und verzog mich mit einem Teller Tiramisu in einen Winkel.

Was sollte ich bloß tun? Ich verfügte über Wissen, das meinen Freundinnen nützen konnte, aber es passte nicht in ihr Wertekonzept, Marion damit unter Druck zu setzen. Die Erkenntnisse über *Platin Investment* waren trotz des Einsatzes von Susanne womöglich noch zu unausgegoren, um damit etwas bewirken zu können. Was auch immer Charlotte in ihrer Zeitung am nächsten Tag veröffentlichen würde, wir konnten nur hoffen, dass es ausreichte, um dieses Unternehmen öffentlich unter Druck zu setzen. Im schlimmsten Fall waren sie gewarnt und würden sich erst einmal abschotten.

»Und nun singt für Sie zum Auftakt: Helen Heart!« Ken-Ole Schmidt stand am Mikrofon, er grinste übers ganze Gesicht, seine altmodische Brille funkelte höchstes Amüsement in den Saal. Gelangweilt zog ich mich noch weiter zurück. Helen Heart war mir nicht gänzlich unbekannt, ihr Gesicht lächelte in letzter Zeit von den Titelblättern vieler Heile-Welt-Zeitschriften. Sie sang die Art von Schlager, die mich nicht die Bohne interessierte. Herz, Schmerz, Liebe und Adieu waren eindeutig nicht meins. Die Sängerin betrat die Bühne in einem flirrenden hellblauen Hosenanzug, das blond gesträhnte Haar akkurat zur Innenwelle geföhnt. Die Frau war der Inbegriff der Art von spießiger gewollter Modernität, die bestens zu Schlagerpartys und – tja – der *Neuen Konservativen* passte.

Mir tat es schon fast weh, auf die Bühne zu sehen, wo Helen Heart nun mit einem aggressiv frohsinnig wirkenden Lächeln zwei Reihen schneeweißer Zähne entblößte und damit begann ihr Publikum anzuheizen, indem sie in die Hände klatschte. »Danke, liebe Gäste. Ich freue mich sehr, nein, ich freue mich ganz besonders, heute Abend hier sein zu können!« Helens Hände machten Stimmung, ein Besucher johlte laut, warf die Arme in die Luft und klatschte begeistert mit. Es war Marions Gatte. Sie stand neben ihm und blickte ergriffen auf die Bühne. Wie ergriffen, ging mir einen Moment später auf.

Helen Heart kündigte an, den Abend mit einem ihrer größten Hits zu beginnen. »Heute bin ich hier, doch du bist nicht bei mir«, jauchzte sie und das Publikum jauchzte mit. War ich hier in das Treffen des anonymen Helen-Heart-Fanclubs geraten? Drei Lieder wollte sie zum Besten geben, sich dann am Büffet stärken, bevor sie im späteren Verlauf des Abends noch einmal die Bühne erklimmen würde. Und dann sagte sie noch, sie freue sich ganz besonders, dass man bei der Vorbereitung auch an ihr Leib- und Magengericht Spätzle gedacht habe. Etwas, von dem sie nicht genug kriegen könne.

Noch bevor nach dieser Ansage die Sangesdarbietung begann, machte es in meinem Hinterkopf leise *Ping*. Der leicht schwäbelnde Dialekt, diese Stimme … und wie Schuppen fiel es mir dann auch von den Augen, dass es Helen Heart war, die ich vor Marions Haus gesehen hatte. Sie war die Person, die nach der Homestory abends aus dem Taxi gestiegen war, als ich auf der Straße stand. Nun wusste ich auch, warum sie mir irgendwie so bekannt vorkam. Natürlich hätte ich sie auch niemals in Marions Nähe vermutet. Seichte Schlager und die Aufmerksamkeiten der Regenbogenpresse, die in Schlagzeilen wie *Warum findet sie keinen Mann? (Weil sie keinen sucht, keinen braucht, keinen will ihr Schmierulanten!)* gipfelte, waren nicht meine Welt. Ganz sicher jedoch wusste ich, dass die Toleranz der Helen Heart-Fans schwer auf die Probe gestellt würde, käme ihre Liaison mit Marion ans Licht der Öffentlichkeit.

Marions Gatte, der davon offensichtlich nichts ahnte, applaudierte wie wild, während seine Frau mit glühenden Wangen und glänzenden Augen auf die Bühne starrte. Verzückt hatte sich ihr schmaler Mund geöffnet, und wenn es möglich war, dass ein Überbiss verdammt sexy aussah, dann sicherlich in diesem Moment. Diese Unverfrorenheit, mit der Helen Heart ihrer heimlichen Geliebten gerade vor aller Augen und Ohren eine Liebeserklärung gemacht hatte, die im Raum nur zwei Leute verstehen sollten, war unglaublich!

Dass es eine Dritte im Bunde, eine Mitwisserin ihrer Affäre gab und dass ich das war, darauf wären die beiden bestimmt nie gekommen. Ich betrachtete den immer noch enthusiasmierten Herrn Borgwald und dachte so bei mir, wenn der wüsste! Nach drei Songs waren *die Konservativen* und ihre geladenen Freunde aus dem Häuschen. Es wurde geklatscht, gejohlt und gepfiffen, Helen Heart stieg, kalkuliert bescheiden lächelnd, von der Bühne und verneigte sich, Hand auf der Brust, von ihrem begeisterten Publikum. Dann ging es hinüber zum Büffet, das Marions Gatte nun eröffnen sollte.

»Frau Heart, suchen Sie sich einen schönen Platz, ich hole Ihnen was von Ihrem Lieblingsessen«, schon eilte er mit fliegenden Jackettschößen voraus. Seine Frau folgte ihm, nach einem kaum wahrnehmbaren, verschwörerischen Blickwechsel mit Helen. Ich schlenderte ebenfalls zum Büffet, dorthin, wo die Lendchen á la crème standen, der Brokkoli und – die Spätzle. Wer von uns beiden als erstes sah, was pikanterweise ausgerechnet dort am Boden lag, könnte ich beim besten Willen nicht mehr sagen. Aber Herr Borgwald bückte sich schneller als ich und zog etwas, das halb unter der Tischverkleidung lag, hervor. Mir wurde heiß und kalt. Marion Borgwald, die in dieser Sekunde neben mich trat, schnappte laut und vernehmlich nach Luft, als sie sah, was er in der Hand hielt.

»Was ist das?«, rief Herr Borgwald mit dröhnender Stimme. Dann hob er ein apricotfarbenes Nichts hoch, das, wie ich sehr genau wusste, seiner Gattin gehörte. »Sieht aus wie eines von deinen!« Sein Blick wanderte verständnislos zu seiner vor Schock wie tiefgefroren wirkenden Ehefrau. Ein Paar drehte sich zu ihm um, die Frau kicherte nervös, als sie sah, was dem Landtagsabgeordneten am Finger baumelte. Das Fundstück erwies sich als Seidenslip der edelsten Art. Aus Marions Lunge kam ein Geräusch, als habe man einem LKW-Reifen abrupt die Luft abgelassen. Noch immer sagte sie nichts. Irgendwo im Hintergrund bekam jemand schwäbisch klingende Schnappatmung.

»Herr Borgwald!« Ich trat auf Marions Ehemann zu und griff wie selbstverständlich nach dem Slip. »Der gehört mir.« Sanft entwand ich ihm seine Beute, stopfte das winzige Ding in die Tasche meines Blazers und ging dann, so nonchalant es eben möglich war, durch die Menge der Leute, die nun auf das Büffet einstürmten.

Marions Blick klebte auf meinem Rücken als habe sie Pattex auf den Pupillen, ich konnte es spüren. Göttinseidank hatte niemand von den anderen Gästen mitbekommen, was hier gerade geschehen war.

Borgwald schüttelte kurz den Kopf und griff Sekunden später beherzt nach der Spätzlezange. Helen Heart sah, bleich wie ein Laken, zu mir herüber, als ich an ihr vorbei ziehend den Raum verließ. Erst, als ich draußen war, fingen meine Finger an zu zittern. Wenn Henriette das gesehen hätte! Ich konnte nur hoffen, dass Herr Borgwald ihr gegenüber kein Wort darüber verlor, sonst wäre ich geliefert. Meine Chefin musste sich doch fragen, wie es sein konnte, dass ich bei der Organisation einer Cateringveranstaltung mein Höschen unter einem der Tische verlor. Niemand hatte das zarte Etwas gesehen, weil ich es komplett vergessen hatte und die Köche ihre Speisen von der anderen Seite aus aufgestellt hatten. Deshalb war Marions Slip niemandem aufgefallen. Und ihr selbst? Lief sie etwa öfter ohne Unterhosen herum? Hatte sie ihr seidenes Dessous noch gar nicht vermisst?

»Tina!« – Das war Marion, atemlos. Sie griff nach meinem Arm und der Schraubstock kam wieder zum Einsatz. »Was hatte das zu bedeuten?«

Aha. Ich hatte diesem Biest mit Perlenkette gerade den politischen und privaten Hals gerettet, aber sie wollte keinesfalls ihre Karten aufdecken. »Das wissen Sie doch«, schoss ich das erste rhetorische Geschütz auf die untreue Gattin ab.

Wir sahen uns in die Augen. Marions Blick flatterte. Über ihrer Oberlippe sammelten sich winzige Schweißperlen. »Nein. Das weiß ich nicht. Aber wenn Sie es mir nicht sagen, verlange ich von Frau von Lojewski eine Erklärung dafür, wie so etwas passieren kann. Der Schlüpfer einer Angestellten auf dem Bankett unserer Partei …«

Sie legte eine angemessene Empörung in ihre Worte. Sie bluffte gut, das musste ich ihr lassen. »Ja, sprechen Sie sie darauf an. Sagen Sie ihr, dass heute Nachmittag JEMAND den Slip in der Hitze des Gefechts beim SPÄTZLE kochen verloren hat. Im wahrsten Sinne des Wortes. Wenn Sie verstehen, was ich meine.«

Marions Griff lockerte sich, sie taumelte zwei Schritte rückwärts und sah mich nach Luft schnappend an. Einen Moment lang ließ ich sie schmoren. Diese Sekunden in Angst und Ungewissheit, die hatte sie sich redlich verdient!

»Alles kann unter uns bleiben, denn die Sache lässt sich auch anders regeln. Niemand muss SINGEN.«
»Oh!«, stöhnte die untreue Gattin auf und drückte ihre Faust fest auf die Lippen.
»Wir telefonieren!« Damit drehte ich mich um und ging.

»Bist du wahnsinnig?« Astrid schrie schon fast und Julia stöhnte schon seit Minuten fast ununterbrochen Dinge, die sich verdammt nach »Erpressung«, »alle Höllenhunde auf dich hetzen« und »damit kommst du nicht durch«, anhörten.
»Was hätte ich tun sollen? Sie ins Messer laufen lassen? Irgendwie tat sie mir eine Sekunde lang leid, eine Sekunde zu lang, wie ich jetzt weiß. Als sie sich nicht bedankte, sondern mich bluffen wollte, mir sogar mit einer Beschwerde drohte, da ist bei mir eine Sicherung durchgebrannt.«
Wir saßen zu dritt in meiner Küche, die alkoholfreie Zeit war abrupt beendet worden und eine Flasche Riesling ging bereits zur Neige. Zurück aus dem Botanischen Garten hatte ich meiner Liebsten und meiner demnächst angeheirateten Stiefschwester alles über mein Erlebnis am Nachmittag gebeichtet. Nach Kichern, Prusten und peinlichem Berührtsein über den ersten Teil der Angelegenheit traktierten sie mich nun ununterbrochen mit Vorwürfen und Befürchtungen, was meinen Auftritt am Abend anbelangte.
»Gute Göttin, Marion hat sich wohl in einem Punkt nicht verändert. Sie hat nämlich eine Abneigung gegen Unterwäsche und lief ziemlich häufig unten ohne herum, kein Wunder, dass sie das im Eifer des Gefechts« – hier unterbrachen wir kichernd, – »nicht mitbekommen hat«, posaunte Astrid heraus. Woher sie das wußte, wollten wir wissen. Von Käthe, die sich damals schon über diesen Tick ihrer Geliebten wunderte und sich oft nicht einkriegte deswegen, lautete Astrids

Antwort. Julia und ich wechselten einen Blick. Sie wusste es auch, von mir. Und ich wusste es, von Birgit Eyckmann, auf deren Tisch die angehende Politikerin enthemmt getanzt hatte.

»Man konnte ihr Schneckchen sehen – ihr Mann war außer sich und hat sie so schnell vom Tisch geholt, dass alle so tun konnten, als wäre nichts gewesen«, hatte Birgit mir an dem denkwürdigen Abend in ihrem Restaurant sehr diskret prustend und mit Tränen in den Augen erzählt. Danach verriet sie noch mehr, aber das war nach wie vor bei mir gut aufgehoben.

»Wo ist das Teil?«, wollte Julia hingegen wissen. Sie nahm das Apricotfarbene erst einmal an sich und ließ es in einer Papiertüte verschwinden. »Für alle Fälle«, meinte sie und mir wurde leicht schwindelig bei dem Gedanken, was das für Fälle sein könnten. Vermutlich für DNS-Abgleiche oder Ähnliches, mit denen Privatdetektivinnen eben so zu tun hatten. »Glaubt mir, ich wollte Marion auf gar keinen Fall erpressen. Aber sie hat sich derartig kampflustig benommen, mir blieb gar keine andere Wahl, als ihr knallhart zu signalisieren, dass ich sehr wohl wusste, wer da wann und wobei seinen Schlüpfer verloren hat.«

»Wo soll das bloß enden«, stöhnte Julia nun wieder.

»Lasst uns die Sache doch mal pragmatisch betrachten«, forderte Astrid nun. Überhaupt war meine Liebste erstaunlich gelassen. »Morgen erscheint die *Alternative Wochenzeitung*. Darin der Artikel über das Geschäftsgebahren der *Demant City Development GmbH & Co KG*. Da wird unsere gute Marion vermutlich schon einen Schreikrampf am Frühstückstisch erleiden. Für den Solidaritätsbrunch am Sonntag sind bereits alle Plätze restlos ausgebucht, wir führen sogar eine Warteliste. Die letzten Tage ist unser E-Mail-Postfach regelrecht überflutet worden, dabei sind es nicht nur die Lesben, die uns schreiben. Auch viele Heteras sind empört darüber, dass es dem FKH an den Kragen gehen soll. Wobei wir in unseren Aufrufen die möglichen Pläne einer neuen Stadtregierung weitestgehend neutral dargestellt haben. Kurz und gut: Die Resonanz ist riesig! Wir haben eine ziemliche Fanbase, um es mal neudeutsch auszudrücken. Selbst Frauen, die sich bisher wenig um uns geschert haben, sind empört darüber, dass die Politik uns so wenig Planungssicherheit gibt.

Das heißt: Wenn Marion auf den Posten der Sozialdezernentin spekuliert, befindet sie sich spätestens ab Montag in einem immensen Erklärungsnotstand. Da braucht sie eine Diskussion über ein verlorenes Höschen mit ihrem Ehemann oder womöglich der Öffentlichkeit so dringend, wie ein Loch im Kopf und wird dankbar sein, wenn sie diese Kuh vom Eis hat. Sie wird dir die Füße küssen, wenn du ihr dabei hilfst.«

Tja, ich konnte mir gut vorstellen, warum Astrid so erfolgreich im Vorstand saß. Wenn meine Liebste sich engagiert in Rage redete, blieben keine Fragen mehr offen. Außer einer.

»Was sollen wir denn jetzt machen?«

Astrid lächelte mich geheimnisvoll an. »Unsere Chance nutzen und einen Plan schmieden, meine Süße!«

Wir steckten die Köpfe zusammen.

Kapitel 15

Am Samstag erschien die *Alternative Wochenpresse* mit einem Riesenaufmacher. Spielt die *Demant City Development mit gezinkten Karten?*, schrie uns das Blatt entgegen. Im Artikel, der im Innenteil fortgesetzt wurde und dort noch eineinhalb Seiten einnahm, wurde dezidiert und schlüssig dargelegt, wie das System funktionierte, welche Rolle die *Platin Investment* dabei spielte und mit welchen unseriösen Methoden gutgläubigen Anlegern ihr Geld abgenommen wurde. Von undurchsichtigen Finanzierungsgeschäften und falschen Versprechungen war die Rede, vom Druck, der auf den Vermittlern lastete und mit welchen beliebten Tricks gearbeitet wurde.

Es gab, so schrieb Charlotte Borghs, Finanzierungspläne mit augenscheinlich verlockend niedrigen Raten, die jedoch keinerlei Tilgung beinhalteten.

Dass die stolzen Eigentumswohnungsbesitzer durch Augenwischerei auch nach zwanzig Jahren noch keinen Cent ihrer Schulden getilgt haben würden, merkten die meisten erst viel zu spät.

Des Weiteren waren viele der vermittelten Wohnungen nur einen Bruchteil des Kaufpreises wert und Kapital wurde hauptsächlich in hochriskante, graue oder sogar schwarze Geschäfte investiert. Alles in allem, so das Fazit des Berichts, wäre diese Firma beileibe kein Partner für die Stadt geschweige denn für seriöse Unternehmen.

»Eines muss ich Charlotte lassen. Sie schreibt gut und kann die Sache auch Laien verständlich machen«, lobte ich den Rauschgoldengel, was Julia ein stolzes Lächeln entlockte. Auch sie war nicht untätig gewesen und hatte einige der geprellten Kunden von *Platin Investment* sowie zwei weitere ehemalige Mitarbeiter aufgespürt, die, nach anfänglichem Zögern, doch noch bereitwillig über die Geschäftspraktiken des Unternehmens ausgepackt hatten. Darüber hinaus war sie es gewesen, die aus den ehemaligen Besitzern der Wohnhäuser Erstaunliches herausgekriegt hatte. Nicht alle hatten ihre Immobilien freiwillig verkauft, an der einen oder anderen Stelle hatte die *Demant City Development* kräftig nachgeholfen.

»Einer der Besitzer wurde mit seinem Schwarzgeldkonto bei einer Offshore-Bank konfrontiert, der andere hatte die Wahl, entweder zu verkaufen oder seiner Ehefrau und den fünf Kindern zu erklären, was es mit einer 18-jährigen auf sich hat, der er eine Wohnung eingerichtet hatte.«

Dass die Verkäufer diese Details in der Öffentlichkeit nicht offengelegt hatten, war verständlich. Die *Demant City Development* als neue Besitzerin der Häuser hatte dabei allerdings stets einen überdurchschnittlich guten Preis bezahlt.«

»Was machen die jetzt mit den fünf Häusern?«, fragte ich mich laut.

»Mir doch egal«, schnaubte Julia. »Wenn das ganze große Bauprojekt platzt, war das ein Schuss in den Ofen für eine Firma, die mir zutiefst unsympathisch ist. Soll mich das kümmern?«

»Dann kommen andere zum Zug«, sinnierte ich.

»Vielleicht andere, die etwas Besseres daraus machen. Denk an Käthe, die hat durch diesen Deal ihre Wohnung verloren.«

Käthe. Genau. Aber zuerst musste noch etwas anderes geklärt werden. »Charlotte hat ihren Vater nicht vorgewarnt?«

Julia schüttelte den Kopf. Es war ihr anzusehen, dass sie in dieser Sache ihrem Engel nicht ganz folgen konnte oder wollte. War das schon die erste Wolke, die am rosaroten Himmel auftauchte?

»Ich habe es Henriette und auch Vera angekündigt. Also – keine Details, lediglich dass die *Alternative* heute mit einem Hintergrundbericht kommt, den sie lesen sollten. Keine von beiden ist Stammleserin des Blattes und ich wollte auf keinen Fall, dass sie kalt erwischt werden. Du verstehst das doch?«

Julia nickte gedankenverloren. Ihre schmalen Hände wanderten unruhig durch ihre dunklen Locken. »Das ist in Ordnung, Tina. Überhaupt finde ich, dass du dich in der ganzen Angelegenheit bisher ziemlich gut verhalten hast.«

Ups. Was war das denn? Nicht, dass ich mich nicht über diese anerkennenden Worte gefreut hätte. Es war viel mehr, denn Julia zeigte mir damit auch, dass sie auf meiner Seite stand. »Die Geschichte mit dem Anruf bei der *Alternativen* bezüglich des Artikels über Marion ...«, setzte ich an.

Julia winkte matt ab. »Keine Ahnung, wer von wem da einen Wink bekommen hat. Ich nehme es nicht so ernst wie Charlotte. Dass du nichts damit zu tun hast, ist mir sowieso immer klar gewesen.« Ein schiefes Grinsen untermalte ihre Worte. Ich nahm sie in den Arm. »Du bist so wichtig für mich geworden in den vergangenen Monaten«, murmelte ich dabei. »Nicht nur, weil dein Vater und meine Mutter irgendwann heiraten werden. Viel mehr, weil ich dich mag und dich inzwischen zu meinen besten Freundinnen zähle.«

Dass auch Vera zu diesem kleinen Kreis gehörte, war keine Frage. Sie rief mich gegen Mittag an und schnappte laut hörbar nach Luft. »Danke, dass du mich, also genauer Hans-Dietrich, gewarnt hast. Das ist ja ein Ding. Gottseidank sind wir noch keine bindenden Verpflichtungen eingegangen. Nicht auszudenken ...«

Auch Henriette äußerte sich, ungefähr eine Stunde später, ähnlich. »Mein Gott, Tina. Ich habe beinahe schon in die Pläne für meine Geschäftsräume dort investiert, sollte nächste Woche losgehen. Muss ich gleich stoppen. Gut, dass du mir einen Wink gegeben hast.«

Vermutlich würde die regionale Presse schon im Laufe der kommenden Woche auf den Zug aufspringen, doch keiner hatte so viel authentisches Material wie Charlotte. Um so besser, dass es ihr Artikel war, der meine Chefin vor einer größeren Fehlinvestition bewahrt hatte. Als Letzte rief Marion an und kam mir damit ungefähr fünf Minuten zuvor. »Wir müssen uns treffen!«, befand sie in einem Ton, der mich beinahe veranlasst hätte, sofort den Hörer aufzulegen. Ich tat es nicht und verabredete mich mit ihr, sozusagen im Dienste einer höheren Sache.

»Nicht bei mir zuhause«, entschied sie hektisch und schlug ein Café in der Innenstadt vor. »In zwei Stunden«, präzisierte sie und legte auf, bevor ich noch etwas sagen konnte. Verdammte Schnepfe! Wenigstens blieb mir noch ein wenig Zeit mir die Druckfahne meines Artikels durchzulesen. *Verführerische Leckerbissen*, hatte ich ihn überschrieben und Henriette ließ den Text fast unverändert.

Marion saß mir gegenüber und ich erkannte in der blassen und hypernervösen Person nur schwer die Frau wieder, die sich mir und der Öffentlichkeit bisher in so beeindruckender Form präsentiert hatte. Das rehbraune Haar schien glanzlos, die Augen blickten trüb, die Hände griffen rastlos ineinander.

War es der Zeitungsartikel, der sie so umgeworfen hatte? Sah sie ihre Liaison mit Helen Heart gefährdet oder bedrohte ein Auffliegen derselben ihre politischen Ambitionen?

»Sie wissen also Bescheid«, begann sie das Gespräch. Ich nickte, matt. Dennoch war ich nicht bereit, ihr die volle Wahrheit zu präsentieren, nämlich dass ich würdelos unter dem Tisch hockend von ihrem Geheimnis erfahren hatte. »Ich war dort um letzte Hand anzulegen«, erwiderte ich knapp und damit vage aber wahrheitsgemäß.

Marion sah mich mit einem schwer zu deutenden Ausdruck an. In ihrem Kopf ratterte es. »Also ... das ist ... das war ein Ausrutscher. Kann doch jedem mal passieren«, versuchte sie es.

Ich zog die Augenbrauen nach oben. »So wie die Jahre mit Käthe?«

Peng. Wenn es überhaupt noch möglich war, wich aus Marions bleichem Gesicht jetzt der letzte Rest von Farbe.

»Wie ... was ...«, stotterte sie und fuhr sich mit der Hand an den Hals, als befürchte sie, zu ersticken.

»Fragen Sie mich das bitte nicht. Nehmen Sie einfach zur Kenntnis, dass ich sozusagen eine Eingeweihte bin. Die nicht zwingend vorhat, Ihr kleines Geheimnis auszuplaudern.«

»Ach.« Ihre Lider flatterten nervös. Zählte sie womöglich schon die Scheine, die sie mit sich trug?

»Ich bin nicht bestechlich oder käuflich, falls Sie das vermuten. Wenn Sie nicht auffliegen wollen, also nicht Ihrem Mann gegenüber oder in der Öffentlichkeit, brauchen Sie mir nur einen klitzekleinen Gefallen zu tun.«

»Oh.« Der ach so eloquenten Societylady und Politikerin schien es irgendwie die Sprache verschlagen zu haben.

»In Anbetracht dessen, was heute in der Presse zu lesen war, haben Sie ja offensichtlich auch so genug um die Ohren«, setzte ich trocken und gnadenlos hinzu.

»Mpf«, machte Marion und ihre Augen blickten auf einmal unendlich traurig. So sehen Menschen aus, die sich von ihrem größten Traum verabschieden.

»Ich verrate Ihnen jetzt einmal etwas«, führte ich die eher einseitige Konversation leise weiter und beugte mich dabei über den Tisch zu ihr hinüber. »Das ist noch lange nicht alles. Die Presse schnüffelt schon an all den Leichen, die die *Demant City Development* in ihren Kellern vergraben hat. Da kommen Sie nicht mehr ungeschoren raus, wenn Sie an denen festhalten. Ziehen Sie die Reißleine, aber das ist ein ganz persönlicher Rat von mir.« Ich lehnte mich zurück und Marion fand ihre Sprache wieder.

»Sie haben Insiderwissen?«

Ich nickte stumm. Einen Moment lang maßen wir uns mit Blicken, dann seufzte Marion auf und besah sich ihre verkrampften Finger, bevor sie sie vom Tisch nahm. »Gut, wie kann eine Kooperation aussehen?« Ich sagte es ihr. Sie schrie empört auf, sie winselte, sie bat um Gnade, aber ich ließ keinen Millimeter nach bei meiner Forderung. Zum Schluss hatte sie Tränen in den Augen, schüttelte immer wieder den Kopf aber ich war mir sicher, das das, was ich von ihr verlangte, das mit Abstand kleinere Übel war.

»Also gut«, flüsterte sie endlich und wir schüttelten uns bekräftigend die Hand.

»Abgemacht«, sagte ich hocherfreut. Sie ging, mit hängenden Schultern. Aber sie täuschte mich nicht. Frauen wie Marion fanden immer ein Schlupfloch, wenn man sie an der langen Leine ließ, und waren schneller wieder obenauf, als man kucken konnte. Gut, dass ich ihr keine Zeit gelassen hatte.

»Tina, ich erkenne dich nicht wieder!« Susanne war so perplex, als ich ihr brühwarm erzählte, wie mein Gespräch mit Marion verlaufen war. Mein Anruf bei ihr erfolgte sofort danach, ich fühlte mich tatsächlich in Hochform. »Wie du dich ins Zeug legst und dein Ding durchziehst, kein Vergleich mehr zu damals, als wir uns kennenlernten. Da warst du irgendwie ... schüchterner.« Schüchtern war gar kein Ausdruck. Niemals hätte ich mich damals so durchsetzen können, wie mir das heute gelungen war. Keine Frage, die Erlebnisse des letzten Jahres hatten mich gewaltig verändert. Zu meinem Vorteil, ich fühlte mich richtig stark.

»Weiß du noch, wie du zu uns gekommen bist und keine Ahnung hattest, wo du landen würdest?« Ihre Stimme klang ein bisschen schwärmerisch. »Die Zeiten in der WG, der Riesenzoff damals mit Käthe wegen ...«

»Ja, ja«, unterbrach ich ihren Redeschwall, bevor sie mir zu gefühlsselig wurde. »Käthe, genau deswegen will ich mit dir sprechen. Ich brauche dich in einer ziemlich heiklen Angelegenheit.«

»Dafür scheine ich ja inzwischen so etwas wie eine Spezialistin zu sein.« Ihr Grinsen war sogar durchs Telefon wahrzunehmen.

»Du hast das toll gemacht!«, lobte ich sie. Suse war eine Seele von Mensch und eine Freundin, wie man sie sich nur wünschen konnte. Dass sie sich immer so in den Dienst der allgemeinen Sache stellte, kam noch hinzu.

»Also Käthe«, fuhr ich fort und erklärte ihr mein Vorhaben.

Am Abend sah ich zufällig aus dem Wohnzimmerfenster, als Astrid unten ihre Taxe einparkte und aus dem Wagen stieg. Hocherfreut, dass meine Geliebte eine halbe Stunde früher kam als angekündigt, legte ich schon einmal die DVDs bereit, die ich mit ihr ansehen wollte, und stellte einen Topf Popcorn auf den Herd. Durch das Knallen und Puffen hindurch lauschte ich mit einem Ohr zur Tür, aber nichts rührte sich. Astrid hatte seit geraumer Zeit einen Schlüssel, sie klingelte aber immer, bevor sie ihn benutzte.

Ich ging zur Wohnungstür, öffnete sie und sah in den Hausflur hinaus. Niemand zu sehen, auch nicht auf der Treppe. Kopfschüttelnd ging ich erneut zum Fenster. Ihr Taxi stand noch da. Wo war sie? Ungefähr zwanzig Minuten später klingelte es. »Hi Süße!« Eine ziemlich gut gelaunte Astrid fiel mir fast entgegen, sie strahlte wie ein Honigkuchenpferd und drückte mir einen Kuss auf die Lippen, der meine Sinne kurzzeitig vernebelte. Himmel nochmal, diese Frau war einfach der Hammer! »Nanu, ich dachte du kämest früher«, sagte ich, als ich wieder Luft holen konnte.

»Früher? Ne. Schau mal auf die Uhr. Ich bin pünktlich wie die Maurerin.« Sie lachte und schnüffelte. »Popcorn? Au fein.«

Sie schien meine Verwirrung nicht zu bemerken und ich tat mein Bestes, um sie zu verbergen. Doch als wir es uns eine Viertelstunde später auf dem Sofa gemütlich gemacht hatten, abwechselnd in die Schüssel mit Popcorn griffen und einen absolut romantischen, sehr schmalzigen, ziemlich erotischen und genau aus den Gründen absolut passenden Film ansahen, dachte ich schon an nichts anderes mehr als daran, was für ein großes Glück ich doch mit meiner Liebsten hatte.

Kapitel 16

Wir waren schon häufig zum Brunch im FKH gewesen, aber noch nie hatte ich einen solchen Andrang erlebt wie an diesem Sonntag. Die Orgafrauen hatten Tische und Stühle noch ein wenig enger zusammengerückt, einen Nebenraum geöffnet und im Vorraum Stehtische aufgestellt. Als Astrid und ich ankamen, Hand in Hand und blendend gelaunt, empfing uns schon das Summen und Brummen der vielen Stimmen, Gläsergeklirr und Gelächter, das von leiser Jazzmusik untermalt wurde.

Das lange Büffet brach unter den angebotenen Speisen fast schon zusammen. Es gab für jeden Geschmack etwas. Weißwürste, Brezeln und süßen Senf, Croissants, Marmelade und Obstsalat, Wurst, Käse und Vollkornbrot – ich konnte mich kaum entscheiden. Astrid griff beherzt zu Rührei und Baguette, ich wählte Lachs, Roggenbrötchen und frische Erdbeeren. Olga, Käthe, Susanne, Anne und Petra winkten uns von einem langen Tisch aus zu sich heran und wir bahnten uns unseren Weg zu ihnen durch.

»Wow, wenn das jetzt öfter so ist, brauchen wir uns keine Gedanken mehr über unsere Finanzierung zu machen«, lachte Petra.

»Ich glaube, das braucht ihr wirklich nicht«, sagte ich unbedacht. Woraufhin sich vier Augenpaare fragend auf mich richteten. Susanne blickte nervös zu Boden. Astrid lächelte auf ihr Rührei.

»Da kommt Julia!« Petra winkte meine Nachbarin, Freundin, demnächst angeheiratete Stiefschwester heran und die quetschte sich, nachdem sie sich mehrere Teller mit allem Möglichen vollgeladen hatte, an unseren Tisch. »Charlotte kommt auch gleich noch«, verkündete sie. Eindeutig nicht mehr hoffnungsvoll. Daran änderte auch die Tüte mit Pralinen wenig, die ich ihr zusteckte. »Anregend und absolut vegan«, flüsterte ich ihr ins Ohr. »Wenn sie auch nur ein kleines bisschen auf dich steht … könnte das heute der Tag der Tage werden.«

»Mal sehen«, Julia sah hungrig auf die Schokolade und ich musste sie daran erinnern, dass sie für die Superjournalistin gedacht war, die an Julia weiterhin leider definitiv nicht interessiert wirkte.

»Wo bleiben Lilli und Martha?«, fragte Susanne Käthe. Die zuckte die Achseln. »Wollten ausschlafen. Claire ist mal wieder da und Martha findet ja nie frühzeitig aus dem Bett.« Wohl wahr, unsere Martha war eindeutig ein Nachtmensch. Unauffällig sah ich auf meine Uhr. Zehn nach zehn. Nervosität machte sich mit einem Schlag breit und verursachte mir ein heftiges Grummeln im Magen. Mein Lachsbrötchen änderte daran wenig.

»Da ist Lydia«, verkündete Susanne mit einem Mal. Ihr finsterer Blick durch die Menge war wie eine Lanze. Scharf und herzlich gerne tödlich.

»Na, ihr Lieben!« Da stand das Miststück bereits vor uns. »Da hat euer Aufruf doch mal so richtig was gebracht. Wenn nur immer so viele Frauen hier wären. Egal, ob lesbisch, oder auch nur vielleicht ...«, ihr vielsagender Blick wanderte zu Julia, die nur kurz den Mittelfinger hob, bevor sie sich wieder ihrem Salamibrötchen widmete, dann hinüber zu mir. Aber heute brauchte ich keine Rücksicht zu nehmen. Betont langsam stand ich auf. Lydia und ich waren ungefähr gleich groß und so standen wir uns auf Augenhöhe gegenüber, ihre Gefolgschaft feixend um sie herum. »Was willst du eigentlich von mir?«, fragte ich. Am Tisch erstarb jedes Gespräch, auch neben uns wurde es leiser. »Du kennst mich nicht und glaubst dennoch, mich angreifen zu müssen? Was bist du für eine armselige Person.« Lydias Unterlid fing an zu zucken, ihr Mund verkrampfte sich, wurde grau vor Wut.

»Teilst du Lesben gerne in Kategorien ein? Welche ist deiner Meinung nach gut genug? Vermutlich nur die, die gleich nach der Mutter milch aus einem Fläschchen mit der Doppelaxt getrunken hat.« Lydia holte empört Luft, aber ich ließ sie nicht zu Wort kommen. »Weißt du, wie ich das finde? Intolerant. Du maßt dir an, in gute und weniger gute Lesben einzuteilen. Ich bin der Meinung, dass wir hier alle Frauen sind, die Frauen lieben, es gibt keinen Unterschied. Und wir sind heute hier, weil wir genau das von der Gesellschaft fordern, was du offensichtlich nicht einmal innerhalb unserer Gemeinschaft kennst: Toleranz!«

Es war still geworden um uns herum. Lydia lief hochrot an und stach mit einem Finger nach mir. Was sie sagen wollte, blieb ungehört, denn jemand an unserem Tisch fing an zu klatschen. Andere fielen ein, und ehe ich es mich versah, bekam ich johlenden Beifall von fast allen Frauen, die um mich herum saßen. Astrid grinste und hob einen Daumen. Mir wurde ganz warm. Hatte ich das eben wirklich gemacht? Einer der bekanntesten Lesben der Stadt eine Standpauke gehalten? Ich, die ich vor einem Jahr noch nicht einmal selbst wusste, dass es ein lesbisches Leben für mich gab?

»Wow!«, schrie Susanne und versuchte gleichzeitig, Lydia mit ihrem Blick zu verdampfen. Käthe saß am Tisch und starrte mich an, als habe sie mich noch nie gesehen. Tja, so wohl tatsächlich noch nicht! »Wir sprechen uns noch!«, knirschte es durch Lydias wutbebende Lippen, bevor sie sich umdrehte und mit ihren Freundinnen von dannen stob. »Darauf trinken wir!«, rief Petra und orderte eine Runde Sekt. Erschöpft sank ich auf meinen Platz zurück. »Toll gemacht, Schwesterherz«, grinste Julia zwischen zwei Bissen. Tja, das war erst der Anfang. Der Höhepunkt des Tages würde noch folgen. Es war halb elf und mein Magen funkte vor lauter Nervosität SOS. »Mädels, ich bin gleich wieder da«, verkündete ich und begab mich hinaus zu den Damentoiletten.

»... diese Tina und ihre Freundin, die Journalistin, wollen Marion ans Leder!«

Die Stimme traf mich wie ein Schlag. Ich war aus dem Saal gekommen und wollte in den Gang einbiegen, der zu den Toiletten führte, als ich sie hörte. Lydia! Das Miststück!

»Aber nein, das kann ich mir nicht vorstellen. Bist du sicher?« Eine männliche Stimme, ein wenig tuntig, aber eindeutig männlich. Hatte ich schon einmal gehört, aber das half mir nicht wirklich weiter. Schließlich hatten die *Pink Guys* ebenfalls ihr sonntägliches Zusammentreffen hier im Kulturhaus. »Wenn ich es dir doch sage! Diese Charlotte arbeitet für die *Alternative Wochenpresse*. Ihren Artikel heute haben ja wohl alle gelesen. Und genau diese Person und diese Tina ...« Die Stimmen entfernten sich, ich konnte nichts mehr verstehen. Vorsichtig lugte ich um die Ecke. Tatsächlich. Lydia. Sie hatte jemanden am Arm gepackt und zog ihn mit sich den Gang hinunter.

Schwach kam mir der Kerl in schwarzer Hose und rosa Hemd bekannt vor, aber ich kam nicht darauf, wer er war. Und warum interessierte er sich für eine angebliche Verschwörung gegen Marion Borgwald?

Vorsichtig tapste ich den beiden hinterher, aber sie verschwanden in einem der Räume, die die *Pink Guys* gemietet hatten. Eine Tür klappte zu. Ich schäumte vor Wut, da aber gleichzeitig meine Blase so drückte, und ich es nicht mehr aushalten konnte, eilte ich zunächst erstmal aufs Klo. Minuten später und enorm erleichtert, riss ich die Tür zum Flur auf und prallte beinahe mit einem Mann zusammen. »Entschuldigung«, murmelte er. Wir sahen uns an und ich weiß nicht, wer den größeren Schreck erlitt. Sein Scheitel war verschwunden, die Haare hingen locker und gewollt unordentlich in die Stirn. Seine Brille hatte er gegen Kontaktlinsen ausgetauscht und den Businessanzug gegen eine schwarze Hose und ein pinkfarbenes Hemd. Am Revers trug er eine Orchidee, eine kleine, dunkelblaue. Sie war sehr hübsch und ich war sicher, er konnte sehr viel über ihre Herkunft und ihre Besonderheiten verraten.

»Ken-Ole!« In meiner Stimme schwang Ungläubigkeit mit.

»Tina!« Er wirkte eher gehetzt.

Wir schauten uns stumm und verlegen an, was hätten wir in einer solchen Situation auch anderes sagen sollen? »Ach, du auch hier?« wäre sicherlich keine besonders tolle Bemerkung gewesen. Ken-Ole Schmidt überwand seine Schrecksekunde schneller als ich, er nickte mir knapp zu und eilte davon. Nachdenklich kehrte ich zu meinem Tisch zurück. Es war viertel vor elf. »Ich weiß jetzt, wer unsere Interna in die Zentrale von Marion Borgwald gefunkt hat«, flüsterte ich Julia zu. Sie blickte von ihrem Teller auf und machte große Augen. »Kannst du ihr gleich sagen!«, meinte ich und deutete damit auf die missmutig dreinblickende blonde Schönheit, die im selben Moment auf uns zusteuerte.

»Ken-Ole Schmidt? Schwul?« Charlottes Oberlippe kräuselte sich, fast hätte sie versehentlich gelächelt. »Und wer hat ihm von unseren Plänen erzählt?«

»Lydia war es. Sie muss hier im FKH etwas mitbekommen und brühwarm weitererzählt haben. Ohne Rücksicht auf Verluste. Sie hält mich für eine Freundin von dir.« Den letzten Satz hatte ich so trocken hinzugefügt, dass Charlotte eine Sekunde betreten nach unten sah. »Also – ich habe nichts damit zu tun, aber ich denke, das weißt du inzwischen.«

Der Rauschgoldengel blickte unsicher zwischen Julia und mir hin und her. Julia rollte die Augen und ich konnte mir ein Grinsen nicht verkneifen. War es so schwer, mein Friedensangebot zu akzeptieren?

»Okay. Danke für deine Unterstützung. Und der von Susanne.« Charlottes schmale Hand lag kühl und glatt in meiner, sie drückte fest zu und schüttelte einmal kräftig. Dann setzte sie sich und ich sah mit einem inneren Grinsen, wie Julia ihr meine Pralinen anbot. Na, wenn da mal nicht das kühle Herz schmolz. »Und wie geht es weiter?«, fragte jemand. Es war elf Uhr, mein Blick wanderte zum Eingang. Ein Paar, beide sicherlich schon um die fünfzig, kam lächelnd hereingeschlendert. Am Büffet standen ein halbes Dutzend Frauen und holten sich Nachschlag, die Brötchen wurden langsam knapp. »Wartest du auf jemanden?« Olga saß mir gegenüber, sie hatte meinen Blick bemerkt.

»Lilli und Martha«, murmelte ich. Doch das war nur die halbe Wahrheit. Die beiden würden noch kommen, das war sicher. Sie gehörten nicht zum engeren Zirkel hier, aber sie waren Mitweiber und unterstützen den Vorstand. Der Brunch ging bis zwei Uhr nachmittags, da blieb noch Zeit. Nein, meine Nervosität bezog sich nicht auf meine beiden ehemaligen WG-Mitbewohnerinnen, sondern auf jemand anderen. Doch bevor ich mir weitere Gedanken darüber machen konnte, erlebte ich schon die nächste Überraschung des Tages.

»Ist das nicht deine Chefin?« Julia deutete auf jemanden der sich hinter mir befand. Ich fiel fast vom Stuhl, als ich Henriette sah, die sich suchend im Saal umblickte. Da ich mir sicher war, dass sie nicht nach mir Ausschau hielt, machte ich mich erst einmal nicht bemerkbar. Aber – oh Wunder – Henriette von Lojewski stiefelte direkt auf unseren Tisch zu. »Tina, du hast mir den Aufruf gemailt.«

Hatte ich das? Ich konnte mich nicht erinnern.

»Da wollte ich doch gerne meine Solidarität bekunden.« Ihre schönen Augen machten die Runde. Sie blieben hängen an einer Frau, die gerade mit herabgezogenen Mundwinkeln in ihrem Obstsalat stocherte und dabei etwas murmelte, das wie »Angebot muss hier eindeutig noch mehr vegan werden« klang. Dann hob sich der türkisfarbene Blick und traf auf Henriette, die mit einem beseelten Lächeln neben mir stand. Was dann passierte, grenzte an ein Wunder. Charlotte Borghs Mundwinkel hoben sich. Der miesepetrige Rauschgoldengel lächelte! Das erste Mal, seit ich sie kannte! Dabei enthüllte sie eine entzückende kleine Lücke zwischen den oberen Schneidezähnen. Julia stöhnte leise auf und blickte betreten auf die leere Pralinentüte. Henriette setzte sich auf den Platz gegenüber von Charlotte, als sei es das Natürlichste der Welt, dass alle anderen Frauen ihretwegen nun zusammenrückten wie die Hühner auf der Stange. Es dauerte keine drei Sekunden, da waren sie und Charlotte bereits in ein Gespräch vertieft.

»Mangiare, das kenne ich natürlich. Großartiges Magazin«, säuselte Charlotte.

»Ihr Artikel über die *Demant City Development* hat mir so richtig die Augen geöffnet. Hervorragend geschrieben«, revanchierte sich Henriette und prostete Charlotte mit einem Sekt zu. »100% vegan«, verkündete sie dabei so entzückt, als habe auch sie nun jedweder tierischen Nahrung abgeschworen. Julia saß daneben wie ein Häuflein Elend. Sie tat mir leid, denn sie musste gerade miterleben, dass die von ihr so angeschwärmte Charlotte beileibe nicht der Weiblichkeit abgeneigt war. Sie hatte eben nur einen anderen Geschmack, und dem schien Henriette ganz gut zu entsprechen.

Hatte sie deswegen damals so düster zu uns herübergesehen? Weil sie dachte, dass ich und Henriette ... ? Aber nein, damals hatte meine Chefin mit dem Rücken zu ihr gesessen. Hoffentlich würde mir Charlotte als zukünftige Kollegin erspart bleiben, nicht auszudenken, wenn Henriette auf die Idee kam, den Rauschgoldengel zu engagieren. Für sozialkritische Themen, wie *Wer kann sich Kaviar noch leisten?*, oder *Haute Cuisine für fünf Euro* womöglich.

Nein, ich schüttelte mich innerlich. Selbst wenn die Tochter des Oberbürgermeisters mit mir so eine Art Burgfrieden geschlossen hatte, ein wenig musste ich sie noch im Auge behalten. Die Balzerei dauerte schon fast eine Viertelstunde an, es war viertel vor Zwölf, als ich das nächste Mal auf meine Uhr sah. Eindeutig über der Zeit! Nun liefen wenigstens Lilli und Claire ein, eng umschlungen. Wir begrüßten uns lauthals und herzlich, kurz darauf kamen Martha und – oh Wunder – Ayshe. Hand in Hand. Die Anwältin trug ihr langes Haar offen, Naturrouge auf den Wangen und ein seliges Lächeln. Martha sah aus wie ein Glückskeks auf zwei Beinen, ihre Augen strahlten, als wolle sie uns alle damit wärmen.

Am Nebentisch wurden Plätze getauscht, Frauen rückten freundlich hin und her, sodass wir Freundinnen alle nah beieinandersaßen. Halb Zwölf. Ich hielt es nicht mehr aus. Es ist einfach ein Scheißgefühl, versetzt zu werden. Schwammen mir meine Felle bereits davon? Noch hatte ich mich nicht wirklich daran gewöhnt, ein mobiles Telefon zu haben, als es mir wieder einfiel, checkte ich hektisch meinen Nachrichten-Eingang.

»Sie haben 0 neue Nachrichten«, lautete die niederschmetternde Erkenntnis. Pffft! Verdammt! Ich war gelinkt worden! Seufzend wandte ich mich wieder den Frauen an meinem Tisch zu, als sich schlagartig eine elektrisierende Stille um uns herum ausbreitete. Käthe wurde käseweiß, Susanne nickte mir unmerklich zu und legte den Arm um ihre gute Freundin. Astrid und Julia signalisierten mir: Es ist soweit. Ich drehte mich um und da war sie! Marion stand mitten unter uns. Sie trug eine dunkle Hose, eine lila (!) Bluse und ihr Politikerinnenlächeln. Nachdem alle begriffen hatten, wer da vor ihnen stand, klatschten vereinzelt ein paar Frauen. Dann wurde es ruhig.

»Guten Tag«, sagte Marion lächelnd. »Sicherlich ist es eine Überraschung für Sie alle, mich heute hier zu sehen.« Das konnte man wohl sagen. Käthe befand sich am Rande einer Ohnmacht, der Rest der Ladies war gespannt, erfreut oder mindestens neugierig. »Aber es war mir ein Herzensbedürfnis, heute hier zu sein.« Ihre Augen sahen in meine Richtung, ich rührte mich nicht. »Viele hier mussten in den vergangenen Wochen und Monaten ja befürchten, dass es diese wundervolle Einrichtung bald nicht mehr geben würde.« Sie hob kurz die Hände und den Blick ins Ungewisse nach oben. »Darum nehme ich diese Gelegenheit heute wahr, Ihnen allen zu versichern: Wenn Sie mich wählen, wenn ich Sozialdezernentin werde, werde ich mich für den Erhalt des Frauenkulturhauses einsetzen. Ohne Wenn und Aber!«

Beifall brandete auf, Marion badete eine kurze Weile darin, ein verzücktes Lächeln auf den Lippen. »Und nicht nur das!« Wieder wanderte ihr Blick zu mir. Eisenhart dieses Mal, aber ich hatte ihr keinen Spielraum gelassen. Entweder. Oder.

»Für das Frauenkulturhaus wird die Förderung nicht heruntergefahren, sondern erhöht! Damit möchte ich Planungssicherheit für die Arbeitsplätze erreichen, die an dieser Institution hängen. Für die Frauen, die sich hier täglich engagieren, gibt es nichts Wichtigeres, als sich auf ihre Aufgabe konzentrieren zu können. Ohne ständige Angst, dass morgen der Job wegfällt, weil keine Fördergelder mehr da sind.«

Hinter mir rutschte jemand von der Bank, es war Käthe, aber ich konnte ihr meine Aufmerksamkeit nicht schenken, zumal ich wusste, dass Susanne und Olga da waren, um ihrer Freundin beizustehen.

»Darauf möchte ich mit Ihnen allen anstoßen!« Auf Marions Wink hin eilten zwei Orgafrauen herbei. Sie trugen große Tabletts mit Gläsern voller Sekt und Orangensaft. Marion griff nach dem Saft, ich schnappte mir einen Sekt und stand auf. Wir blickten uns an, wie schon am Vortag. Das Duell war vorbei. Marion neigte ganz kurz den Kopf und hob ihr Glas. »Auf das Frauenkulturhaus!« Der Jubel, der sie umfing, war unbeschreiblich.

Kapitel 17

Käthe saß in der Küche und heulte Rotz und Wasser. »... hat mich nicht einmal angesehen«, schluchzte es. »Als wären wir uns nie begegnet ...«

Susannes T-Shirt war schon wieder ganz nass von den Tränen ihrer Freundin. Anne, Suses Frau, wirkte genervt. Das erste Mal, seit ich sie kannte. Martha und Ayshe saßen mit ineinander verschränkten Fingern auf der Eckbank, es war ihnen deutlich anzumerken, dass sie herzlich gern etwas anderes tun wollten und sich nur aus Solidarität für Käthe hier aufhielten.

Julia war gar nicht erst mitgekommen. Wie ein Häuflein Elend war sie nach dem Brunch nach Hause gegangen, allein, während Charlotte und Henriette, blind für alles andere um sie herum, geflirtet hatten, dass die Luft nur so knisterte. Astrid war ebenfalls verschwunden, was ich ein wenig merkwürdig fand. »Hab noch eine wichtige Sache zu erledigen«, ließ sie mich wissen, nachdem sie mir zu der superben Durchführung unseres Plans gratuliert hatte und sich dann aus dem Staub machte. Lilli und Claire waren auch nicht hier, sie hatten an diesem Samstag irgendein privates Jubiläum zu feiern. So blieb es an Suse und mir hängen, Käthe zu beruhigen. »Es war doch ein offizieller Auftritt«, versuchte ich, das schluchzende Etwas zu beruhigen.

»Sie wird sich sicher noch bei dir melden«, tat Susanne ihr Bestes.

»... alles zerstört«, heulte es weiter. »... nie wieder glücklich.«

Martha und Ayshe gaben auf, sie sahen sich nur kurz und liebestrunken in die Augen, bevor sie aufstanden und eilig in Marthas Zimmer verschwanden. Ich schloss die Küchentür. Nicht auszudenken, wenn Käthe nun den akustischen Liebesbezeugungen dieses hochelektrisch verliebten Paares ausgesetzt wäre.

»... ahahah ...« erklang Käthes Stimme kläglich zwischen Suses

Brüsten hervor. Anne atmete heftig aus und beschloss, aufs Klo zu gehen. Fast hätten wir die Klingel überhört. Völlig abgenervt ging ich zur Tür. Öffnete sie. Taumelte einen Schritt zurück. Wir sahen uns an, dann schob mich Marion zur Seite und stiefelte festen Schrittes in die Küche. Ein Schrei ertönte – Käthe. Jemand fluchte – Susanne. Ich rannte hinter Marion her und besah mir das Dilemma.

»Es war schon immer so mit ihr. Wenn es wirklich zur Sache ging, wurde sie ohnmächtig!« Suse und ich sahen Marion an, die wiederum Käthe ansah. Die wiederum niemanden ansah, weil sie bewusstlos unterm Küchentisch lag.

»Niemals. Ich hätte es niemals zugelassen!« Marions Augen blitzten wie frisch geschmiedete Schwerter, als sie uns eine Viertelstunde später, Rede und Antwort stand. Käthe war, mit Hilfe von kalten Waschlappen und einem Aromaöl, das sich *Feuer des Orients* nannte, wieder zu Bewusstsein gebracht worden. Susanne hatte eine Flasche Wein auf den Tisch gestellt und da saßen wir nun. Fünf Frauen. Fünf Gläser. Eine Beichte. »Natürlich konnte ich meinen Parteifreunden das so direkt nicht sagen«, fuhr die angehende Sozialpolitikerin fort. »Was hätten sie denn von mir gedacht? Wir schließen alle möglichen Einrichtungen, Stadtteilbibliotheken, Beratungsstellen. Und ausgerechnet das Frauenkulturhaus soll ungeschoren davon kommen? No Way! Dabei hatte ich von Anfang an einen Plan. Mich wählen lassen, danach hätte ich eine größere Spende für das FKH eingenommen. Von einer ... guten Freundin der Sache.«

Aha. Die hieß vermutlich Helen Heart und hatte eine gewiefte Steuerberaterin.

»Damit und mit einer Referentin, die sich mit der Einwerbung von Fördermitteln bestens auskennt, wäre mir das ohne großes Aufhebens gelungen.«

»Was für eine Referentin?«, fragte Käthe, die Eifersucht sprühte giftgrün aus ihren Augen. Wenn sie wüsste ...

»Äh. Was?« Marion war ganz aus dem Takt geraten durch die Frage ihrer ehemaligen Liebhaberin.

»Wer ist diese Referentin?«, wollte Käthe wissen, eindeutig angefressen. Himmel, hörte das denn nie auf?

»Das ist doch ganz egal. Ich will noch jemanden einstellen. Eine taffe junge Frau, die in der Lage ist, frauenpolitische Belange auf der Verwaltungsebene zu bearbeiten. Was Mittelgewinnung anbelangt, weiß ich selbst genug und bin gerne bereit, mein Wissen weiterzugeben.«

»Aha«, sagte Käthe und verstummte daraufhin.

»Ja, du weißt doch genau, wie das funktioniert.«

»Ich glaube, außer dir wusste das niemand so genau«, antwortete Susanne. »Du bist ja sozusagen die Mutter des lesbischen Kulturvereins und des FKH.«

Marion senkte in kalkulierter Bescheidenheit den Kopf. »Mag sein, auf jeden Fall wäre es nie zu einer Schließung gekommen, das müsst ihr mir glauben. Aber freiwillig hätte ich meine Pläne vor der Wahl nie offiziell gemacht. Das muss ich jetzt erst einmal meinen Parteifreunden erklären. Dieser erzkonservative Haufen, sie werden mich in der Luft zerreißen.«

Anne und Susanne zogen synchron die Augenbrauen hoch, Käthes Stirn legte sich in Falten.

»Na, so schlimm wird es nicht werden. Sie haben ja auch Unterstützung aus den eigenen Reihen«, schwächte ich Marions Befürchtungen ab.

»Wie?« Marion zog die sorgfältig gezupften Brauen hoch.

»Ken-Ole, Ihren Büroleiter. Er ist doch bei den *Pink Guys*«, warf ich leichthin in den Raum.

»Ken-Ole? Schwul?« Marions Augen kullerten fast aus dem schmalen Gesicht. Dann fing sie an zu lachen, immer lauter, immer heftiger. Suse und ich sahen uns besorgt an.

»Das ist doch ... das gibt es doch nicht ...« Marion wischte sich die Tränen aus den Augenwinkeln.

»Sie haben es nicht gewusst?«, fragte ich perplex.

»Nein. Und jetzt lasst uns endlich Du zueinander sagen!« Marion hob ihr Glas. Wein. Etwas tickte in meinem Kopf. Ich schob es weg, sagte nichts. Wir stießen an.

»Auf Du und Du!« Marion trank. In einem langen Zug. Suse blickte verwirrt. Käthe murmelte irgend etwas.

»So, und lasst mich und Käthe bitte mal allein!«, verlangte Frau Borgwald nach diesem Umtrunk. Suse sah Käthe an, die nickte matt. Wir verließen die Küche.

Das Gespräch der beiden Ex-Liebhaberinnen dauerte eine gefühlte Ewigkeit. Währenddessen hockten Suse, Anne und ich in Käthes Zimmer. Alles wirkte noch sehr provisorisch, es war unübersehbar, dass sie hier nicht wirklich bleiben wollte, die Spannungen mit Martha trugen sicherlich ihren Teil dazu bei.

Suse war nervös, als es in der Küche lauter wurde und drückte zerstreut auf den Schalter der Stereoanlage. Laura Fygis einschmeichelnde Stimme erfüllte den Raum mit ihrer Version von Perfidia, einem Song, der wohl Käthes Stimmung entsprach, aber schon Humphrey Bogart und Ingrid Bergman kein Glück gebracht hatte. Als Marion gegangen war, blieb Käthe in der Küche hocken. Mit traurigen Augen blickte sie auf, als wir hereinkamen. »Es ist vorbei«, murmelte sie, als sei das eine brandaktuelle Information und sie nicht schon seit Jahren von ihrer Ex getrennt. Mein Blick fiel auf Marions leeres Weinglas. Von Birgit Eyckmann wusste ich, welche Auswirkungen der Alkohol auf Marion hatte. »Wie hat sie den Wein vertragen?«, fragte ich daher.

»Marion verträgt keinen Alkohol. Ein Glas, und sie tanzt auf dem Tisch.«

Ja, so ähnlich hatte es Birgit Eyckmann auch ausgedrückt. Inklusive der Tatsache, dass Frau Borgwald dabei keine Unterhose getragen hatte ...

»Dann fällt sie in eine Art intellektuelles Koma und erzählt frank und frei, was sie wirklich denkt. Nicht sinnvoll für eine Politikerin. Sehr sinnvoll, wenn man seiner Ex sagen will, warum die Beziehung wirklich gescheitert ist.« Käthe verstummte abrupt und räusperte sich, bevor sie weitersprach.

»Sie hat sich schon vor vielen Jahren entschlossen, weitestgehend abstinent zu leben.« Sie hob den Kopf, die spitze Nase zuckte. »Warum fragst du?«

»Ach, nur so«, murmelte ich.

»Ist es jetzt also amtlich«, unterbrach Susanne unseren Wortwechsel, »dass Marion sich nichts mehr aus dir macht?«

Käthe bejahte mit erstickter Stimme. »Sie wäre nie freiwillig ins Frauenkulturhaus gekommen, schon alleine, um mir dort nicht zu begegnen. Jemand hat sie wohl ... überredet.« Ihr Blick schoss scharf zu mir herüber, ich tat so, als wisse ich von nichts und Suse hielt ebenfalls dicht.

»Nach dem Auftritt heute sind ihr jede Menge Wählerinnenstimmen sicher. Auch wenn sie mit ihrer Partei nicht unbedingt modern und fortschrittlich wirkt«, lenkte ich das Gespräch in eine andere Bahn.

»So schlimm ist ihr Programm auch wieder nicht«, sagte ausgerechnet Käthe. »Es sind ein paar Punkte dabei, die ich gut finde. Außerdem sind die *Konservativen* lediglich ein kleiner Koalitionspartner, viel Einfluss haben die da nur in den Ämtern, die sie selbst besetzen.«

»Nach Marions öffentlichem Bekenntnis kann sich aber keine der Parteien vom FKH distanzieren, die müssen doch jetzt alle nachziehen«, war Susannes Meinung.

»Was geschieht mit dem Bauprojekt?«, wollte Anne wissen. Wir alle zuckten die Schultern.

»Marion sagt, sie stoppen es.« Käthes Stimme klang immer noch beängstigend zombiehaft.

»Ach was?«, staunte ich.

»Ja. Sie stoppen es, um den Vorwürfen gegen die *Demant City Development* nach zugehen. Erweisen die sich als richtig, wird man sich sowieso etwas Neues einfallen lassen.«

»Heißt das, du kannst dann zurück in deine Wohnung?«, fragte ich Käthe. Die sah mit einem erstaunten Gesichtsausdruck auf. »Nein«, antwortete sie langsam. Eine ungute Stille entstand und ich fragte mich, ob sie etwas wusste, das ich auch hätte wissen müssen. Keine von uns sagte etwas.

»Ich habe eine neue Wohnung gefunden, in die ich demnächst einziehen kann«, bequemte sich Käthe schließlich noch hinzuzufügen.

»Aha«, sagte ich und dachte so bei mir, dass das sicherlich eine gute Idee sei.

Kapitel 18

Das neue *Mangiare* erschien und pufferte den Schlag, den die *Alternative Wochenzeitung* Marion Borgwald versetzt hatte, etwas ab. »Die Homestory gefällt ihr ausgesprochen gut«, ließ mich Henriette nach einem Telefonat mit der Politikerin wissen. Und auch mein Artikel über luststeigernde Nahrungsmittel kam hervorragend an. Birgit Eyckmann meldete sich ebenfalls an diesem Tag. Sie bedankte sich überschwänglich für die Erwähnung ihres Restaurants. Ich hatte einen Teil des Menüs, das ich mit Vera dort verspeist hatte, als Anregung im Artikel aufgelistet und erwähnt, wo es diese Leckereien gab.

»Aber Tina, weil ich gerade den anderen Artikel sehe ...«, druckste Birgit herum. »Du erzählst doch niemandem, was du von mir weißt? Die Sache mit Marion Borgwald?«

Ich beruhigte meine neue Bekannte. »Top Secret. Meine Lippen sind versiegelt, niemand wird davon erfahren.«

Es gab ja noch etwas, das bisher nicht zur Sprache gekommen war, etwas, das ich wohl auch weiterhin für mich behalten könnte. Dazumal ich mit Helen Heart inzwischen noch einen weiteren Trumpf in der Hand hielt.

Abgesehen davon polterte mir Julia schon den ganzen Morgen auf dem Kopf herum. Als ich zu ihr nach oben in die Wohnung kam, zwei Stück frischgebackenen Rhabarberkuchen mit Baiserkruste in der Hand, sah ich auch warum. »Du willst verreisen?« Ein voll bepackter Rucksack stand im Flur.

»Allerdings, ich halte es einfach nicht aus zuzusehen, wie sich Charlotte und Henriette gegenseitig mit den Augen auffressen.«

Da hätte ich sie beruhigen können. So oft würde sie die beiden nicht zu Gesicht bekommen. Henriettes Auftauchen im FKH war eine Seltenheit, Charlotte würde, so wie ich sie einschätzte, keinen Wert auf die Szene legen. Aber ich hatte gut reden. Wer glücklich liiert ist, kann Liebeskummer anderer Leute nur bedingt nachempfinden. »Kuchen. Für Dich.« Ich hielt ihr den Teller hin.

»Danke, keinen Appetit«, winkte sie ab. »Ich muss auch gleich los.«

»Wo willst du denn hin?«, fragte ich verblüfft, während ich den Kuchen, noch verblüffter, wieder abdeckte. Heute war wohl der Tag der Überraschungen. Julia zuckte mit den Schultern. »Erst mal raus. Ich fahre zum Flughafen und schaue, wohin der nächste Flieger geht.«

»Soll ich Astrid anrufen, damit sie dich fährt?«

Julia sah mich an und etwas an diesem Blick kam mir bekannt vor. Er ähnelte dem, mit dem mich Käthe am Vorabend gemustert hatte.

»Ach so, ja, Astrid«, murmelte Julia und schüttelte zerstreut den Kopf. »Sag ihr bitte, ich kann ihr doch nicht helfen.«

»Helfen? Wobei?« Ich verstand nur Bahnhof.

»Sie weiß schon Bescheid. Und nein, du brauchst sie nicht anzurufen, ich nehme die Bahn zum Flughafen.«

Dass Julia so Hals über Kopf abreiste, schmerzte mich.

»Dich wollte ich bitten, meine Blumen zu gießen und den Briefkasten zu leeren.«

»Klar, kein Thema.«

Wir sahen uns stumm an. Dann seufzte Julia, tief und schmerzhaft, zog mich an sich und brach in Tränen aus. Himmel! So langsam nahmen die weinenden Frauen in meinem Leben überhand!

»Wie jetzt – sie ist einfach verreist?« Astrid schüttelte verständnislos den Kopf, als ich ihr von Julia erzählte. »Nur, weil Charlotte und Henriette ein wenig miteinander geflirtet haben? Also, so eine überzogene Reaktion wäre doch nicht nötig gewesen.«

Ein wenig? Also mir schien das auch eindeutig ein ziemlich heftiger Flirt gewesen zu sein, trotzdem hatte mich Julias überstürzte Reaktion überrascht. Und Astrids angefressene Reaktion darauf auch.

»Als Freiberuflerin kann sie es sich ja leisten, wann immer sie will einen Ortswechsel vorzunehmen«, meinte ich.

»Hat sie den die Aufträge, die sie von Ayshe und der *Alternativen* bekommen hatte, abgeschlossen?«

Ich zuckte mit den Schultern, vermutete aber, dass dem so war. Julia war ein Profi, die rannte nicht mittendrin weg, Liebeskummer hin oder her. Und was genau zwischen Charlotte und Henriette lief, konnte zum jetzigen Zeitpunkt sowieso niemand von uns wissen. Was wir jedoch sehr genau wussten, war, welch hohe Wellen der Artikel der *Alternativen* über die *Demant City Development* geschlagen hatte. Bereits an diesem Montag waren die Nachrichten voll davon. Die Online-Ausgaben sämtlicher regionaler Zeitungen griffen das Thema auf, ebenso die Fernsehsender im Einzugsbereich. Es war, als hätte Charlotte eine Lawine ins Rollen gebracht.

Mit Hilfe von Julia, Susanne und mir, erinnerte ich mich. Die Geschäftsleitung des Unternehmens, zwei Männer und eine Frau, wurden nach Bekanntwerden der Geschäftspraktiken sehr kritisch betrachtet. Im Laufe des Tages meldeten sich immer mehr Menschen zu Wort, die mit dem Unternehmen selbst oder der Tochterfirma Platin Investment zu tun gehabt hatten. Nachbarn, die über Protz und Prunk berichteten, geprellte Anleger, die ihr verlorenes Geld betrauerten und ehemalige Mitarbeiter, die nie einen Cent für ihre Arbeit gesehen hatten, stattdessen knietief in Schulden steckten. Mir war schnell klar, dass die Stadt und sämtliche potenziellen Geschäftspartner die Finger von dem Bauprojekt lassen würden.

Niemand konnte es sich leisten, mit solchen Machenschaften in Verbindung gebracht zu werden. Leider war es für Käthe und die anderen Mieter, die so rüde vertrieben worden waren, zu spät. Ein Teil der Wohnungen war nicht mehr bewohnbar, nachdem man die Heizungsanlage demontiert und die Fenster herausgenommen hatte. *Zum Abbruch bereit*, nannten die neuen Eigentümer das. Wohin Käthe wohl ziehen mochte? Martha hatte nur mit ihrer *ist mir doch egal*-Miene die Schultern gezuckt, Lilli hatte ich nicht danach fragen können. Nun stand also wieder ein Wechsel in meiner ehemaligen WG an und man durfte gespannt sein, wer als Nächste dort einzog.

Kapitel 19

Der Tag der Kommunalwahl zeigte sich von seiner schönsten Seite. Es war sonnig bei milden Temperaturen, das wahlberechtigte Volk strömte in überraschend hoher Anzahl zu den Urnen und ab 18 Uhr saßen Astrid und ich gespannt vor dem Fernseher, um die ersten Prognosen zu sehen. Das Wahlergebnis war verdammt knapp, keine der größeren Parteien erreichte ihr Wunschziel. Und so kam es tatsächlich, dass die *Neue Konservative* das Zünglein an der Waage war. Die Newcomer konnten einen Vorschussbonus für sich verbuchen, zwar blieb ihr Ergebnis auch hier überschaubar, aber es reichte, um als Juniorpartner in eine Koalition einzusteigen.

Eine jubelnde Menge empfing die Kandidatin, deren Einzug ins Rathaus mit diesem Ergebnis als sicher galt. Marion nahm mit strahlendem Lächeln die zahlreichen Glückwünsche entgegcn. Neben ihr stand ihr Mann, der vor Zufriedenheit schier zu platzen schien.

»Auch wenn ich sie nicht gewählt habe, hoffen wir mal, dass Marion und ihr Haufen ihre Wahlversprechen halten«, kommentierte meine Liebste das Geschehen auf dem Bildschirm. Auch ich hatte ein merkwürdiges Gefühl im Magen. Marion hatte zwar beteuert, sie habe sowieso nie vorgehabt, das FKH zu schließen und nach ihrem Auftritt beim Solidaritätsbrunch konnte sie sich einen unehrenhaften Rückzug nicht so ohne Weiteres leisten.

Aber noch war nicht alles in trockenen Tüchern und zu früh für uns, um in Jubelschreie auszubrechen. Darüber hinaus zeigte sich unsere kleine Gruppe derzeit etwas dezimiert. Lilli war zu Claire nach Paris gefahren und Martha und Ayshe von der Bildfläche verschwunden, werweisswohin. Ich dachte mir, dass das frischgebackene Liebespaar ein bisschen Abstand von der immer noch schwer gebeutelten Käthe brauchte, die fast täglich in der WG-Küche von Susanne betütelt werden musste. Von Julia war am Vortag eine Postkarte aus Buenos Aires gekommen. Sie schrieb, es gehe ihr den Umständen entsprechend gut und sie lerne jetzt erst einmal Tango tanzen, um Kopf und Herz wieder freizukriegen.

»Haben Charlotte und Henriette wirklich etwas miteinander?«, fragte Astrid mich in den Tumult der Wahlparty hinein, der aus dem Fernseher drang.

»Soweit ich weiß, haben sie ihren Flirt ein paar Tage später im *Eyckmann* fortgesetzt.«

»Woher weißt DU denn das?« Astrids Nase kräuselte sich, ihre Augen blitzten neugierig.

»Birgit Eyckmann ist seit meinem schnapsseligen Abend dort eine gute Bekannte von mir. Sie rief mich kürzlich an und bat um ein paar Tipps für eine Vorbestellung in ihrem Restaurant. Vegan und anregend sollte es sein. Henriettes Name fiel eher zufällig. Da wusste ich Bescheid. Henriette war wohl durch meinen Artikel in *Mangiare* auf den Geschmack gekommen, und die gute Charlotte isst ja nichts vom toten oder lebenden Tier.«

Astrid grinste süßsauer. »Anregend? Diese Sachen, die du da in deinem neuen Artikel beschreibst?«

Ich wurde rot bis über die Ohren. Astrid hatte den Artikel natürlich bereits gelesen und mich anschließend fast schon inquisitorisch ausgefragt darüber. Als wir auf meine besondere Pralinen-Rezeptur zu sprechen gekommen waren, war meine Liebste etwas misstrauisch geworden. »Hast du das etwa alles an mir ausprobiert?«, lautete ihre kritische Frage dazu.

Dass ich das zugeben konnte, lag an einem kleinen, aber wichtigen Detail meines Artikels. Ich hatte, einer These aus *Sinnliche Genüsse* folgend, nämlich geschrieben, dass sich Aphrodisiaka sowieso nur dann wirklich entfalten können, wenn der äußere Rahmen stimmt.

Somit gab ich mir selbst recht damit, die Sinne auch mit einem liebevoll gedeckten Tisch, angenehmer Musik oder ähnlich genussfördernden Arrangements zu wecken. Außerdem hieß es, dass Zuneigung vorhanden sein müsse. Diese würde dann eben in die richtige Richtung angeregt.

»Ist die ewig missmutige Charlotte bei deiner Chefin etwas zugänglicher geworden?«, wollte Astrid wissen.

Ich zuckte die Schultern. »Henriette ist jedenfalls unverschämt gut gelaunt in den letzten Tagen.«

Nun tauchte Marion vor unseren Augen in Großaufnahme auf dem Fernsehbildschirm auf. Ihre Augen glänzten vor Arbeitseifer, als sie nun sagte, sie freue sich sehr auf die vor ihr liegenden Aufgaben. »Dann wollen wir mal hoffen, dass sie nicht vergisst, was sie uns versprochen hat.« Schließlich musste man bei Marion immer mit einer Überraschung rechnen, dachte ich im Stillen. Und dass es gut war, dass ich noch ein, zwei Pfeile im Köcher hatte.

Kapitel 20

Noch bevor ich darüber nachdenken konnte, ob und wenn ja, wie genau ich gegebenenfalls Marion noch ein bisschen Feuer unterm Hintern machen würde, sollte sie ihre Versprechen vergessen, gab es erst einmal eine Überraschung für mich.

Es war der Montag nach der Kommunalwahl, ich war nach längerer Zeit endlich mal wieder bei meinem Tai-Chi-Kurs gewesen und kam am späten Abend nach Hause. Zu meiner Überraschung hockte Astrid im Wohnzimmer und sah sich zum gefühlt hundertsten Mal *Desert Hearts* an. Einen der Kultfilme, die wir beide kurz, nachdem wir uns ineinander verliebt hatten, das erste Mal gemeinsam angeschaut hatten. Mit den Worten »Ein Klassiker, muss frau gesehen haben«, hatte Astrid mir damals den Mund wässrig gemacht. Als ich mich zu ihr setzte, lief gerade die Filmszene, in der Vivian erklärte, ihren Bademantel anbehalten zu wollen und Cay wissend lächelnd erwiderte, jede habe eben ihre Grenzen.

»Eine meiner Lieblingsszenen«, schmunzelte ich, während ich mich zu Astrid hinunterbeugte, um sie zu küssen. »Vor allem, wenn man schon weiß, was folgt.«

Astrid lächelte seltsam und drückte die Stopptaste.

»Freut mich, dass du auch mal deinen Schlüssel benutzt«, fuhr ich fort. Etwas war anders, aber ich begriff nicht, was es war.

»Wie war dein Tag?«, wollte ich wissen, als Astrid immer noch nichts sagte.

»Anstrengend«, lautete die vielsagende Antwort. »Ich habe Käthe beim Umzug geholfen.«

»War das heute?« Ich schlug mir mit der flachen Hand auf die Stirn. »Warum habt ihr nichts gesagt? Ich hätte doch ebenfalls helfen können.«

»Hm.« Astrid zog eine Schnute und sah zu Boden. »Olga war da, Lilli auch. Susanne sowieso. Sogar Martha hat geholfen.« Jetzt mussten wir beide grinsen. »Martha hat Käthe bestimmt besonders gern beim Auszug geholfen«, prustete ich los und Astrid stimmte mit ein.

»Die beiden unter einem Dach, das war nicht für die Ewigkeit bestimmt«, sagte meine Liebste und fuhr mir sanft mit den Fingern über den Arm. Meine Härchen richteten sich auf und ich gab so etwas wie ein Schnurren von mir.

»Kommt jetzt für mich trotzdem überraschend«, murmelte ich. »Wohin ist sie denn gezogen?«

Astrid sah mich merkwürdig an und erhob sich dann mit einer schnellen Bewegung. »Ich zeig dir was, Gefährtin meiner hellen Tage und wilden Nächte. Aber nur, wenn ich dir die Augen verbinden darf?«

Häh? Was war jetzt los. Wollte Astrid mich womöglich mit einer bislang noch unentdeckten Vorliebe für bizarre Liebesspiele überraschen? »Gleich«, sagte ich. »Will nur noch schnell meine Gymnastikmatte verstauen.«

»Äh, Tina ...«, rief mir Astrid hinterher. Vermutlich wollte sie mir sagen, was mich in meinem Schlafzimmer erwartete. Nun, ihre Warnung kam zu spät, ich stolperte fast über zwei Koffer und eine Umzugskiste. »Was ... ist ... das?«, stotterte ich und im selben Moment tanzten in meinem Kopf die Erinnerungen an kürzlich gesagte Dinge herum. Astrid, die so genervt war vom Hin- und Herfahren, die oft maulig darauf hinwies, wie umständlich es oft war, zwei getrennte Wohnungen zu haben und dass sie ja kaum noch in ihrem eigenen Zuhause sei.

Ich schluckte hart. War meine Freundin etwa einfach bei mir eingezogen? War das die Überraschung, die sie mir präsentieren wollte? Vor meinem geistigen Auge liefen auf einmal merkwürdige Szenen ab. Wie ich morgens das Bad aufräumen musste, weil Astrid stets die feuchte Handtücher auf dem Boden übersah und ebenso regelmäßig vergaß, ihre elektrische Zahnbürste in die Ladestation zu stellen. Dann die Unordnung, die meistens in ihrer Küche herrschte. Unsere unterschiedlichen Arbeitszeiten und die Tatsache, dass meine Liebste vornehmlich spät aufstand und dafür oft abends nicht ins Bett fand. Und natürlich wären da auch ihre vielen Freundinnen.

Astrids Bekanntenkreis war erheblich größer als meiner. Würde ich zukünftig jeden Abend eine oder mehrere mir vielleicht sogar wildfremde Frauen in meiner Küche vorfinden? Vertieft in feministische Gespräche oder Interna des lesbischen Kulturvereins? Würde das alles gut gehen? Nein, dachte ich sofort, es würde nicht funktionieren. Nie und nimmer. Unsere Beziehung war deshalb so gut, wie sie war, weil sich jede von uns in ihre vier Wände zurückziehen konnte, sobald das nötig war. Und nun das! Was sollte ich bloß tun? »Warum hast du mir denn nichts gesagt?«, fragte ich in meiner Hilflosigkeit.

»Weil ich dich überraschen wollte«, sagte Astrid, die mich dabei sehr, sehr merkwürdig ansah.

»Ich weiß nicht, was ich sagen soll.«

»Wozu?«

»Zu all dem hier«, ich machte eine Handbewegung, die Astrids Gepäck umfasste.

»Aha«, sagte meine Freundin. Falls möglich, sah ihr Blick jetzt noch irritierender aus, als noch zwei Sätze zuvor. »Du bist offensichtlich verwirrt. Dann will ich mal erklären, worum es geht. Wie du gemerkt hast, ist mir die räumliche Distanz, die zwischen uns lag, etwas auf die Nerven gegangen. Ich verbringe lieber Zeit mit dir, als sie ständig mit Hin- und Herfahren zu vergeuden. Ein bisschen gestört hat mich dann irgendwann auch die Tatsache, dass du – verständlicherweise – nicht mehr so gerne zu mir gekommen bist.« Der Blick ihrer tiefblauen Augen sagte noch mehr und ich nickte matt. Wir wussten beide, was gemeint war. »Also machte ich mir Gedanken darüber, wie ich diese Situation verbessern könnte. Und das habe ich auch getan.«

Ich sah sie an, stumm und mit klopfendem Herzen.

Wenn es sein musste, würde es eben gehen müssen. Jede von uns könnte sich ja ein wenig auf die andere zubewegen, wir würden Kompromisse finden ...

»Ich schlage vor, ich zeige dir mal, was das alles zu bedeuten hat.« Damit ergriff sie meine Hand und zog mich mit sich.

»Das mit dem Augen verbinden können wir uns jetzt auch sparen«, murmelte sie und ich wand mich innerlich wie ein Wurm am Angelhaken. Astrid ging mit mir in den Hausflur hinaus, eine Etage höher. Zu meinem großen Erstaunen öffnete sie die Wohnung, die der von Julia gegenüberlag, mit einem Schlüssel. »So, meine liebe Tina, jetzt sage ich dir mal was. Falls du eben einen Moment lang gedacht hast, ich sei heimlich, still und leise bei dir eingezogen, lass dir gesagt sein, dass ich so etwas nicht tun würde. Das solltest du eigentlich wissen. Aber ich muss zugeben, die Situation eben war etwas missverständlich. Da wir beide aber so gänzlich unterschiedliche Auffassungen von vielen Alltagsdingen haben, würden wir uns wahrscheinlich ständig an die Gurgel gehen. Das wäre dann das Ende einer wunderbaren Beziehung. Da ich dir aber auf jeden Fall näher sein wollte – habe ich diese Wohnung gemietet. Julia war so freundlich, mir einen Tipp zu geben, als sie vom geplanten Auszug des Vormieters erfuhr.«

Das hatte ich nun davon, dass meine Liebste und meine demnächst angeheiratete Stiefschwester miteinander joggen gingen, während ich in der Küche stand.

»Und hier ist sie, meine neue Wohnung!«

Stumm und ergriffen besah ich mir Astrids neues Domizil. Die Küche war ein einziges Chaos, das Badezimmer bereits fertig eingeräumt, in Schlafzimmer und Wohnzimmer stapelten sich Kisten und Regale, die noch aufgebaut werden mussten.

»Aus dem Grund habe ich ein paar Dinge in deiner Wohnung zwischengelagert. Heute Abend ging gar nichts mehr, ich musste einfach durchpusten.«

Jetzt verstand ich Julias Blick. »Und Käthe?«

»Ist in meine alte Wohnung gezogen.«

Wie praktisch!

»Hey Baby, ich glaube, ich habe irgendwo noch eine Flasche Schampus stehen. Die werden wir jetzt zur Feier des Tages köpfen.« Mir war wahrscheinlich die Erleichterung deutlich anzumerken. Astrid grinste. »Danach testen wir gleich mal aus, wie sich mein neues Bett macht. Das übrigens nach Feng Shui Regeln aufgestellt wurde.«

»Was heißt das genau?«

»Die Energie fließt in die richtigen Kanäle.«

Au ja!

Ich konnte mir keinen besseren Abschluss des Tages vorstellen.

Drei Monate später

Käthe saß in der Küche und heulte Rotz und Wasser. Es war Donnerstag, unser Jour fixe in der WG. An diesem Tag bildeten wir wieder eine große Runde. Lilli, Martha, Ayshe, Susanne, Anne, Käthe, die inzwischen aus Argentinien tiefenentspannt zurückgekehrte Julia, Astrid und ich saßen dicht gedrängt am Küchentisch. Wir wollten auf den Fortbestand des lesbischen Kulturvereins und des Frauenkulturhauses anstoßen.

Marion Borgwald hatte Wort gehalten. Kaum im Amt, hatte sie ein glasklares Konzept zum Ausbau und Erhalt des lesbischen Kulturvereins vorgelegt. Für den auf wundersamen Wegen bereits mehrere hohe Spenden eingenommen worden war. Eine kam von Helen Heart, was die Frauen im Vorstand ziemlich wunderte, nur mich natürlich nicht. Des weiteren hatte sich Henriette, vermutlich von Charlotte, breitschlagen lassen, ebenfalls etwas zu spenden, woraufhin Charlotte in der *Alternativen Wochenzeitung* einen Artikel über prominente Sponsorinnen der hiesigen Kulturszene brachte.

Birgit Eyckmann kam darin ebenfalls vor. Sie hatte auf einen Hinweis von mir reagiert und an einem Sonntag das gesamte Brunch gesponsort. Ein Riesenerfolg, nicht nur wegen einiger Kreationen, bei denen ich kräftig mitgewirkt hatte. Auch Vera zeigte sich großzügig. Sie wollte sich bei mir für meinen Tipp mit der *Demant City Development* – die sich inzwischen mit staatsanwaltlichen Ermittlungen konfrontiert sah –, erkenntlich zeigen. Ich lehnte das natürlich empört ab, schlug ihr vor, stattdessen dem FKH unter die Arme zu greifen.

So konnten sämtliche Stellen und Fixkosten für das restliche Jahr bereits als finanziert gelten. Was ein Grund zur Freude war.

Des Weiteren hatte Marion tatsächlich eine halbe Stelle in ihrem Dezernat geschaffen. Sie suchte eine Frau, die bestens vernetzt war in der Frauenszene, die sich mit Fördermitttalakquisition auskannte, einen breiten beruflichen Background hatte und somit geeignet war, mit den unterschiedlichsten Frauengruppen der Stadt tragfähige Konzepte im sozialen und kulturellen Bereich auf die Beine zu stellen.

»... wäre ich doch perfekt gewesen«, schniefte Käthe nun. Sie hatte sich tatsächlich auf die ausgeschriebene Stelle beworben und war nicht einmal zu einem Vorstellungsgespräch eingeladen worden.

»Heute kam die Absage. Ohne ein persönliches Wort! Wie konnte sie nur ...« Der Rest des Satzes ging in feuchtem Gebrabbel unter.

»Also Käthe, bleib mal auf dem Teppich«, verlangte Lilli nun ungewohnt streng. »Du glaubst doch nicht im Traum daran, dass Marion ihre Ex-Geliebte einstellt. Die, nebenbei bemerkt, immer noch nicht über die Trennung hinweggekommen zu sein scheint und ihr vermutlich im Alltag nur Stress und Ärger bereiten würde. So bescheuert, entschuldige die direkten Worte, kann ja niemand sein. Und eine Marion Borgwald erst recht nicht. Die will noch weiter, ganz nach oben, wo immer das für sie auch sein mag. Da braucht sie keinen Klotz aus der Vergangenheit am Bein!«

Käthe schniefte, sagte aber gottlob nichts darauf. Martha und Ayshe wechselten einen verständnissinnigen Blick. Auch Susanne und Anne sahen sich an. Irgendwie – merkwürdig. Dann setzte sich meine liebste lesbische Freundin kerzengerade hin und räusperte sich. »Ich muss euch was sagen«, begann Susanne. Sämtliche Augenpaare wandten sich ihr zu, während sie indessen zu Käthe hinübersah. »Ihr wisst ja, dass ich seit geraumer Zeit nach einem vernünftigen Job suche.«

Käthe schluckte laut und hörbar. Mir wurde leicht flatterig. Was kam jetzt?

»Natürlich habe ich mich auch auf die Ausschreibung der Stelle im Rathaus beworben, ich bringe ja die Voraussetzungen alle mit. Na ja, fast alle. Mit Fördermitteln kenne ich mich nicht aus. Da Marion aber im kleinen Kreis bereits hat durchblicken lassen, das sei für sie nicht das Wesentliche, weil sie durchaus bereit ist, einer Newcomerin alles beizubringen, was sie weiß, habe ich mir durchaus Chancen ausgerechnet.«

»Und?« Martha starrte Susanne an, als habe sie sie noch nie gesehen.

»Heute kam die Zusage. Ab übernächsten Ersten bin ich an Bord.«

»Doch nicht bei der Konservativen?« Julia riss erschrocken die Augen auf.

»Ne, die Stelle ist in der Verwaltung angesiedelt. Marion ist meine Chefin. Aber ich bin nicht an Parteipolitik gebunden, wenngleich ich die meisten Aufträge wohl von ihr bekommen werde.«

Käthe hatte es die Sprache verschlagen. Mit weit aufgerissenen Augen starrte sie ihre Freundin an. »Du? Das glaube ich nicht!« Ihre Stimme klang zombiehaft.

»Glaub es, Käthe. Denn weißt du, was meine erste Handlung sein wird?«

Mir wurde klar, dass ich nicht die Einzige war, die sich verändert hatte. Susanne, meine etwas verpeilte, manchmal schluderige Freundin hatte sich in den vergangenen Monaten ebenfalls ganz schön gemausert. Käthe bewegte den Kopf langsam hin und her.

»Die Strukturen im lesbischen Kulturverein festzuzurren. Dazu gehört – Achtung – die Installierung einer neuen Geschäftsleitungsorganisation.«

Käthe erbleichte schon wieder. Ich griff vorsichtshalber zu dem Fläschchen mit dem *Feuer des Orients*.

»Eine feste ganze Stelle für die Geschäftsführerin. Zwei weitere halbe Stellen.« Susanne grinste wie ein Honigkuchenpferd.

Betreten sah ich zu Astrid hinüber, die verständnislos zurückblickte. Dann begriff ich. Susanne ahnte ja gar nichts von den Verwicklungen, die Käthe, Petra und Astrid seit Wochen schlaflose Nächte bereiteten.

»Wenn du mich fragst, gibt es keine bessere Wahl für die Geschäftsführerin als dich, Käthe«, fuhr Susanne dann in vergnügtem Ton fort. »Petra und eine weitere Frau eurer Wahl können sich dann auf ihren halben Stellen einrichten.«

Susanne, die Ahnungslose, sprach weiter und weiter und im Laufe der nächsten halben Stunde wurde uns aus dem, was sie sagte, klar, dass Marion sehr geschickt und ohne allzu deutlich zu werden, Käthe und die anderen Vorstandsfrauen vorbehaltlos decken würde, was ihre kreative Buchführung der vergangenen Jahre anbelangte. Da ich romantisch veranlagt bin, denke ich, dass es Marions Abschiedsgeschenk an Käthe war. Ein Adieu auf Politikerinnenart. Mir ersparte es eine Herzenspein. Das, was mir Birgit Eyckmann noch über Marion anvertraut hatte, konnte weiterhin tief vergraben ruhen bleiben. Keine Menschenseele würde je etwas von mir erfahren!

Später am Abend hockten Astrid, Julia und ich noch zusammen und sprachen über die Geschehnisse der letzten Monate. Meine Mutter und Julias Vater hatten ihren Hochzeitstermin festgelegt, Julia hatte eingesehen, dass Charlotte nicht die Richtige für sie gewesen wäre und Astrid machte sich Hoffnungen auf die halbe Stelle im FKH, damit sie nicht mehr den ganzen Tag Taxi fahren musste. Als Julia in ihre Wohnung hinüberging, kuschelten Astrid und ich uns zusammen. »Hast du eigentlich noch ein paar von den leckeren Pralinen?«, fragte sie mich dann mit einem listigen Lächeln.

»Die und noch viel mehr«, flüsterte ich ihr ins Ohr und beschloss, ihr zu beweisen, dass schwer Verliebte auch für sich genommen Aphrodisiaka sein konnten.

Ebenfalls im Butze Verlag erschienen:

Lina Kaiser

Im Abseits der Lichter

erhältlich als Buch, Hörbuch & eBook

Die 17-jährige Katinka führt ein geordnetes Leben: ihre Familie ist intakt, sie spielt leidenschaftlich gern Fußball und macht bald ihr Abitur. Alles scheint bestens, bis der unerwartete Kuss einer Mannschaftskameradin Katinkas Welt erschüttert. Plötzlich glauben alle, sie sei lesbisch!

Svantje Lund

Das Nichtraucher-Hörbuch für Anfänger

gesprochen von Peter Bieringer

Der Weg aus der Sucht war schon immer da, womöglich können Sie ihn nur nicht sehen, weil er hinter einer undurchdringlich wirkenden Dornenhecke verborgen ist. Küssen Sie Ihr inneres Dornröschen wach und erlösen Sie es von seinem Nikotin-Fluch.

Mit Selbstironie und Humor kann aus der quälenden Nikotin-Sucht ein seichter Furz werden, der sich für immer in Luft auflöst.